Janwillem van de Wetering, geboren 1931 in Rotterdam, reiste fünfzehn Jahre lang durch die Welt und verbrachte davon achtzehn Monate in einem buddhistischen Kloster in Japan. Anschließend verdiente er sein Geld als Kaufmann. Zum Kriminalschriftsteller wurde er eher zufällig. Durch die Lektüre von Simenon wollte er sein Französisch auffrischen und beschloss, es besser zu machen als der Altmeister. Mit seinen Romanen um de Gier, Grijpstra und den Commissaris eroberte er die Leser in aller Welt. Er lebt jetzt mit seiner Familie in Maine/USA.

JANWILLEM
VAN DE WETERING

Der blonde Affe

Roman

Deutsch von
Hubert Deymann

Rowohlt Taschenbuch Verlag

Neuausgabe März 2002
Veröffentlicht im Rowohlt Taschenbuch Verlag GmbH,
Reinbek bei Hamburg, August 1979
Copyright © 1979 by Rowohlt Taschenbuch Verlag GmbH,
Reinbek bei Hamburg
Die Originalausgabe erschien 1978 bei Houghton Mifflin Company, Boston,
unter dem Titel «The Blond Baboon»
«The Blond Baboon»
Copyright © 1978 by Janwillem van de Wetering
Umschlaggestaltung any.way, Barbara Hanke/Cordula Schmidt
(Foto: VCL/Bavaria)
Satz Aldus PostScript PageMaker,
Pinkuin Satz und Datentechnik, Berlin
Druck und Bindung Clausen & Bosse, Leck
Printed in Germany
ISBN 3 499 23149 2

Die Schreibweise entspricht den Regeln
der neuen Rechtschreibung

Eins

«Ganz schönes Lüftchen», meinte Adjudant Grijpstra.

Brigadier de Gier war der gleichen Meinung, aber er sagte nichts. Das war auch gar nicht nötig. Der hellgraue Volkswagen, den er über die breite, leere Durchgangsstraße Spui in der Innenstadt von Amsterdam zu steuern versuchte, war soeben auf einen Bürgersteig gedrückt worden und nur, weil er rechtzeitig gebremst hatte, etwa drei Zentimeter vor einem Laternenmast zum Stehen gekommen. Der Motor lief noch. Er setzte den Wagen zurück und stieß damit hart auf dem holprigen Pflaster auf. Der Sturm, der sich mit einem tödlichen Sog kühler Luft angekündigt und um die Mittagszeit die verängstigten Gesichter der Bürger der Hauptstadt gestreift hatte, war zum Orkan angewachsen. Er hatte die Bewohner des flachen, unter dem Meeresspiegel liegenden Küstenstreifens Hollands gezwungen, vorzeitig nach Hause zu gehen und das scheußliche Wetter durch die Scheiben ihrer Wohnungen oder die zierlichen Fenster der schmalen Giebelhäuser zu beobachten. Sie hörten Rundfunk und sahen fern und stellten fest, dass die Wettervorhersagen mit der Zeit immer etwas bedrohlicher wurden. Sie wussten, dass die Behörden überrascht worden waren, jetzt aber etwas gegen den Notstand unternahmen; sie hatten die Deiche bemannt und starke Baggerfahrzeuge an die gefährdeten Stellen geschickt, wo schwere Seen die von Menschen errichteten Befestigungen bedrohten und ihren Angriff verstärkten. Alle dreißig Sekunden erhoben sich brüllend schaumgekrönte Wasserberge zu tödlichem Ansturm, gepeitscht von kreischenden Böen rasender Winde.

Aber Brigadier de Gier kümmerte sich nicht um das drohende Unheil. Er bemühte sich nur, seine Pflicht zu tun, und die bestand jetzt darin, den Volkswagen in Gang zu halten. Er fuhr in der Stadt seinen normalen Streifendienst zusammen mit seinem unmittelbaren Vorgesetzten, dem massigen Adjudanten, der ruhig seinen Zigarillo rauchte, während er sich am Griff des Wagendachs festhielt und Bemerkungen über das Wetter machte.

Grijpstra wandte den schweren Kopf, der von grauweißen millimeterlangen Stoppeln gekrönt war, und lächelte beinahe entschuldigend. «Nicht viele Leute unterwegs, wie?»

Der Brigadier, der den kleinen Wagen wieder auf die Fahrbahn gelenkt hatte und gerade wenden wollte, brummte zustimmend.

«Die sind zu Hause», erläuterte Grijpstra, «wo sie auch sein sollten. Vielleicht liegen sie schon im Bett, es ist fast elf. He, pass auf!»

Grijpstra zeigte nach vorn. De Gier riss den Mund zu einem lautlosen Schrei auf. Eine Ulme, ein ausgewachsener Baum von mehr als zwölf Metern Höhe, war dabei umzuknicken. Sie hörten das protestierende Holz ächzen und sahen, wie der Stamm splitterte. De Gier legte den Rückwärtsgang ein und trat aufs Gaspedal. Der Wagen setzte sich quietschend in Bewegung. Der Baum kippte schwerfällig und streifte mit seinem Laubwerk die runde Haube des Volkswagens. Grijpstra seufzte.

De Gier wollte etwas sagen, aber da meldete sich das Funkgerät im Wagen. «Drei-vierzehn», ertönte es höflich, «drei-vierzehn, bitte kommen.»

«Fahr weiter», sagte Grijpstra. «Hier sind noch mehr Bäume.» Er hatte nach dem Mikrofon unter dem Armaturenbrett gegriffen. «Drei-vierzehn.»

«Eine kleine Aufgabe für euch, Adjudant», sagte die wohlklingende Stimme eines weiblichen Konstabels in der Funkzentrale des Amsterdamer Polizeipräsidiums. «Ein Wagen der uniformierten Polizei bittet um Unterstützung. Die sind in der Kalverstraat. Wo seid ihr, drei-vierzehn?»

«Spui.»

«Gut, dann seid ihr ja in der Nähe. In der Kalverstraat sind mehrere Schaufenster von Mülltonnen zertrümmert worden. Man hat gesehen, wie sich ein Dieb an der Auslage eines Juweliers zu schaffen gemacht hat, aber er ist entkommen. Ein kleiner Bursche, etwas über einsfünfzig, langes schwarzes Haar, kurze neue Lederjacke. Er ist Ende zwanzig. Die Kollegen meinen, dass er noch in der Gegend ist.»

«Verstanden», sagte Grijpstra ohne jede Begeisterung. «Wir werden uns zu Fuß an der Suche beteiligen, dann sehen wir, was uns auf den Kopf fällt.»

«Viel Glück, Adjudant. Ende.»

Grijpstra kletterte noch aus dem Wagen, als de Gier schon lossprintete, nach vorn gebeugt, um der Kraft des Sturms zu begegnen. Grijpstra fluchte leise, als er seinen massigen Körper in Bewegung setzte. Der athletische Brigadier wartete auf dem Bürgersteig auf ihn, geschützt durch einen parkenden Lastwagen.

«Wohin?», fragte de Gier. Grijpstra zeigte im Laufen in die Richtung.

«Versuchen wir es in den Gassen.»

De Gier sprang voraus und bog auf die geschützte Seite einer Nebenstraße ab, während der Wind an den Fassaden der Geschäfte entlang heulte und an Ladenschildern und Dachrinnen zerrte. Ein Mülleimerdeckel geriet ihm in den Weg; er sprang und rief eine Warnung, aber der Adjudant hatte den rollenden Deckel gesehen und versetzte ihm einen

Tritt, sodass er davonschoss. Einige Kartons folgten dem Deckel, aber die Polizisten wichen ihnen aus und bogen in eine Passage ein, die sie zum Einkaufszentrum der Kalverstraat bringen würde. Grijpstra ging langsamer.

«Hier irgendwo», keuchte er. «Hier muss er irgendwo sein. In der Kalverstraat könnte man ihn sehen, die Eingänge zu den Geschäften sind alle aus Glas. Also los.»

«Warte», sagte de Gier leise und versperrte ihm mit der Hand den Weg.

«Was ist?»

«Ich glaube, ich habe dort drüben einen Kopf auftauchen sehen. Ich werde hingehen.»

Grijpstra grinste, als er beobachtete, wie sich der Brigadier vorwärts bewegte.

De Gier glitt mit übertrieben langsamen Bewegungen dahin. Seine lange, schlanke Gestalt verschmolz mit den Schatten in der Gasse. Der Jäger, der tödliche Jäger. Grijpstra hörte auf zu grinsen. Er war sicher, dass de Gier seine Beute erlegen würde. Der ist scharf, dachte er. Sehr scharf.

Als de Gier einen Sprung nach vorn machte und sich dann wieder an die alte, bröckelige Fassade eines kleinen Hauses presste, trat Grijpstra einen Schritt zurück und zog seine schwere Dienstpistole. Er lud sie durch, als er sie aus dem rissigen Halfter zerrte. Er schüttelte den Kopf. Es hatte Zeiten gegeben, das war noch gar nicht so lange her, da hätte er überhaupt nicht daran gedacht, seine Waffe zu ziehen, aber die Diebe änderten sich. Heutzutage waren Diebe, die Gewalt in Kauf nehmen, gewöhnlich bewaffnet, meistens mit Messern, gelegentlich mit Schusswaffen, wenn sie verzweifelt genug waren, wozu sie durch die Drogensucht gezwungen wurden. Er gab dem sich langsam bewegenden Brigadier, der Zentimeter um Zentimeter an der Wand entlang weiterrückte,

Deckung. Der Brigadier erreichte einen Eingang und erstarrte. Für eine Weile bewegte sich nichts. Der Sturm schien die Gasse für sich allein zu besitzen, er gewann keuchend an Stärke und klapperte versuchsweise an Fenstern und Türen. Der Dieb würde sich wieder zeigen. Er war dort drin. Er war nervös. Er wollte wissen, was los war.

Plötzlich kam der Kopf hervor. Langes, glänzend schwarzes Haar umrahmte ein verstohlen über den hochgeschlagenen Kragen einer Lederjacke spähendes Auge. Die Hand des Brigadiers schoss vor, ergriff den Kopf bei den Haaren und zog. Der Dieb kam taumelnd aus dem Eingang. Ein Plastikbeutel fiel und klirrte, als er auf die schimmernden Ziegel des Straßenpflasters auftraf. Ein Messer blitzte.

«Polizei», brüllte Grijpstra. Auch das Messer fiel. Der Daumen des Brigadiers hatte das Handgelenk des Diebs erwischt und brutal zugedrückt, wobei er die Finger verdrehte. Der Dieb schrie.

«Handschellen», sagte de Gier. Grijpstra steckte seine Waffe ein und gab ihm das gewünschte Paar. Die Handschellen schnappten zu. De Gier blies in seine Trillerpfeife. Der schrille, ohrenbetäubende Ton durchschnitt das Brüllen des Sturms. Zwei uniformierte Konstabel kamen in die Gasse gerannt.

«Ha!», riefen die Konstabel. «Ihr habt ihn!»

«Wir haben ihn», sagte de Gier. «Hier. Mit besten Empfehlungen von eurer Kripo. Warum habt ihr ihn nicht selbst geschnappt? Wir sollen nur ruhig umherfahren und uns in nichts einmischen.»

«Wir sind schon alt», sagte der Konstabel, der de Gier gegenüberstand, «und möchten anderen eine Chance geben. Ein unangenehmer Wind, wie?»

«Ein ganz schönes Lüftchen», stimmte Grijpstra zu. «Ihr habt wohl nichts dagegen, wenn wir wieder zu unserem Wagen gehen, nicht wahr? Falls er noch da ist – eine Ulme hätte ihn vorhin fast erwischt. Habt ihr gesehen, wie dieser Mann eingebrochen hat?»

«Ich habe nicht eingebrochen», sagte der Dieb. «Das Fenster war kaputt, und das ganze Zeug lag auf der Straße; deshalb habe ich es aufgesammelt, um es zur Polizeiwache zu bringen. Aber diese Idioten kamen angelaufen und haben geschossen, also bin ich gelaufen. Ich will nicht umgebracht werden.»

Grijpstra klopfte auf die schmale Lederschulter. «Ein Profi, wie?»

Der Dieb schaute auf. Er hatte vor Furcht große Augen und zitterte.

«Wir nehmen ihn mit. Willst du deine Handschellen wiederhaben, Adjudant?»

«Selbstverständlich, Konstabel. Mein Privateigentum, ich habe dafür gespart.»

Die Handschellen wurden abgenommen, der Konstabel holte ein anderes Paar hervor. Der Dieb machte ein unglückliches Gesicht. «Au! Zu eng!»

«Die sind nicht zu eng», sagte der Konstabel und zog sanft an den Stahlklammern. «Siehst du? Da ist noch viel Luft. Wir werden sie auf der Wache abnehmen. Komm mit.»

«Nach Hause», sagte de Gier, als er seine lange Gestalt auf den Fahrersitz des Volkswagen zwängte. «Der Wind wird direkt auf meinen Balkon stehen. Er wird meine Pflanzen ausreißen und Täbris nervös machen. Sie wird wieder am Marmeladenglas sein.»

«Marmeladenglas?», fragte Grijpstra. «Was will eine Katze mit einem Marmeladenglas?»

«Auf den Boden werfen und zerbrechen, was sonst? Damit ich mir die Füße zerschneiden und im Gelee herumrutschen kann – das ist mir schon zweimal passiert. Das letzte Mal bin ich auf den Tisch gefallen und habe versucht, mich an einem Regal festzuhalten; dabei habe ich so ziemlich alles in der Küche zerteppert und mir eine Schnittwunde am Fußgelenk geholt.»

«Ich weiß.» Der Adjudant versuchte sich zu strecken, gab es aber auf. Seine Schulter schmerzte. Vermutlich hatte er sich bei der Verfolgung gestoßen. «Du hast eine Woche gefehlt, erinnerst du dich? Aber ich möchte immer noch wissen, warum eine Katze an ein Marmeladenglas geht.»

Es waren noch mehr Bäume umgestürzt, um deren Kronen de Gier den Wagen manövrierte. Das eine Wagenfenster schloss nicht, sodass der Wind mit einem hohen, unheimlichen Heulen hereinkam. «Dies Geräusch haben sie auch in Hörspielen. Schreckliches Geräusch. Zur Begleitung, wenn junge Mädchen in Dachkammern vergewaltigt werden, als ob das Weinen und Schluchzen nicht genügen würde.»

«Katze», sagte Grijpstra. «Marmeladenglas.»

«Ich weiß nicht, warum sie das tut; vermutlich, um ihren Unwillen zu zeigen. Katzen haben so ihre Eigenarten. In deinem Haushalt wird auch ein schönes Durcheinander herrschen, wenn deine Frau und die Kinder durch die Zimmer klappern.»

Grijpstra runzelte die Stirn. «Meine Frau klappert nicht. Sie trieft. Sie ist schon wieder fetter geworden, weißt du. Ich habe nicht geglaubt, dass sie noch zunehmen würde, aber sie hat. Sie schläft jetzt auf dem Fußboden, weil das Bett ihr Gewicht nicht aushält.» Er nahm das Mikrofon aus der Halterung.

«Präsidium, drei-vierzehn hier.»

«Kommen, drei-vierzehn.»

«Wir haben unseren Dieb gefasst und ihn den Konstabeln übergeben; wir sind jetzt auf dem Weg zur Garage.»

Es gab ein Geräusch, als ob etwas zerbrochen wäre. Grijpstra starrte das Mikrofon an, das in seiner großen Hand klein und unschuldig aussah.

«Der Wind hat eine Fensterscheibe eingedrückt», sagte der weibliche Konstabel. «Das ist heute Abend schon das zweite Fenster. Hier herrscht ein wildes Durcheinander. Mein Notizbuch ist weggeweht. Hast du gesagt, dass ihr zurückkommt?»

«Ja, wir sollten um elf Dienstschluss haben. Jetzt ist es fast Mitternacht.»

«Tut mir wirklich Leid, aber ich habe noch einen Auftrag für euch. Wir sind mal wieder knapp an Leuten – alle sind draußen, um Menschen aus der Klemme zu helfen. In der ganzen Stadt sind Autos zertrümmert worden, und wir bekommen Notrufe von Leuten, denen der Sturm die Wände umgeweht oder die Dächer abgedeckt hat. Und Menschen sind in die Grachten geweht worden und, oh, alles Mögliche.»

«Ist das so ein Auftrag, den du für uns hast?», fragte Grijpstra und ließ das Mikrofon baumeln, als wäre es eine tote Maus.

Sie versuchte zu lachen. «Nein, Adjudant, schließlich gibt es auch noch die uniformierte Polizei und die Feuerwehr. Ich habe eine richtige Aufgabe für euch, eine tote Frau. Ein Sanitäter hat soeben angerufen. Er sollte eine Leiche abholen, aber der Arzt ist nicht gekommen; außerdem war es kein natürlicher Tod. Ein Unfall, wie die Tochter der Frau sagt. Sie ist die Treppe zum Garten hinuntergefallen und hat sich das Genick gebrochen. Die Ambulanz kann die Leiche erst wegschaffen, wenn wir sie freigegeben haben. Frans van Mierisstraat dreiundfünfzig. Vermutlich nur eine Routinesache.»

Grijpstra bleckte die Zähne. Das Mikrofon baumelte immer noch.

«Drei-vierzehn?»

De Gier hielt den Wagen an und nahm Grijpstra das Mikrofon aus der Hand.

«Wir werden hinfahren, Schatz. Hast du noch zusätzliche Informationen? Die Frans van Mierisstraat ist eine hübsche und ruhige kleine Straße. Dort schmeißt keiner einen die Haustreppe hinunter.»

«Mehr weiß ich nicht, Brigadier. Tote Frau, ist die Gartentreppe hinuntergefallen und hat sich vermutlich das Genick gebrochen. Der Sanitäter sagt, sie ist tot.»

«Gut.»

«Ende.»

De Gier zog am Armaturenbrett einen kleinen Knopf heraus, woraufhin ein kleines hellrotes Lämpchen aufleuchtete und die Sirene in ihrem Versteck unter der Haube zu heulen begann. Grijpstra nahm aus dem Handschuhfach die Blaulichtlampe und drehte seine Scheibe nach unten. Der Magnet hielt die Lampe auf dem dünnen Wagendach fest; ihr Schein beleuchtete die nasse Fläche ringsum und warf einen geisterhaft breiten Strahl auf die reflektierende Straße. Der Volkswagen schoss davon, als de Gier auf das Pedal trat. Der Sturm erfasste den Wagen an der nächsten Straßenecke und schob ihn mitten auf die schimmernde Teerdecke. Es regnete plötzlich stark, und der Scheibenwischer hatte Mühe, die Windschutzscheibe frei zu halten. Eine Straßenbahn kam ihnen entgegen, de Gier riss wütend das Steuer herum. Die Klingel der Straßenbahn ertönte, als ihre lange gelbe Form vorbeiflitzte. Grijpstra schloss die Augen und stöhnte. Der peitschende Regen wurde im Licht der Scheinwerfer zu einer dichten weißen Gischt, dann hörte er auf. Eine andere Straßenbahn schleuderte einen Schwall grauen flüssigen Drecks empor, der den Volkswagen von vorn traf. De Gier fluchte und bremste. Die Scheibenwischer durchschnitten den Schlamm, sodass er wieder sehen konnte. Der Wagen rutschte an einem Baum vorbei, an einer riesigen Pappel, die parallel zum Bürgersteig umgestürzt war. Ein Zweig geriet in das rechte Vorderrad und wickelte sich um den Reifen. De Gier fuhr weiter, sie hörten Zweige knacken. Grijpstra öffnete die Augen.

De Gier lachte. «Schau mal! Wir fahren durch einen Wald.»
Die Blätter der Pappel streiften Grijpstras Fenster.

«Die Frau ist wahrscheinlich die Treppe hinuntergeweht worden», sagte er mürrisch, «und dieser Idiot von Sanitäter hätte nicht anrufen sollen. Weiß der nicht, dass wir heute Abend zu tun haben?» Er schloss die Augen wieder. Der Wind drückte den Wagen auf eine Gracht zu, der VW geriet ins Rutschen. Der Brigadier bremste pumpend und steuerte nicht gegen. Sie hielten kurz vor einem schwachen, etwa dreißig Zentimeter hohen Geländer, das ein Abrutschen geparkter Wagen ins Wasser verhindern sollte.

«Alles in Ordnung», sagte de Gier und setzte zurück. Der Wind peitschte den Wagen von hinten; ihre Geschwindigkeit nahm zu.

Der Adjudant hielt die Augen geschlossen. Es wird wieder passieren, dachte er, als ihm einfiel, wie er einmal in einem kleinen Wagen gesessen hatte, der in eine Gracht gerutscht und langsam gesunken war, wobei er beinahe ertrunken wäre; im allerletzten Augenblick war er durch einen Kran der Feuerwehr gerettet worden. Er hätte de Gier am liebsten angeschrien und gesagt, dass die Frau tot sei und nicht wieder belebt werden könne, indem sie gegen einen Baum führen oder in einer schlammigen Gracht ertranken oder unter eine Straßenbahn gerieten. Er wollte den Brigadier fragen, wozu er die Sirene eingeschaltet hatte, wenn das Getöse des Sturms so überwältigend war, dass sie die elektrische Klingel der Straßenbahn kaum hören konnten, als sie direkt neben ihren Ohren ertönt war.

Grijpstra öffnete die Augen, als de Giers Hand ihn streifte. Der Brigadier schaltete die Sirene aus. Sie waren da. Frans van Mierisstraat. Er kannte sie. Ruhig, vornehm. Breite Bürgersteige, gesäumt von hohen Platanen. Hohe schmale Häuser aus der Zeit der Jahrhundertwende. Eine Straße für Ärzte und Anwälte und für gesicherte Familien der oberen Mittelschicht, die ihr Geld auf leichte und gemächliche Art verdienen. Eine Straße, von der man nicht vermutet, dass der gewaltsame Tod hier auf die Pirsch geht. Eine Straße, in der Hunde mit Stammbaum umständlich das Bein heben, ehe sie den Laternenmast bespritzen. Er lächelte. Das Lächeln kam jedoch nicht zur vollen Blüte.

«Der Hund», sagte er und boxte de Gier leicht in die Seite.

«Der Hund, verdammt noch mal. Dieselbe Adresse. Vorgestern. Cardozo sollte sich um die Anzeige kümmern. Erinnerst du dich?» De Gier stieß einen Pfiff aus.

«Dieselbe Adresse. Vergifteter Hund. Frans van Mierisstraat dreiundfünfzig. Cardozo wollte nicht hingehen.»

«Stimmt.» De Gier nickte ernst.

«Du musstest ihn praktisch hinprügeln. Und gestern hat er davon erzählt. Er habe einen Verdächtigen, sagte er. Ein Mann, der gegenüber von der Rückfront wohnt. Die Gärten grenzen aneinander. Er hatte von dem Erbrochenen des Hundes etwas in einem Fläschchen. Er war sehr stolz auf sich. Der Labortest hat eine Arsenvergiftung ergeben.»

Während de Gier nickte, schüttelte Grijpstra den Kopf. «Schlimm. Ein vergifteter Hund und eine Frau mit gebrochenem Genick. Dieselbe Adresse. Wir werden zu tun haben.»

Sie warteten, während sie nachdachten. Polizeiliche Überlegungen. Eine Kleinigkeit passiert, dann geschieht etwas Bedeutendes. Im selben Haus. Da musste eine Verbindung bestehen. Sie warteten, bis behandschuhte Finger höflich an die Windschutzscheibe klopften.

De Gier stieg aus. Der Sanitäter salutierte.

«Guten Abend, Brigadier. Lange nicht gesehen, wie? Unterschiedliche Wege. Mein Kollege wartet drinnen auf euch. Die Tochter der Frau ist etwas verstört, er beruhigt sie. Die beiden Damen wohnten ganz allein, kein Mann im Haus. Und da ist was mit einem Hund. Eine Vergiftung, wie die junge Frau sagt.»

«Der Wind», sagte Grijpstra hoffnungsvoll, «der verdammte Sturm. Bist du sicher, dass der Sturm deine Dame nicht gepackt hat?»

«Ja, Adjudant.» Das Gesicht des Sanitäters war eine treffliche Mischung von Hilfsbereitschaft und Entschuldigung. «Der Sturm kommt nicht bis in diese Gärten hier. Die Häuser sind hoch, weißt du. Der Wind erreicht vielleicht die Baumspitzen, aber er kommt nicht bis runter an die Gartentreppe. Ich bin für eine Weile draußen im Garten gewesen, da ist es hübsch und ruhig. Aber vielleicht ist sie ausgeglitten. Es hatte vorher geregnet, die Stufen waren nass, und sie trug hochhackige Schuhe und ein langes Kleid.»

«Eine Party?»

«Könnte sein. Sie riecht nach Alkohol, und da ist eine leere Flasche. Die Tochter sagt, da sei keine Party gewesen. Die Dame habe gern allein einen gehoben.»

«War sie nicht bei ihrer Mutter, als es passierte?»

«Nein. Die junge Dame hat ihre eigene Wohnung, ganz oben. Sie sagt, sie ist heruntergekommen, um nachzusehen, ob alles in Ordnung sei, bevor sie zu Bett ging. Die Tür zum

Garten sei offen gewesen und ihre Mutter ... Na, ihr werdet es ja sehen.»

De Gier betrachtete die geschlossene Tür. Sie war von guter Qualität und hatte eine schlicht-vornehme Verzierung. Gefirnisste Eiche mit einer Blattgirlande. Zwei Namensschilder und zwei Klingeln. Elaine Carnet. Gabrielle Carnet. Handgemalte Namensschilder, weiß auf grün. Polierte Messingklingeln. Ein polierter Messingtürklopfer in Form eines Löwenkopfes.

Die Tür ging auf, als er die Hand nach dem unteren Klingelknopf ausstreckte.

Ein schlechter Abend, dachte de Gier und wartete, dass die Tür ganz geöffnet wurde. Ein sehr schlechter Abend. Ich sollte zu Hause sein, um die Pflanzen auf dem Balkon zu retten und Täbris zu trösten und heiß zu duschen und einige Tassen starken Tee zu trinken. Es wäre kein schlechter Abend, wenn ich zu Hause wäre. Aber dort bin ich nicht, und dies ist ein Mordfall.

Selbstverständlich konnte er sich dessen nicht sicher sein, aber er war es. Ebenso sicher wie Grijpstra, der unmittelbar hinter ihm stand. Jeder Beruf prägt die Menschen, die ihn ausüben. Die Beamten der Amsterdamer Mordkommission werden dazu angehalten, misstrauisch zu sein, was nur besagt, dass sie immer misstrauisch sind. Sie stellen freundliche Fragen und betrachten Gesichter und vertiefen sich in die endlose Kette von Ursache und Wirkung, aber ihr Blick ist ruhig, ihre Stimme sanft und ihr Benehmen mild. Nicht immer. Es gibt Momente, da die Beamten beben, da sie leichte, brennende Stiche im Rückgrat spüren, da sie ein wenig schwitzen, da sie ihre Augen aufreißen und grimmig starren.

Gabrielle Carnet trat einen Schritt zurück und wäre fast gestolpert. De Giers langer Arm schoss vor und gab ihr Halt.

«Guten Abend, Juffrouw», sagte er und bemühte sich, die Stimme tief und vorschriftsmäßig höflich klingen zu lassen. «Wir sind von der Polizei.»

Grijpstra war am Brigadier vorbeigegangen. Er folgte dem anderen Sanitäter durch einen langen Korridor in eine zentral gelegene Diele, in eine geschlossene Veranda, zur Tür zum Garten.

Elaine Carnet, eine durchnässte traurige Gestalt, lag am Fuß der Treppe. Der Sanitäter zog die Decke weg. Der Kopf war nach hinten in einem äußerst unnatürlichen Winkel weggeknickt. Die Augen der Toten starrten aus einem Gesicht, dessen Make-up ineinander gelaufen war. Ihr Doppelkinn war durch die Lage des Kopfes gestrafft. Das Haar, vor wenigen Stunden noch zu weichen Löckchen aufgedreht, klebte am nassen Schädel. Der breite Mund lächelte, die Goldplomben von zwei Eckzähnen funkelten im Licht, das durch die Verandafenster nach draußen drang. Das Lächeln war anscheinend echt, eine freudige Begrüßung für einen unerwarteten, aber willkommenen Besucher.

Grijpstra trat über die Leiche hinweg und hockte sich nieder. Das Licht fiel jetzt anders, das Lächeln war zu einem Zähnefletschen geworden. Die plötzliche Veränderung verwirrte ihn. Er ging zurück zur Treppe. Wieder ein Lächeln, zweifellos.

Erst später fiel ihm ein, dass beide Gesichtsausdrücke ein gemeinsames Merkmal gehabt hatten. Der gemeinsame Nenner hieß Sieg. Elaine Carnet hatte sich über irgendetwas gefreut, irgendetwas hatte sie Sekunden vor ihrem Tod übermütig gestimmt. Der Gedanke war ihm zwar blitzartig gekommen, aber nicht weiter herangereift. Er hatte sich bereits an seine Routinearbeit begeben. Er betrachtete die Umgebung.

«Lassen wir sie hier?», fragte der Sanitäter.

«Klar. Ich rufe die Experten. Wir brauchen Fotos.»

In der Veranda war ein Telefon; er wählte. «Commissaris?»

«Ja», antwortete eine leise Stimme.

«Ich weiß, dass Sie krank sind, Mijnheer, aber ich dachte mir, ich rufe Sie trotzdem an. Wir sind da auf etwas gestoßen. Frans van Mierisstraat dreiundfünfzig. Heute Abend ist es schlimm, Mijnheer. Soll ich den Inspecteur anrufen?»

«Nein, ich fühle mich schon besser. De Gier soll mich holen – vor meiner Garage liegt ein Baum, und Taxis wird es heute Abend nicht geben. Was gibt es bei euch, Adjudant?»

«Einen vergifteten Hund und eine tote Frau, Mijnheer.» Grijpstra ging zum Fenster und schaute hinaus. Große Regentropfen trommelten auf die Leiche. «Eine sehr tote Frau, Mijnheer.»

Zwei

«Juffrouw?», fragte de Gier, als er sie stützte. «Fühlen Sie sich auch wohl?»

«Ja. Ich heiße Gabrielle. Gabrielle Carnet. Sind Sie von der Polizei?»

Er zeigte seinen Ausweis, aber der interessierte sie kaum. Sie warf nur einen kurzen Blick darauf. Er steckte ihn wieder in die Brusttasche seiner maßgeschneiderten Jeansjacke. Regen war in seinen Seidenschal gelaufen. Er löste ihn, faltete ihn neu und steckte die Enden in den offenen Hemdkragen. Der Schal hatte einen sehr hellen Blauton. Die Jeansjacke und die dazu passende enge Hose waren dunkelblau. Sie folgte seinen Bewegungen mit verträumten Augen. Ihr Blick fiel auf sein Gesicht und nahm den vollen, glatt gebürsteten Schnurrbart, die hohen Wangenknochen und die großen, glänzend braunen Augen in sich auf.

«Sind Sie wirklich Polizist?»

«Ja. Sie haben soeben meinen Ausweis gesehen. Brigadier de Gier. Rinus de Gier. Wir sind auf den Anruf des Sanitäters hin gekommen. Haben Sie den Krankentransportdienst angerufen?»

«Ja.» Ihre Stimme war tief. Sie hatte einen interessanten Beiklang. Er versuchte zu bestimmen, wie dieser war. Seidig? Nein. Irgendwas mit einem Gewebe. Samten. Eine schnurrende Stimme. Die Stimme, mit der sie sich an Männer wandte, nicht an Frauen. Zu Frauen würde sie mit anderer Stimme sprechen.

«Was ist passiert, Juffrouw? Würden Sie mir das bitte erzählen?»

Sie war anscheinend immer noch unsicher auf den Beinen; er sah sich nach einer Sitzgelegenheit um. Der Korridor war leer, bis auf einen Teppich und ein Tischchen neben der Wandgarderobe. Er legte eine Hand unter ihren Ellenbogen und führte sie zur Treppe.

«Setzen Sie sich, Juffrouw. Dann werden Sie sich besser fühlen.»

Automatisch nahm er ihre Erscheinung wahr. Klein, einsfünfzig, vielleicht etwas größer, aber das lag an den hohen Absätzen ihrer modischen Stiefel aus weichem Leder. Jeans in die Stiefelschäfte gesteckt. Enge Jeans, die etwas krumme Beine verbargen. Eine sehr kurze Bluse, die oben und unten viel Haut frei ließ. Schlanke Taille, kleiner Nabel und der Glanz einer Goldkette. Ein modebewusstes Mädchen. Der oberste Blusenknopf stand offen, er konnte die Kurven ihrer Brüste sehen. Langes dunkelbraunes Haar, schimmernd. Kein

Schmuck. Ein spitzes, kleines Gesicht, uninteressant, bis auf die Augen, aber die waren geschickt geschminkt und nicht so groß, wie sie aussahen. Sie hatten eine überraschende Farbe, ein glänzendes Grün. Metallisch leuchtende Augen. Sofort ergab sich die Möglichkeit von Drogen, aber er sah ihre Arme. Keine Einstiche. Vielleicht schnupfte sie Kokain oder schluckte Pillen. Aber der fiebrige Glanz ihrer Augen konnte ebenso gut vom Schmerz kommen. Die Mutter der jungen Dame war gestorben.

Als sie zu sprechen begann, fiel ihm wieder das Schnurren auf. Das konnte nicht natürlich sein. Sie schauspielerte, sie gab an, also hatte der Schock über den Tod ihrer Mutter bereits nachgelassen. Sie hatte sich die Zeit genommen, ihr Make-up zu erneuern. Die um die Augen gezogenen dünnen Striche waren noch keine zehn Minuten alt.

«Ich wohne oben», sagte Gabrielle Carnet, «in meiner eigenen Wohnung. Ich bin voriges Jahr von Mutter weggezogen. Wir haben das Haus umbauen lassen. Ich wohne jetzt für mich allein.»

«Können Sie die Türklingel Ihrer Mutter hören, Juffrouw?»

«Nicht, wenn ich in der Küche oder im Badezimmer bin.»

«Wissen Sie, ob Ihre Mutter Besuch hatte?»

«Ich weiß nicht.» Sie schluchzte beim Sprechen, ihre Hände zuckten. Das Haar war ihr über die Augen gefallen, sie schob es zur Seite und verschmierte dabei Wimperntusche. Eine echte Reaktion. Aber echt in welcher Hinsicht? Tat es ihr Leid, dass sie ihre Mutter die Treppe hinuntergestoßen hatte?

«Erzählen Sie weiter», sagte er sanft und bemühte sich, seine Stimme und Stimmung der ihren anzupassen.

«Ich bin vor etwa einer Stunde nach unten gegangen. Ich schaue immer noch mal nach, bevor ich schlafen gehe. Mutter trinkt ganz gern einen und schläft manchmal vor dem

Fernsehgerät ein. Dann muss ich sie wecken und nach oben bringen.»

«Es tut mir Leid, dass ich Fragen stellen muss. Das wissen Sie, nicht wahr, Juffrouw Carnet?» Sie nickte. Sie versuchte, ein Taschentuch aus der Hosentasche zu ziehen, aber es saß fest, sodass sie sich erhob. Er stand ebenfalls auf. «Möchten Sie nach oben gehen, Juffrouw?»

«Nein. Mir ist es hier recht.»

Sie setzten sich wieder. Sie saß ganz nahe; er spürte die Wärme ihres Oberschenkels.

«War Ihre Mutter Alkoholikerin, Juffrouw?»

«Ja. Nein.»

«Wie viel hat sie getrunken, ich meine täglich? Hat sie jeden Tag getrunken?»

«An den meisten Tagen, aber nur Wein. Guten Wein. Vielleicht eine Flasche pro Tag, aber ich glaube, sie hat in letzter Zeit mehr getrunken. Ich habe sie nicht mehr oft gesehen, wir lebten getrennt.»

«Gab es Schwierigkeiten? Haben Sie sich gestritten?» Er sprach so leise wie möglich, um den Schlüsselwörtern den Stachel zu nehmen. Alkoholikerin. Streit. Es waren keine guten Wörter, aber er musste sie verwenden.

«Nein, wir haben uns nicht gestritten, wir kamen nur nicht miteinander aus. Ich bin fast dreißig. Ich brauchte meine eigenen vier Wände, aber ich wollte nicht woanders hinziehen, sie brauchte Pflege. O Gott.»

Sie weinte. Er wartete. Ihr Schenkel presste sich immer noch an ihn. Er mochte das Mädchen nicht, aber weshalb nicht? Sie war nicht hübsch, aber sie war zweifellos attraktiv. Ein attraktives Flittchen. Er hörte, wie Grijpstras dröhnende Stimme die des Sanitäters weiter hinten im Haus übertönte. Wenn sie nicht wären, könnte er das Mädchen hier auf der

Treppe haben, ob tote Mutter oder nicht. Er spürte, wie sich sein Mund zu einem Hohnlächeln verzog. Ein höchst unpassender Gedanke. Ein Polizist ist Diener der Öffentlichkeit. Aber in Wahrheit erregte ihn das Mädchen nicht, nicht im Geringsten. Und er war sicher, dass Gabrielle log. Sie musste gehört haben, wie ihre Mutter schrie, als sie die Treppe hinunterfiel. Aber da war der Sturm. Vielleicht hatte sein Tosen den Schrei übertönt. Der Sturm hatte anscheinend in diesem Augenblick die Straße gefunden, er hörte das tiefe, drohende, tönende Dröhnen und das Scheppern geparkter Wagen, die ineinander geschoben wurden.

«Brigadier?»

De Gier schaute auf. «Ja, Grijpstra?»

«Würdest du den Commissaris abholen? Ich habe die Experten angerufen. Sie werden kommen, sobald sie ihre Sachen zusammen haben. Der Arzt ist ebenfalls auf dem Wege.»

«Gern.»

«Und bringe auch Cardozo mit, wenn du kannst. Er hat heute Abend dienstfrei und besucht Freunde, aber seine Mutter hat mir die Adresse gegeben, es liegt auf dem Weg. Er weiß, dass du kommst.»

Das Mädchen weinte immer noch und verbarg das Gesicht. Grijpstra zog die Augenbrauen hoch. De Gier schüttelte stumm den Kopf. Seine Lippen formten lautlos die Wörter «sie lügt». Grijpstra nickte. De Gier stand auf und machte eine einladende Handbewegung. Grijpstra ließ sich langsam nieder. Das Mädchen spürte seinen massigen Körper auf der Stufe und rückte weg.

«Sie können mir erzählen, was Sie dem Brigadier berichtet haben, Juffrouw. Wissen Sie, was passiert ist?»

Die Haustür schnappte hinter de Gier ins Schloss. Die

Sanitäter kamen und verabschiedeten sich. Grijpstra hörte, wie der Volkswagen und die Ambulanz starteten, als der Sturm für eine Sekunde Atem holte, um dann mit voller Stärke wieder loszubrüllen.

«Juffrouw?»

«Sie muss die Treppe hinuntergefallen sein», sagte Gabrielle. «Ich denke mir, sie hat sich um ihre Azaleen gesorgt und die Tür zum Garten geöffnet. Und dann hat der Wind ihr die Tür aus der Hand gerissen, wobei sie das Gleichgewicht verloren hat.»

«Kommen Sie bitte mit, Juffrouw.»

Er zog sie hoch. Sie folgte ihm durch den Korridor ins große Wohnzimmer. Er warf einen Blick auf die Wand. Ein Bücherschrank mit einer schön gebundenen Enzyklopädie, nagelneu und nie gebraucht. Eine Reihe mit Kunstbüchern, ebenso neu. Ein Blumengesteck. Ein modernes Gemälde. Unter seinen Füßen ein dicker Spannteppich, hell, um sich von den dunkleren Möbeln abzuheben. Ein Ausstellungsraum, entworfen von einem Innenarchitekten. Die Veranda war persönlicher mit einem arg mitgenommenen Fernsehgerät auf einem Korbtisch und einigen Sesseln, die hässlich und bequem aussahen.

«Hat Ihre Mutter gern auf der Veranda gesessen, Juffrouw?»

«Ja. Sie hat sie verglasen lassen, als sie hier eingezogen ist; das war vor etwa zehn Jahren, glaube ich. Sie saß immer hier. Dies ist der einzige Raum im Haus, den sie nicht hat neu tapezieren lassen. Und selbstverständlich meine Wohnung nicht. Das habe ich selbst gemacht, nachdem die Zimmerleute fertig waren.»

Grijpstra hatte die Tür zum Garten geöffnet. «Hier ist kein Wind, Juffrouw. Diese Gärten liegen sehr geschützt. Die Häuser halten den Sturm ab. Verstehen Sie?»

«Ja.»

«Wie konnte Ihre Mutter also die Treppe hinunterfallen?» Grijpstras Stimme klang freundlich und verwundert. Er sah zuverlässig, vertrauenswürdig, väterlich aus. Er war sehr besorgt. «Wie konnte ein so schrecklicher Unfall nur passieren? Ihre Mutter kannte diese Treppe gut, nicht wahr? Hat sie gern im Garten gearbeitet?»

«Ja.»

«Sie hat die Sträucher dort gepflanzt, nicht wahr? Hübsche Azaleen. Hat sie auch die Hecke dort hinten gepflanzt?»

«Ja.»

Gabrielle ging verträumt im Raum umher. Sie streckte die Hand nach dem Weinglas auf dem niedrigen Tisch beim Fernsehgerät aus. Grijpstra berührte ihren Arm. «Bitte nichts anfassen, Juffrouw. Wir werden das Glas auf Fingerabdrücke untersuchen lassen. Gehört der Ring Ihrer Mutter, Juffrouw?» Er zeigte auf einen glatten goldenen Ehering, der auf dem nackten Fußboden neben der Tür zum Garten lag. Sie bückte sich.

«Bitte liegen lassen, Juffrouw.»

«Ja, das ist der Ring meiner Mutter.»

«Hat sie damit herumgespielt? Ihn abgezogen und wieder aufgesteckt, wenn sie nervös war?»

«Nein.»

«Saß er stramm auf dem Finger?»

Sie weinte, kämpfte mit den Tränen, biss auf ihr Taschentuch.

«Tut mir Leid, Juffrouw.»

Sie hatte sich gesetzt. Er nahm ihr gegenüber Platz und rieb sich die Wangen. Er müsste sich mal wieder rasieren, am Morgen hatte er nicht viel Zeit gehabt. Seine Frau war ins Bad gekommen, und er wollte schnell weg, sodass er sich nur nachlässig rasiert hatte. Später würde er es besser machen, dann würde sie schon schlafen. Der Gedanke an kochend heißes Wasser, das die stoppeligen Falten aufweichte, und an die ordentlichen Striche einer neuen Rasierklinge munterte ihn irgendwie auf. Er wollte das Mädchen nicht gern in die Ecke treiben. De Gier meinte, dass sie log, womit er wahrscheinlich Recht hatte. Aber es könnte mildernde Umstände geben. Eine betrunkene, nörgelnde Mutter, die jammert und schreit. Ein Familienstreit. Ein Schubs. Fast alles kann erklärt und verstanden, wenn nicht gar akzeptiert werden. Aber wenn es Streit gegeben hatte, wäre es ratsam für das Mädchen, dies zuzugeben, jetzt, da alles noch frisch war. Vor Gericht würde es besser aussehen. Aber er würde ihr kein Geständnis nahe legen. Vielleicht würde der Commissaris das tun. Er würde warten.

Das Mädchen schaute auf. «Ich will nicht weinen.»

«Nein, Juffrouw, ich verstehe. Vielleicht könnten wir einen Kaffee trinken. Ich werde ihn zubereiten, wenn Sie mir sagen, wo die Sachen sind.»

«Nein, das kann ich machen.»

Er folgte ihr zur Küche und stand herum, während sie arbeitete. Ihre Bewegungen waren aufeinander abgestimmt, zweckmäßig. Die Kaffeemaschine begann zu gurgeln, dann zu pulsieren. Sie starrte hinaus in den Garten, als er nach dem Abfallbehälter zu suchen begann. Er fand ihn unter der Spüle in einem Schränkchen, befestigt an der Tür. In dem Plastikbeutel, der den Behälter vor Schmutz schützte, befand sich noch ein Weinglas. Der Stiel war abgebrochen. Das Glas hatte die gleiche Form wie das, das er auf dem Tisch neben dem Fernsehgerät gesehen hatte. Er nahm eine langstielige Gabel von der Arbeitsplatte und stocherte im Beutel herum. Er fand mehrere Zigarillostummel mit Plastikmundstück und etwas Asche. Der Aschenbecher stand auf der Arbeitsplatte. Er war gesäubert worden.

Also doch ein Besucher. An den Mundstücken waren keine Lippenstiftspuren, und sowohl Gabrielle als auch ihre Mutter benutzten Lippenstift. Frauen rauchen heutzutage Zigarillos, lange und sehr dünne. De Gier rauchte manchmal solche Zigarillos; de Gier war eitel. Ein eitler männlicher Besucher. Aber wer ist nicht eitel?

Ich bin nicht eitel, dachte Grijpstra, und schaute auf seinen zerknitterten Anzug. Er war aus einem ausgezeichneten britischen Material, reine Wolle, dunkelblau mit weißem Nadelstreifen. Er war eitel genug, sich teure Anzüge zu kaufen, immer vom gleichen Muster, aber er behandelte sie schlecht. Also gut, er wollte einräumen, dass er etwas eitel war. Dennoch würde er keine weibischen Zigarillos mit künstlichem Mundstück rauchen. Oder vielleicht doch. Wenn er sie sich leisten konnte. Sie würden zu seinem Anzug passen. Er atmete schwer, sodass die Luft durch die zusammengepressten Lippen zischte. Nie war etwas einfach. Verdächtige lügen und verbergen ihre Gefühle. Spuren werden übersehen oder gehen verloren. De Gier meinte, das Mädchen lüge, und er schloss sich der Ansicht des Brigadiers an, aber warum sollte er das tun? Die Eindrücke des Brigadiers wurden durch dessen Wahrnehmungen gesiebt, in Formen gezwungen, die Wahrheit dabei vielleicht verdreht.

Ein Mann besucht Elaine Carnet. Sie hat sich mit einem langen geblümten Kleid geschmückt. Ein Sommerabend. Sie hat alles Mögliche getan, um sich herauszuputzen. Sie ist eine Frau und will nicht zugeben, dass sie älter wird. Wie alt mochte sie sein? Anfang fünfzig? Ja, höchstwahrscheinlich. Sie wartet in der vertrauten Umgebung ihrer Veranda auf den Mann. Sie steht auf, geht vorsichtig umher, ihr Kleid raschelt. Ein Hauch von Parfüm erfüllt den Raum. Hinter ihr blühen die Azaleen. Die untergehende Sonne berührt die Spitzen der Pappeln, Ulmen und Trauerweiden. Das war es, was sie erwartet hatte, aber stattdessen bricht ein Sturm herein, eine schrecklich drückende Atmosphäre, die in alles hineinkriecht, sogar bis in ihre Seele und in den Geist des Mannes. Sie trinken zusammen Wein, einen schweren Beaujolais, und der Sturm gelangt auch in den Wein und verwandelt ihn in ein hitziges Getränk, das in ihre Gedanken eindringt. Sie spricht mit ihm. Ihre Stimme ist rau und schneidend. Sie spricht von der Vergangenheit. Sie zerrt ihren Ehering vom Finger und wirft ihn auf den Boden. Eine plötzliche Beschuldigung verletzt den Mann bis ins Innerste, er wirft den Zigarillo in den Aschenbecher, springt auf, ergreift sie am Hals und schüttelt sie. Die Tür zum Garten steht offen, er sieht es, schiebt sie hin und lässt los. Und dann geht er.

Der Blick des Mädchens ruhte auf Grijpstras Gesicht.

«Ja, Juffrouw?»

«Der Kaffee ist fertig. Ich werde ihn auf die Veranda bringen.»

«Ja, bitte, Juffrouw.»

Er schlürfte den Kaffee und ging die Szene noch einmal durch, die er sich vorgestellt hatte. Alle Tatsachen passten zusammen. Aber er würde jetzt keine Fragen mehr stellen. Das Mädchen hatte sich anscheinend wieder gefasst.

Es klingelte, das Mädchen ging, um die Tür zu öffnen. Sie kam zurück, gefolgt von de Gier, der ihr den Commissaris und Cardozo vorstellte. Grijpstra stand auf und bot dem Commissaris seinen Sessel an, der dankbar akzeptierte und seinen zerbrechlichen Körper vorsichtig auf die zerknautschten Kissen niederließ. Cardozo, noch jungenhafter und frischer als sonst aussehend, holte aus dem Wohnzimmer einen Sessel für Grijpstra und ging noch einmal los, um Hocker für de Gier und sich zu besorgen.

«Tja, Juffrouw, das ist eine schlimme Sache», begann der Commissaris. «Mein Brigadier hat mir im Wagen davon berichtet. Es tut uns Leid, Sie belästigen zu müssen. Wären Sie bereit, uns einige Fragen zu beantworten? Wir machen es so kurz wie möglich.»

Seine blassen, fast farblosen Augen funkelten hinter der goldgerandeten Brille. Seine mageren Hände umfassten die Knie. Er sah ordentlich und harmlos in seinem abgetragenen, aber frisch gebügelten dreiteiligen Anzug aus. Eine Goldkette umspannte seinen leicht vorstehenden Bauch, die perfekt gebundene Krawatte und das genau in zwei Hälften gescheitelte Haar vervollkommneten das Bild einer freundlichen, aber gewissenhaften Autoritätsperson, eines Schuldirektors, sogar der Miniaturausgabe eines Patriarchen.

«Vielleicht möchten Sie Kaffee, Mijnheer. Juffrouw Carnet hat soeben welchen gemacht. Ausgezeichneten Kaffee.»

«Das wäre sehr nett, aber vielleicht sollte Juffrouw Carnet sich nicht bemühen. Cardozo kann ihn holen.»

Gabrielle stand auf, um Cardozo die Küche zu zeigen. Der Commissaris wandte sich schnell um. «Gibt's was Interessantes, Grijpstra?»

Er hörte sich den Bericht über den Ehering, das zweite Weinglas und die Zigarillostummel an.

«Hast du eine Theorie, Adjudant?»

«Ein Besucher, vermutlich männlich. Ein Streit. Wir wissen noch nichts über den Familienstand von Mevrouw Carnet.»

«Hast du nicht gefragt?»

«Das Mädchen war sehr nervös, Mijnheer. Ich habe auf Sie gewartet, Mijnheer.»

«Gut.»

Die Hände des Commissaris kamen höher und massierten die dünnen Oberschenkel.

«Wie geht es Ihnen, Mijnheer?»

«Es war ein schlimmer Anfall, Adjudant, Rheuma in seiner reinsten und übelsten Form, aber ich glaube, die Krise ist vorbei. Der Brigadier meint, das Mädchen lügt. Was glaubst du?»

«Ich weiß nicht, Mijnheer.»

Der Kaffee kam. Der Commissaris sprach über den Sturm. De Giers Wagen war auf dem Rückweg das einzige Fahrzeug gewesen. Überall lagen entwurzelte Bäume und umgestürzte Autos. Sogar umgeworfene Lastwagen. Und der Sturm hielt mit voller Kraft an.

«Haben Sie Nachrichten gehört, Mijnheer?»

«Ja, sie sind schlimm, aber die Deiche halten noch. Soldaten fahren raus, um zu helfen, aber vielleicht stehen wir morgen unter Wasser. Wie tief unter Meereshöhe sind wir hier?»

Die Meinungen reichten von drei bis zu zehn Metern. Der Commissaris kicherte. Er schien sich wirklich zu amüsieren. Das Kichern lockerte die trübe Atmosphäre im Zimmer auf. De Gier lachte, das Mädchen lächelte. Cardozo sah erstaunt aus und zupfte an seinem langen, lockigen Haar.

«Nun, ich glaube, Konstabel Cardozo und Juffrouw Carnet kennen sich bereits. Es ging um Ihren vergifteten Hund. Wie geht es ihm jetzt, Juffrouw Carnet?»

Das waren die richtigen Worte, und der Commissaris ging auf die willkommene Reaktion des Mädchens ein. Der Hund war oben in der Wohnung, und er wollte ihn sehen. Die Türklingel ging wieder.

«Das wird der Arzt sein, vielleicht sind es auch die Fotografen. De Gier, mach du mal auf. Grijpstra kann hier alles regeln, und Cardozo und ich gehen mit Juffrouw Carnet nach oben.»

Grijpstra nickte. Er hatte das Mädchen ebenfalls nach oben bringen wollen. Es in der Nähe der Leiche der Mutter bleiben zu lassen war ein Fehler gewesen, weil es so nicht leicht reden würde. Aber er hatte nahe der Haustür sein und gleichzeitig das Mädchen im Auge behalten wollen. Der Commissaris, Cardozo und das Mädchen waren bereits auf dem Weg nach oben, als de Gier die Fotografen und den Arzt einließ. Die Männer sagten nicht viel, und weil der Sturm noch so unheimlich heulte, unterdrückten sie ihre sonst üblichen Bemerkungen. Anscheinend waren alle darauf erpicht, ihre Arbeit so schnell wie möglich zu erledigen und wieder zu gehen.

«Sehr schön, wunderschön», sagte der Commissaris, als er die Orientteppiche, die in reizender Unordnung herumliegenden Kissen mit den einfachen geometrischen Mustern, die niedrige Couch und die modernen Gemälde sah. Ein kleiner weißer Terrier, der leise wimmerte, versuchte seinen Korb zu verlassen. Der Commissaris beugte sich hinunter und kraulte das Tier zwischen den aufgerichteten Ohren. «Krank sind wir, wie?»

«Es geht ihm schon viel besser», sagte Gabrielle sanft. «Möchten Sie noch Kaffee? Ich kann welchen in meiner Küche hier machen.»

«Herrlich, herrlich», sagte der Commissaris und setzte sich auf ein Kissen beim Hundekorb. Er sprach mit leiser Stimme immer noch zum Hund. «Wir fühlen uns schon besser, wie? Jemand hat uns Gift gegeben, nicht wahr? Jemand, der nicht richtig im Kopf ist. Wir werden ihn finden und ein Wörtchen mit ihm reden.»

Der Hund streckte eine Pfote aus, die der Commissaris festhielt. Cardozo hatte sich ebenfalls neben dem Korb niedergekniet. Der Hund drehte den Kopf und leckte dem jungen Kriminalbeamten die Hand.

«Was weißt du von dieser Sache, Cardozo?», flüsterte der Commissaris grimmig.

«Juffrouw Carnet hat uns vorgestern aufgesucht, Mijnheer. Ich habe sie nach Hause begleitet. Der Hund war in einem schlimmen Zustand, aber der Tierarzt kümmerte sich um ihn. Er hat ihm den Magen ausgepumpt. Ich habe eine Probe mitgenommen und im Labor untersuchen lassen. Sie enthielt Arsen, eine große Dosis. Einzelheiten stehen in meinem Bericht.»

«So? Und dann?»

«Juffrouw Carnet sagte, dass der Hund allein im Garten spielt, wenn sie und ihre Mutter ausgehen. Sie hatten auswärts zu Mittag gegessen, und als sie zurückkam, fand sie Paul, so heißt er, in der Küche. Er war anscheinend sehr krank, er erbrach sich und wimmerte, und sie rief den Tierarzt, der sofort kam und sagte, dass Paul vergiftet worden sei und sie zur Polizei gehen solle. Sie setzte sich in ihren Wagen und kam sofort zu uns. Nachdem ich mit dem Tierarzt gesprochen hatte, überprüfte ich die Häuser, die einen Garten haben, der an den der Carnets grenzt, insgesamt fünf. Alle Nachbarn schienen sehr mitfühlend und bestürzt wegen des armen Hundes zu sein, bis auf den Mann, dem das direkt hinter diesem Haus angrenzende gehört. Ein Mann namens de Bree, ein Ingenieur, fett, kahlköpfig, fünfzig Jahre alt, denke ich.»

«Und was hat Mijnheer de Bree gesagt?»

«Er hat nicht sehr viel gesagt, Mijnheer. Er hat mir die Tür vor der Nase zugeschlagen, nachdem er mir gesagt hatte, ich solle ihn nicht belästigen, und mit dem verdammten Hund habe er nichts zu tun.»

«Hmm.» Der Commissaris sah immer noch grimmig aus. «Ah, da kommt er ja. Guter frischer Kaffee. Ich rieche ihn schon. Der ist genau richtig an einem so schrecklichen Abend wie heute.»

Gabrielle lächelte. Es brannte nur ein gedämpftes Licht, und ihre kleine Gestalt passte gut zu der exotischen Einrichtung des ziemlich großen Zimmers. Eine arabische Prinzessin, die wichtige Besucher bewirtet. Der Commissaris lächelte ebenfalls; der Gedanke hatte ihn aufgemuntert. Sie hatte sich große Mühe mit der Einrichtung des Zimmers gemacht. Er fragte sich, wie ihre Tagträume aussehen mochten. Sie schien allein zu leben, denn es gab keine Spur von der Gegenwart eines Mannes. Ein sehr weibliches Zimmer. Ihm fiel de Giers Bemerkung über Drogen ein; der Brigadier könnte Recht haben. Der Commissaris war schon oft in Zimmern von Süchtigen gewesen, viel zu oft. Süchtige mögen den Nahen und Fernen Osten und imitieren deren, für sie, bizarre Umwelt. Ihm waren die verschlissenen Perserteppiche und schmutzigen Kissen aufgefallen, die man auf dem Flohmarkt gekauft hatte, aber dieses Zimmer sah kostspielig und sauber aus. Süchtige sind unordentlich, Gabrielle war es nicht. Süchtige mögen auch Pflanzen im Überfluss und jede Menge Nippes, kleine, verstreut herumstehende Gegenstände. Nein, dieses Zimmer war anders. Er sah die ordentlich in einer Reihe auf dem Fensterbrett stehenden Töpfe mit Zimmerpflanzen und ein Regal voller Taschenbücher, die nach ihrer Farbe geordnet waren.

«Erzählen Sie von Ihrer Mutter, Juffrouw Carnet, wie war sie?»

Gabrielle antwortete nicht. Sie versuchte es, brachte aber kein Wort heraus. Sie machte eine vage Handbewegung.

«Ihr Vater?»

Sie ballte die Hände und lockerte sie dann plötzlich. «Mutter war nicht verheiratet. Ich weiß nicht, wer mein Vater ist. Ich glaube, sie wusste es auch nicht; das Thema wurde nie erwähnt. Wenn ich es aufbrachte, wich sie meinen Fragen aus, also habe ich es aufgegeben.»

«Aha. Ihr Name ist französisch, nicht wahr. Ich kann mich nicht entsinnen, ihn vorher schon mal gehört zu haben.»

«Belgisch. Meine Mutter wurde in Brüssel geboren, aber sie hat eine Weile in Paris gelebt. Ihr Vater ist davongelaufen, und sie musste den Lebensunterhalt für sich und ihre Mutter bestreiten. Mit Männern hatten wir in der Familie nicht viel Glück.»

Ihr Ton war leicht, unterhaltend. Es lag anscheinend kein Groll darin.

«Und wovon hat Ihre Mutter in Paris gelebt?»

«Sie hat gesungen. Unten ist noch ein Stapel alter Schallplatten, sie war mal berühmt. Unmittelbar nach dem Krieg hat sie einige Jahre lang Chansons in Nachtclubs gesungen. Es lief sehr gut für sie, bis sie schwanger wurde.»

Das Gehirn des Commissaris produzierte eine kleine Frage, aber er stellte sie nicht. Es war sinnlos zu fragen; Gabrielle würde die Antwort nicht wissen. Schwangerschaft kann durch Abtreibung gelöst werden. Eine Abtreibung in Paris wäre kein großes Problem gewesen. Hatte Elaine Carnet gehofft, den Vater ihres Kindes zu heiraten? Auf dem Fußboden der Veranda unten lag ein Ehering. Hatte der Vater den Ring gekauft oder später Elaine Carnet selbst, nachdem sie alle Hoffnung aufgegeben hatte?

«Ja», sagte er. «Und ist Ihre Mutter dann nach Holland gekommen?»

«Ja, meine Großmutter hatte hier Freunde, aber sie sind

jetzt tot, meine Großmutter auch. Mutter gefiel es hier, und so ist sie geblieben.»

«Und hat sie wieder gesungen?»

«Nein. Sie hat ein Geschäft, Carnet & Co. Die Firma verkauft Möbel, hauptsächlich italienische. Mutter hatte gute Kontakte geknüpft und war sehr geschäftstüchtig. Sie hatte sich von ihrer Singerei Geld gespart und sich nach einer Möglichkeit umgeschaut, es zu investieren. Da sah sie die Anzeige eines italienischen Unternehmens, das hier einen Vertreter suchte. Die Italiener sprachen französisch und Mutter natürlich auch. Sie reiste nach Mailand, erhielt die Vertretung, kaufte Waren und hatte Glück, denke ich. Der Firma geht es jetzt sehr gut. Oh!» Sie hob plötzlich die Hand und legte sie auf den Mund.

Cardozo sprang auf, aber der Commissaris berührte ihn am Bein, sodass er sich wieder setzte.

«Ja, Juffrouw?»

«Mijnheer Bergen. Er wird sehr bestürzt sein wegen Mutter. Er ist ihr Teilhaber, wissen Sie. Ich hätte ihn anrufen sollen.»

«Vielleicht sollten Sie ihn morgen anrufen. Bei diesem Wetter bleibt er besser zu Hause. Wohnt Mijnheer Bergen in Amsterdam?»

«Ja, aber auf der anderen Seite der Stadt.»

«Dann sollten wir ihn jetzt nicht stören. Hat Ihre Mutter das Geschäft mit ihm aufgebaut?»

«Er ist etwas später eingestiegen. Sie hat allein angefangen, er hat für ein anderes Möbelgeschäft gearbeitet. Ich glaube, sie haben sich irgendwo kennen gelernt, und sie hat ihm eine Arbeit auf Kommissionsbasis angeboten, und er machte sich gut. Später wurde er Direktor und Teilhaber; sie überließ ihm ein Viertel der Anteile.»

«Mijnheer Bergen ist verheiratet, oder?»

«Ja.»

Der Commissaris rückte auf seinem Kissen. «Entschuldigung, Juffrouw, Sie brauchen die Frage nicht zu beantworten, wenn Sie nicht möchten. Hatte Ihre Mutter enge Freunde? Männer, meine ich.»

Sie kicherte. Cardozo zog die Schultern hoch. Er hatte sie aufmerksam beobachtet, fasziniert von ihrem fließenden Haar, den erstaunlich grünen Augen und festen Brüsten, aber er hatte sich gesagt, dass er Polizeibeamter sei und das Mädchen soeben seine Mutter verloren hatte, durch Unfall oder sonst wie. Gabrielles schnurrende Stimme hatte ihm Schauer über den Rücken gejagt. Ihn hatte das Zimmer beeindruckt und die Art, wie der kleine Körper des Mädchens den Raum beherrschte. Er hatte das Gefühl gehabt, sich in eine neue Welt vorzuwagen, eine Welt schöner Traurigkeit, von sanften Gefühlstönungen, mit denen er gewöhnlich nicht in Berührung kam. Aber das Kichern des Mädchens zerbrach seine Begeisterung. Das Kichern war fast gewöhnlich, erregend auf anderer Ebene, die Erregung in einer miesen Bar mit laufendem Musikautomaten und in billige, gerade Gläser geschüttetem Bier.

«Ja. Mutter hatte einen Geliebten, aber das Verhältnis ging in die Brüche. Er kam einige Jahre lang.»

«Sein Name, Juffrouw?»

«Vleuten. Jan Vleuten, aber alle nennen ihn nur den blonden Affen, de Aap.»

«Mochten Sie ihn?» Die Frage war hier belanglos und kam plötzlich auf, aber das Kichern hatte auch den Commissaris erschüttert.

«Oh, ja.»

«Aber die Verbindung ging in die Brüche, sagten Sie. Wann war das, Juffrouw?»

«Vor etwa zwei Jahren, glaube ich. Sie traf ihn noch gelegentlich, aber dann hörte es ganz auf. Er arbeitete damals noch für die Firma, aber als er ging, endete auch das Verhältnis.»

«Aha. Na, ich glaube, wir können jetzt gehen. Wir werden Sie noch einige Male sprechen müssen, aber das kann später geschehen. Jetzt brauchen Sie zuerst einmal Ruhe. Sie sind sicher, dass Ihre Mutter heute Abend keinen Besuch hatte, nicht wahr, Juffrouw? Wenn wir wüssten, dass ein Besucher hier war und wir ihn kennen würden, wäre unsere Arbeit leichter und weniger zeitraubend.»

«Ich weiß es nicht. Auf dem Tisch stand nur ein Glas, als ich nach unten kam. Ich habe die Klingel nicht gehört, aber ich war vielleicht in der Küche, als sie läutete. Die Klingel ist nicht sehr laut.»

Cardozo sprang wieder auf. «Soll ich die Klingel mal läuten, Mijnheer?»

«Nein, ist schon gut. Danke für den Kaffee, Juffrouw.» Der Commissaris versuchte aufzustehen und verzog das Gesicht vor Schmerzen. Cardozo half ihm auf die Füße.

Drei

Der Commissaris wollte nicht, dass Gabrielle ihn zur Haustür begleitete, deshalb verabschiedete er sich von ihr an der Zimmertür. Er umfasste leicht ihre Schulter, als er ihr gute Nacht wünschte, nachdem er Cardozo in Richtung Treppe gedrängt hatte. In seiner Berührung lag eine Sanftheit, die anscheinend zu ihr durchdrang. Ihre Stimme schnurrte nicht mehr, sondern war stattdessen ein wenig heiser geworden.

Sie ließ die Tür offen, als sie in ihr Zimmer zurückging, und er schloss sie, denn er hatte gehört, dass die Konstabel gekommen waren, um die Leiche abzuholen. Sie stellten sich ungeschickt an und stießen mit der Trage gegen eine Wand. Einige Wassertropfen rannen von der durchweichten Leiche herab, der Kopf schwang hin und her. Der Triumph, den Grijpstra vorher auf Elaine Carnets Gesicht wahrgenommen hatte, war noch zu sehen, aber der freudige Ausdruck war nicht sehr stark, als sie am Commissaris vorbeigetragen wurde. Ein schwacher Triumph, erreicht durch große Seelenqual, die Seelenqual eines sinnlosen Lebens. Der Commissaris warf nur einen kurzen Blick auf das Opfer, aber dieser Moment grub sich in seine Wahrnehmung ein, und der Schock führte dazu, dass er seine langen gelblichen Zähne zeigte und der eisige Schmerz in seinen Beinen so schlimm wurde, dass er stolperte und sich an der Wand stützen musste.

Der Tod war selbstverständlich seine Beschäftigung, und als leitender Beamter der Amsterdamer Mordkommission hatte er unaufhörlich damit zu tun, aber er hatte nie seinen Frieden mit dem Tod geschlossen. Einige Male hatte er gesehen, wie Menschen starben und Furcht sich in Erstaunen verwandelte, ein Erstaunen, das mit Entsetzen gemischt war. Jetzt hatte er das erste Mal Erstaunen gemischt mit Freude gesehen, oder war Freude der falsche Begriff?

Die Frage setzte sich fest in seinen Gedanken, als der Wagen vorsichtig durch den südlichen Teil der Altstadt fuhr. Grijpstra und Cardozo saßen hinten, beide in Apathie versunken, de Gier steuerte und bemühte sich, etwas durch den Wasserschwall zu sehen, mit dem die nervösen kleinen Scheibenwischer kaum fertig wurden. Nach einigen Minuten hörte es plötzlich auf zu regnen, und der Commissaris sah den zerfetzten und zerbrochenen Stamm einer Trauerweide, die – solange er sich erinnern konnte – einen kleinen Platz geziert hatte. Große Lachen tintenschwarzen Wassers wurden durch den Sturm fast zu Schaum gepeitscht. Er sah immer noch Elaine Carnets Kopf, die beschmutzte Clownsmaske einer Frau in mittleren Jahren. Wen kümmert's?, dachte er. Die Toten werden verstaut, und wir schlagen unsere Klauen in das lebende Fleisch des Mörders, falls wir ihn finden, und zermürben die Nerven einer Reihe von Verdächtigen dabei. Seine Schwermut, eisig verstärkt durch den schneidenden Schmerz in den Beinen, wurde stärker, und er nahm sich zu seiner Verteidigung zusammen. Er musste Zuflucht in der Ruhe finden, die, wie er wusste, ebenfalls in seinem Geist lag. Dies war ein Mordfall wie jeder andere, und man musste mit normalen Methoden an ihn herangehen. Er würde sich morgen mit dem Durcheinander befassen, denn bisher war es ein Durcheinander, mit dem sie zu tun hatten. Er hoffte nur, dass es ein einfaches Durcheinander war, das sich leicht aufräumen ließ. Wie de Gier und Grijpstra hatte er das sichere Gefühl, dass ein Verbrechen geschehen war, obwohl er dabei die einfachere Erklärung eines Zusammentreffens zufälliger Ursachen nicht von sich weisen wollte.

Von Stürmen weiß man, dass sie dem Menschen den Verstand verwirren. Mevrouw Carnet war vermutlich eine nervöse Frau gewesen, einsam und ängstlich. Ihr Lieblingsplatz war die Veranda mit den hässlichen Sesseln, dem Fernsehgerät und einem Grammophon sowie den alten Schallplatten, die sie an ihre glänzende Vergangenheit erinnerten. Außerdem trank sie. Der Arzt würde ihm sagen können, wie viel sie getrunken hatte, sobald er seine Untersuchungen abgeschlossen hatte. Sie hatte heute Abend getrunken. Sie konnte die Treppe zu ihrem Garten hinuntergefallen sein, etwa nicht? Das zerbrochene Weinglas im Abfallbehälter, die Zigarillostummel mit Plastikmundstück, der Ehering auf dem Fußboden – Spuren, die vielleicht zu nichts führten.

Aber das glaubte er nicht. Die Begegnung mit Gabrielle hatte seinen Verdacht nur verstärkt. De Gier hatte vermutlich Recht, sie hatte sich zu gut aufgeführt. Grijpstra wollte sich, wie üblich, nicht festlegen. Cardozo war zu jung und unerfahren; er würde nur sagen, was er gehört, gesehen, gerochen, gefühlt, geschmeckt hatte, wie es sich für einen jungen Kriminalbeamten gehörte. Aber Cardozos Unterstützung würde wichtig sein, weil er Gabrielle kennen gelernt hatte, bevor ihre Mutter gestorben war.

Der Commissaris organisierte seinen Angriff auf den Knoten von Lügen, Ränken, verborgenen Gefühlen, unterdrückten Ängsten, die sich teilweise bereits gezeigt hatten, aber er wurde wieder von dem Sturm gefangen genommen und von dem, was er der Stadt antat, die seit mehr als vierzig Jahren sein Jagdgebiet war. Er kannte Amsterdam als so warm, freundlich und tröstend wie eine Mutter. Er durchfuhr häufig die Straßen, erkannte eigentümliche Winkel und Ecken wieder, spürte den sich ausbreitenden Schutz der alten Bäume, die Kühle der Wasserstraßen, knabbernd an Ufermauern, die vor Jahrhunderten aus Kopfsteinen gebaut worden waren, jede von individuellem Aussehen, jede mit ihrem eigenen Bewuchs winziger, krauser Pflanzen, die eine grüne Grenze für die kleinen, blaugrauen plätschernden Wellen bildeten. Jetzt waren die Grachten abscheuliche Abwässerkloaken, bedeckt mit gelbem Schaum, wo der Schein der schwankenden Straßenlaternen auf sie traf.

Das Schild einer Drogerie kam ihnen entgegengeflogen, und de Gier drehte das Lenkrad, sodass es vorbeisegelte, auf die Straße knallte und zerbrach, in einer Wolke von Plastikteilchen explodierte. Hinter sich hörte er Grijpstra knurren.

Zwei Feuerwehrwagen rasten auf den Volkswagen zu, de Gier fuhr ihn auf einen Bürgersteig. Der Motor wurde abgewürgt; sie hörten die Sirenen der roten Wagen, ihr leeres Geheul.

«Die müssen auf dem Weg zu einem eingestürzten Haus sein.»

Der Commissaris ging auf die Bemerkung des Brigadiers nicht ein, sondern mühte sich weiter mit seinen Gedanken.

Sie kamen zu der Straße, in der der Commissaris wohnte. Der Brigadier hatte den Wagen wieder auf den Bürgersteig gelenkt, um den umgestürzten Bäumen auszuweichen und den Commissaris dem Wetter möglichst wenig auszusetzen. Als de Gier den Motor abstellte, sah er dem Commissaris ins Gesicht und lächelte. Sein Chef war anscheinend wieder die Ruhe selbst, leicht amüsiert, ordentlich, sanft. Die Disziplin eines langen Lebens andauernder Bemühungen hatte sich wieder durchgesetzt; die Furcht des Commissaris war wieder in ihren Winkel verbannt worden, wo sie saß, verkrampft und unbehaglich, in sich selbst eingehüllt, ein schwarzes, gestaltloses Monstrum, machtlos und kläglich.

«Ich sehe euch drei morgen um neun», sagte der Commissaris fröhlich. «Denkt heute Abend nicht mehr an den Fall, wir werden ihn morgen angehen, dann wird er immer noch frisch sein.»

«Mijnheer», sagten die drei Männer. Der Brigadier wollte aussteigen, um dem Commissaris die Wagentür zu öffnen, aber der kleine alte Mann stand bereits auf dem Fußweg und stolperte zur Haustür, die seine Frau offen hielt; ihr Hausmantel wurde zur Seite geweht. Sie sahen, wie sie die Hand ausstreckte und ihn ins Haus zog.

Vier

Das große Zimmer in der dritten Etage des Amsterdamer Polizeipräsidiums strahlte eine ruhige Atmosphäre behaglicher Achtbarkeit aus. Das Zimmer war farblos gewesen, als der Commissaris vor vielen Jahren eingezogen war. Die Behörde hatte ihm Möbel – Schreibtisch, einige Sessel, einige Tische – und einen Teppich geliefert, alles zurückhaltend, grau und braun, gut gearbeitet, aber ohne jeden erkennbaren Stil. Der Commissaris hatte die Möbel stehen lassen, wo sie abgesetzt worden waren, aber er hatte allen einen persönlichen Akzent gegeben. Jetzt standen auf den Fensterbrettern Pflanzen im Überfluss, an den Wänden hingen Porträts aus dem siebzehnten Jahrhundert, die helläugige, in Samt gekleidete Herren mit Hakennasen und wallenden Bärten darstellten, Männer einer vergangenen Autorität, die geholfen hatten, die Stadt zu gestalten, die beigetragen hatten zur Pracht ihrer Grachten, in denen sich einige tausend geschmückte, aber dennoch schlichte Giebel spiegelten. Die Gesichter der Porträts zeigten ein ungewöhnliches Ausmaß an Intelligenz und Einsicht und einen Schimmer von Humor, und auf den ersten Blick war es schwierig, die Beziehung herzustellen, die sie durch gemeinsame Herkunft direkt mit dem Commissaris verband, dem unscheinbaren alten Mann, der jetzt seinen drei Assistenten gegenübersaß. Die Gestalt des Commissaris konnte in jeder Menge untergehen, und man könnte ihm innerhalb einer Stunde mehrmals begegnen, ohne die leichteste Erinnerung an ihn zu bewahren. Und dennoch, wenn man sein Gesicht betrachtete und die Art, wie er seine hagere Gestalt bewegte, konnte man viel erkennen. Die drei Kriminalbeamten kannten jetzt mehr von ihm. Außerdem hörten sie zu.

«Ein Durcheinander», hatte der Commissaris gesagt. «Dieser Fall ist ein einziger Schlamassel, und ich wollte, wir könnten ihn beiseite legen. Es wäre ganz einfach. Die Dame hatte etwas zu viel getrunken, sie war beunruhigt wegen des Sturms, sie glitt aus, fiel, brach sich den Hals. Wir brauchen nur einen Bericht zu schreiben. Ich könnte den ganzen Vorfall auf einer halben Seite unterbringen, und jedermann hier würde meine Version akzeptieren. Was meint ihr?»

Es folgte Gemurmel, das in einem hörbaren Wort endete, ausgesprochen von Grijpstra: «Nein.»

«Nein?»

«Nein, Mijnheer.» Grijpstras massige Gestalt füllte den Sessel aus, der den Ehrengästen des Commissaris vorbehalten war, ein schweres Möbelstück, gekrönt von zwei hölzernen Löwenköpfen, die zu beiden Seiten seiner breiten Schultern die Zähne fletschten. Grijpstra fühlte sich ausgezeichnet. Er war früh aufgestanden, hatte in Ruhe sich rasieren können und gefrühstückt, einen sauberen Anzug und sein Lieblingshemd gefunden, hellblau mit abnehmbarem Kragen, im letzten Ausverkauf zum halben Preis im besten Geschäft Amsterdams für Herrenbekleidung erstanden.

«Warum nicht?», fragte der Commissaris. «Meinst du, wir hätten etwas, mit dem wir weitermachen können? Die Spuren deuten auf einen familiären Streit hin, der in einem Totschlag gipfelt. Wir müssen nicht böse Absicht oder Planung voraussetzen. Ich bin ziemlich sicher, dass wir mit der Rekonstruktion einer Situation herauskommen, in der man aus Erbitterung über das ungewöhnliche Wetter aufs Äußerste gereizt war. Die Dame ist gestoßen worden und gefallen. Man wollte nicht absichtlich töten. Der Fall könnte vor Gericht verpuffen, nachdem wir einige hundert Stunden daran gearbeitet und dabei Fehler gemacht haben könnten, die das Leiden einiger unserer Mitmenschen, die wir bis jetzt nicht einmal kennen, vergrößern könnten. Meinst du, wir sollten weitermachen?»

«Ja, Mijnheer.»

«De Gier?»

De Gier breitete seine langen, muskulösen Hände aus. Seine großen Augen funkelten; die nach oben gebürsteten Enden des Schnurrbarts schienen sich leicht zu bewegen. «Nein, Mijnheer, mich sollten Sie nicht fragen. Wenn Sie die Ermittlungen aufnehmen, werde ich daran arbeiten, mit Vergnügen, darf ich sagen. Da gibt es eine schwierige Frage. Das Mädchen hat gelogen, glaube ich, und ich würde gern die Bedeutung der Spuren, der ganzen Situation kennen. Aber vielleicht ist da nichts; der Sturm hatte gestern Abend eine seltsame Wirkung, alles war anders. Aber ich habe keine bestimmte Meinung, ob wir den Fall übernehmen sollen oder nicht. Vielleicht haben Sie Recht, vielleicht werden wir mehr Schaden anrichten als Gutes tun.»

«Und vielleicht sollte uns das nicht kümmern», sagte Grijpstra ruhig. «Wir sind von der Polizei; wir halten die Ordnung aufrecht; wir haben Vorschriften.»

«Und wenn die Vorschriften zu weiterer Unordnung führen?», fragte der Commissaris, aber er wartete nicht auf Grijpstras Antwort. «Egal, wir werden den Fall übernehmen. Dich frage ich nicht, Cardozo; dich werde ich erst in einigen Jahren fragen. Das bedeutet nicht, dass ich deine Meinung nicht schätze, aber sie muss sich zuerst einmal bilden.» Er stand auf und ging zu dem jungen Kriminalbeamten, der aufgerichtet auf einem Stuhl mit harter Rückenlehne saß. Der Commissaris strich Cardozo über den Lockenkopf und ging dann wieder an seinen Schreibtisch mit der Glasplatte zurück. «Gut, wir machen also weiter, und zwar so: In den Fall sind mehrere Personen verwickelt, zunächst Elaine Carnet, tot, aber ihre Leiche muss noch untersucht werden. Ich möchte erfahren, ob der Ehering leicht auf ihren Finger passt, Cardozo, du kannst nach dieser Besprechung zum Leichenschauhaus gehen. Hat jemand den Ring?»

Grijpstra zeigte auf eine Schachtel neben seinem Sessel. «Da drin, Mijnheer.»

«Gut. Ich habe den Bericht über Fingerabdrücke gelesen. Die Flächen sind abgewischt worden, jedenfalls nach Ansicht der Experten. Diese Feststellung würde vor Gericht nicht standhalten – Türknöpfe kommen oft mit Kleidungsstücken in Berührung, und als Ergebnis haben wir keine Fingerabdrücke daran –, aber für uns ist es ein Hinweis. Ein Verdächtiger, der eigene Spuren oder die eines anderen beseitigt. Es gibt noch mehr interessante Informationen. Der Arzt behauptet, Elaine Carnet habe sich einen Rausch angetrunken; sie sei Gewohnheitstrinkerin, aber noch nicht richtige Alkoholikerin gewesen. Sein Bericht ist ordnungsgemäß dokumentiert und wird vor Gericht standhalten. Elaine war gestern Abend also betrunken; ihr Mangel an Selbstkontrolle hat sie vielleicht etwas sagen lassen, das zu einem Angriff eingeladen hat, wobei sie die Treppe hinabgestoßen worden ist. Wer hat sie gestoßen? Der mysteriöse Zigarilloraucher? Wir haben Gabrielle Carnet, Elaines Teilhaber Mijnheer Bergen und ihren früheren Liebhaber de Aap, ein Mann namens Jan Vleuten, und das sind alle, stimmt's?»

«Mijnheer de Bree, Mijnheer», sagte Cardozo. «Der verdächtig ist, den Hund vergiftet zu haben, der Mann, den ich verhört habe oder verhören wollte, der mir aber die Tür vor der Nase zugeschlagen hat.»

«Gut. Ihn haben wir also auch, aber er will nicht mit uns sprechen. Wir brauchen mehr Material gegen ihn, am besten

Aussagen von Zeugen, die gesehen haben, dass er den Hund gefüttert hat. Vielleicht können Zeugen gefunden werden; der Garten, in dem das Gift verabreicht wurde, kann von ziemlich vielen Menschen eingesehen werden, von den Bewohnern der Häuser neben und gegenüber dem Haus der Carnets, das heißt gegenüber der Rückseite dieses Hauses. Das ist was für dich, Cardozo. Sobald du im Leichenschauhaus gewesen bist, kannst du die Runde machen. Solltest du Beweise finden, wie vage sie auch sein mögen, haben wir gewichtigere Tatsachen gegen deinen miesen Mijnheer de Bree und können ihn zum Verhör holen lassen. Bis jetzt können wir nicht an ihn ran, obwohl ich versuchen könnte, ihn zu bluffen.»

«Dann bleiben uns Gabrielle Carnet, Mijnheer Bergen und de Aap, Mijnheer.»

«Ja, Brigadier. Wir wissen noch nicht viel über Gabrielle, trotz meines Verhörs gestern Abend. Sie muss noch einmal aufgesucht werden, vielleicht übernimmt Cardozo das auch, denn er hat sie bereits zweimal gesprochen, sodass eine Art von Kontakt zwischen ihnen bestehen sollte. Ich glaube nicht, de Gier, dass du gehen solltest. Du hast gesagt, du magst sie nicht, stimmt's?»

De Gier nickte.

«Mangel an Sympathie macht ein Verhör nicht einfacher, deshalb kann Grijpstra hingehen. Du und ich werden Mijnheer Bergen und de Aap aufsuchen. Das kann alles heute erledigt werden. Es könnten noch andere Verdächtige auftauchen, was ich jedoch nicht hoffe. Zu viele Verdächtige sollte es nicht geben. Mevrouw Carnet hat Wein mit ihrem Mörder getrunken und ihn in der Veranda empfangen, nicht in ihrem prächtigen Wohnzimmer. Ihr war der Mörder sehr vertraut, und ich hatte von ihr den Eindruck, dass sie eine einsame Frau war, aber da könnte ich mich irren. Es war wirklich ein seltsamer Abend, und der Sturm hat möglicherweise unsere Argumentation beeinflusst. Vielleicht hatte Elaine viele vertraute Freunde, die sie möglicherweise alle gehasst haben. Wer weiß, aber das sollten wir heute feststellen.»

Im Zimmer war es ruhig. Ein Konstabel brachte Kaffee, den Cardozo ausschenkte.

«Gibt's noch Fragen?»

«Der Safe, Mijnheer, und das Porträt.»

Der Commissaris rieb sich die Hände. «Der Safe und das Porträt», sagte er langsam. «Ja. Hm. Hm, hm, hm. Sehr gut, Adjudant. Du hast gesagt, du hättest mit de Gier einen Wandsafe gefunden, versteckt hinter einem Gemälde, als Cardozo und ich oben Gabrielle verhört haben. Der Safe enthielt eine Kiste, eine altmodische Zigarrenkiste mit dreihundert Gulden und etwas Kleingeld. Vielleicht ist er also nicht geöffnet worden, denn das Geld befand sich noch darin. Aber wie der Fingerabdrucksexperte sagt, ist der Griff vom Safe abgewischt worden. Du kannst Gabrielle nach dem Safe fragen, wenn du heute zu ihr gehst. Vielleicht weiß sie, ob ihre Mutter viel Geld darin verwahrte. Und vor dem Safe hing das Gemälde. Wir haben es nicht hier – oder?»

«Nein, Mijnheer.»

«Ein Porträt von Elaine Carnet, als sie noch jung war. Sie stand neben einem Piano und sang.»

«Ja, Mijnheer. Das Bild war mit ‹Wertheym› signiert.»

Der Commissaris schloss halb die Augen und atmete scharf aus. «Nun, was wird das bedeuten? Nur eben, dass ein Maler ein Porträt gemacht hat. Aber wir könnten den Maler aufsuchen. Vielleicht hat es zwischen ihm und Elaine irgendeine Beziehung gegeben, sodass er uns etwas von ihr erzählen kann. Sehr wahrscheinlich nicht, aber wir werden dies nicht übergehen. Geh du doch zu diesem Maler, Adjudant, während Cardozo in der Gegend vom Haus der Carnets herumschnüffelt, dann könnt ihr beide euch später treffen und Gabrielle aufsuchen. Geht das?»

«Gewiss, Mijnheer.»

Der Commissaris sah auf seine Uhr. «Zehn Uhr. Wir können in Ruhe unseren Kaffee austrinken und dann alle gehen. Cardozo?»

Cardozo schoss auf seinem Stuhl vor, dass er beinahe umfiel. Sein Eifer ließ de Gier lächeln, der sich am Schnurrbart zupfte, um seine Heiterkeit zu verbergen.

«Du bist der Einzige, der etwas hat, an dem er arbeiten kann. Bis jetzt sind unsere Verdächtigen alle zu glatt, um sie zu fassen. Sie besitzen zwar viele kleine Haken, an denen wir ein Seil befestigen könnten, aber wir wissen nicht, wo wir danach suchen sollen. Aber du hast deinen Mijnheer de Bree, und wir können fast sicher sein, dass er versucht hat, den Hund umzubringen. Wir könnten ihn festhalten, wenn du Beweise bringst, der kleinste würde genügen. Er ist unsere einzige Verbindung zu den Carnets: Er kennt sowohl Elaine als auch Gabrielle; sein Garten grenzt an den ihren; Nachbarn wissen immer eine Menge über einander. Es wäre zu viel zu erwarten, Zeugen für den Augenblick des Todes von Elaine zu finden – es muss am späten Abend passiert sein, als der Sturm seinen Höhepunkt erreichte und es stark regnete. Aber versuche es trotzdem, lass dir Zeit, besuche jeden, der in einem Haus mit Blick auf den Garten der Carnets wohnt.»

«Ja, Mijnheer.»

Grijpstra senkte die Lider, als er seinen Blick von Cardozos aufgewecktem Gesicht abwandte. Der junge Kriminalbeamte erinnerte ihn an einen Mitschüler, einen drahtigen kleinen Streber, einen übereifrigen Burschen, der sich immer einschmeichelte, wenn er die Aufmerksamkeit eines Lehrers auf sich lenken konnte. Dieser Schüler bekam immer glatte Einsen. Jetzt war er General, Befehlshaber niederländischer Panzerbrigaden, die schwerfällig Zäune auf dem Besitz deutscher Bauern niederwalzten. Grijpstra freute sich, dass er kein General war, aber andererseits können Generäle möglicherweise ganz leicht eine Scheidung erreichen. Er verbannte den Gedanken. An was er in diesen Tagen auch zu denken versuchte, immer führte es zum Thema Scheidung.

Der Commissaris drückte seine Zigarre aus, woraufhin die Kriminalbeamten sich erhoben, aber wieder Platz nahmen. Der Commissaris hatte den Schreibtisch verlassen, ging im Zimmer umher und betrachtete seine Pflanzen.

Er murmelte etwas vor sich hin, nahm von einem Regal einen Zerstäuber und besprühte einen großen Farn, der an einer Kette von der Decke hing.

«Wunderschön, schaut euch diesen neuen Trieb an, zusammengerollt wie ein Bischofsstab.» Die Polizisten standen um den Farn herum und gaben passende Bemerkungen von sich. Nur de Gier war anscheinend wirklich interessiert.

«Du solltest Farne in deiner Wohnung haben, de Gier, sie sind dekorativ und beruhigend.»

«Meine Katze würde danach springen und die Blätter abreißen, Mijnheer.»

«Wirklich? Täbris? Ich dachte, sie sei eine freundliche, ruhige Katze. Nun, dann hänge den Farn einfach hoch genug. Er wird deinen Geist beruhigen und dir gute Ideen geben, wenn du im Bett liegst. Der Geist funktioniert wirklich nur dann gut, wenn er richtig beruhigt ist.» Er ging an seinen Schreibtisch zurück und setzte sich. Seine kleinen welken, beinahe gelben Hände lagen auf der Schreibtischplatte. Er hörte die Beamten nicht, als sie das Zimmer verließen.

«Mijnheer?», fragte de Gier an der Tür.

«Hmm? Ja, ich sehe dich in einer Viertelstunde im Hof, Brigadier. Wir gehen zuerst zu Mijnheer Bergen, dem Teilhaber der Carnet – stelle bitte die Adresse von Carnet & Co. fest, die Firma handelt mit Möbeln. Ich glaube, ich habe ihr Gebäude irgendwo in der Nähe der Peperstraat gesehen.»

Der Brigadier schloss langsam die Tür. Er hörte die beiden letzten Wörter des Commissaris: «Mistig. Bah!»

Fünf

Das Gebäude in der Peperstraat bestand aus sechs kleinen, dreistöckigen Häusern, die innen miteinander verbunden waren, aber ihre augenscheinliche Individualität bewahrt hatten. Jedes Haus hatte seine eigene Verzierung, die sich sehr von den anderen unterschied, wenn man genau hinschaute, aber insgesamt boten sie wiederum den Eindruck von einer Einheit. Während de Gier sich auf die Suche nach einem Parkplatz gemacht hatte, stand der Commissaris auf der schmalen Straße und schaute interessiert in die Höhe. Er fragte sich, warum das sechzehnte und siebzehnte Jahrhundert eine so vollkommene Schönheit hervorgebracht hatten und warum sie so lange verloren gegangen war. Sie tauchte jetzt wieder auf, es gab wieder Hoffnung, aber für Jahrhunderte war sie weg gewesen, trübe Jahre, in denen andere Teile der Stadt gebaut worden waren, lange, enge Straßen mit dem rußdurchsetzten Grau von Häuserreihen, die mit ihren beengten Wohnungen und starren, abstoßenden Dachkonturen eine Beleidigung für die Menschheit waren.

Auf einem Schild, das an einer gusseisernen Stange hing,

stand in kleinen, gleichmäßigen Buchstaben CARNET & CO., MÖBEL, EINFUHR & GROSSHANDEL. Durch mehrere offene Fenster in der ersten Etage drang das Klappern elektrischer Schreibmaschinen. Ein älteres Ehepaar, vermutlich ein Ladenbesitzer mit seiner Frau, wurde an der schmalen grünen Eingangstür des ersten Giebelhauses von einem geschmeidig aussehenden jungen Mann im Maßanzug empfangen. Ein Verkäufer, der Kunden begrüßt. Elaine Carnet hatte offenbar ein gutes Geschäft aufgebaut. Es tat ihm jetzt Leid, dass er sich nicht die Zeit genommen hatte, das Gesicht der Leiche aufmerksamer zu betrachten. Bei dem kurzen Blick auf sie, an den er sich erinnerte, hatte er weder Tüchtigkeit noch höfliche Unbarmherzigkeit, die einen Erfolg im Geschäftsleben garantieren, entdecken können.

Er grinste. Vielleicht beurteilte er den Handel zu hart. Aber er hatte immer die schneidende Kraft des Verstandes von Händlern gespürt, wenn er mit ihnen zu tun hatte. Die kleineren Kaufleute, die Händler mit direktem Kontakt zum Kunden, mochten freundlicher, verständnisvoller sein. Wenn jedoch das Geschäft auf der Ebene des Großhandels und der Fabrik abgewickelt wird, verändert sich der Gesichtsausdruck. Er würde sich auf das verlassen müssen, was er in dem kurzen Moment gesehen hatte, als die Konstabel die tote Mevrouw Carnet zum Leichenwagen getragen hatten. Er hatte nur eine ältere Frau gesehen, einsam, besiegt, uninteressiert an solchen Dingen wie Umsatz, Gewinnspanne und Kostenkontrolle. Das Geschäft würden andere aufgebaut haben, obwohl ihr der Löwenanteil der Firma gehört haben mochte. Aber er hatte auch den außerordentlichen Ausdruck eines dämonischen Entzückens gesehen.

De Gier kam um die Ecke gelaufen. «Verzeihung, Mijnheer, ich habe ihn ein ganzes Ende von hier entfernt abgestellt.»

«Schade, dass mich meine Beine immer so plagen, sonst könnte ich wieder mit dem Rad fahren. Heutzutage einen Wagen benutzen macht mehr Mühe als Vergnügen. Gehen wir hinein, Brigadier.»

Bergen kam zur Tür. Die Sekretärin des Commissaris hatte ihm mitgeteilt, dass er einen Besuch der Polizei zu erwarten habe. Der Mann passte zu dem Image, das die Firma präsentierte. Er war kein junger Mann, etwa zwischen fünfzig und sechzig – die energische Art, in der er sich gab, könnte einige Jahre auslöschen. Kurzes silbergraues Haar, gebürstet, bis es glänzte, schwere Wangen, scharf ausrasiert, Augen, die vor nervöser Energie hinter dicken, goldgefassten Gläsern funkelten. Ein tadellos gekleideter Mann, nur ohne jede Phantasie. Dunkelblauer Anzug, weißes Oberhemd, Krawatte im gleichen Farbton wie der Anzug. Die Art von Mann, die sich die Fernsehwerbung aussucht, damit er den Damen etwas über eine neue Waschmaschine oder ein anderes teures Gerät erzählt, zu dessen Kauf man Vertrauen benötigt. Mijnheer Bergens Stimme bestätigte den äußeren Eindruck; ein warmer, tiefer Klang, der aus einer breiten Brust kam.

«Commissaris, Brigadier, kommen Sie bitte mit. Mein Büro ist in der obersten Etage. Ich werde Ihnen den Weg zeigen, wenn Sie entschuldigen, dass ich vorausgehe.» Er musste es schon tausendmal zu Kunden, Lieferanten und Steuerprüfern gesagt haben.

De Gier stieg die Treppe als Letzter hinauf, der Commissaris war etwa sechs Stufen vor ihm. Als er den schmalen Rücken des Commissaris betrachtete, summte er: «Scheue, scheue kleine Maus, schlüpfst in Mijnheer Bergens Haus.»

Bergen wusste nicht, was ihm bevorstand. De Gier dachte an den Hoofdinspecteur, der vor einigen Jahren mit mehreren Mordfällen befasst gewesen war. Er gab sich gern unschuldig, beinahe dumm, um die Verdächtigen zu verleiten, ungezwungen zu reden, aber sein Charakter hatte auch sadistische Züge. Er schien immer stolz darauf zu sein, die Verteidigung der Verdächtigen niederzureißen und diese am Ende so vorzuführen, wie sie wirklich waren. Und da die Verdächtigen auch nur Menschen waren, erwiesen sie sich stets als kaum mehr als eine braune Papiertüte voller Fürze, ein Ausdruck, den der Hoofdinspecteur gern benutzte. Ihm war anscheinend nie eingefallen, dass diese Definition auch auf ihn zutreffen und er zerplatzen oder zerreißen könne, wenn genügend Druck auf seine schwache äußere Hülle ausgeübt würde. Der Commissaris, der das Spiel zwar nach den gleichen allgemeinen Regeln wie sein Kollege betrieb, freute sich dagegen nie über seine Jagdbeute. De Gier fragte sich, ob Bergen ein Opfer des Gesetzes werden würde. Bis jetzt hatten sie noch keinen Grund, mehr als einige Informationen zu erwarten.

Sie wurden in ein riesiges Zimmer geführt, halb Ausstellungsraum, halb Büro. Es war verschwenderisch mit Ledermöbeln ausgestattet, mit Couches und Sesseln. Der Commissaris und der Brigadier wurden zu einer niedrigen Polsterbank dirigiert, die aus einem augenscheinlich ganz ausgezeichneten Rindsleder angefertigt war, ein ausgewähltes Stück, das zweifellos ein Vermögen kostete, ein perfektes Beispiel für italienisches Design der Gegenwart.

«Meine Herren», sagte Bergen langsam mit so leiser Stimme, dass er kaum zu verstehen war, «möchten Sie vielleicht Kaffee? Eine Zigarre?»

Den Kaffee servierte Gabrielle, gekleidet in einen khakifarbenen einteiligen Anzug.

Die Polizisten standen auf, um ihr die Hand zu geben. Gabrielle lächelte und schnurrte. Sie wurden gebeten, sich wieder zu setzen, und sie beugte sich nieder, um ihnen die Tassen zu reichen. In dem tief ausgeschnittenen Oberteil des Anzugs waren ihre Brüste fast ganz zu sehen. De Gier war interessiert, aber nur wenig. Er konnte ihre Vorliebe für Hosen nicht verstehen, da diese Ausstattung ihre ziemlich kurzen, krummen Beine betonte, wie am Abend zuvor die Jeans. Er bemerkte ein Schimmern an ihrem Hals und konzentrierte seinen Blick darauf, um zu sehen, was es war. Gabrielle sah sein Interesse und verharrte länger als nötig. Ein Plastikfaden, dachte de Gier, sehr dünn, und an seinem Ende irgendein Gegenstand, klein, braun und blank, teilweise durch die Brüste verdeckt, weil er dazwischen steckte. Vielleicht ein Knopf. Warum sollte sie einen Holzknopf zwischen den Brüsten tragen? Der Gedanke ging nicht tief und prägte sich ihm kaum ein.

«Arbeiten Sie auch hier, Juffrouw Carnet?»

«Nur gelegentlich, wenn Mijnheer Bergen wichtige Kunden im Ausstellungsraum erwartet oder in der Firma viel zu tun ist. Heute Nachmittag kommt ein Besucher, der für eine Warenhauskette einkauft, und außerdem ist Mijnheer Pullini in der Stadt.»

Der Commissaris wurde aufmerksam. «Pullini? Ist das nicht ein italienischer Name? Haben Sie nicht gestern gesagt, Ihre Mutter habe das Geschäft mit Möbeln aus Italien angefangen?»

Bergen hatte sich zu ihnen gesetzt und dabei seine Kaffeetasse elegant balanciert. «Stimmt, Commissaris. Die meiste Ware kommt immer noch aus Italien, aber in diesem Raum stellen wir nur die teuren Stücke aus. Wir führen auch Möbel aus der Massenproduktion und haben uns seit kurzem auf Stühle und Tische konzentriert, die übereinander gestapelt werden können. Wir verkaufen jetzt an Restaurants, Hotels, Kantinen und so weiter. Außerdem sind wir seit dem vorigen Jahr im Geschäft mit den Streitkräften.»

«Ihre Geschäfte gehen gut, trotz der Rezession, oder?»

Bergen lächelte breit. «Davon reden nur Geschäftsleute, die nicht klarkommen; für die herrschen immer schlechte Zeiten. Ich glaube nicht, dass es wirkliche Schwierigkeiten gibt, selbstverständlich abgesehen von den hohen Steuern; die sind ein Faktor, der uns die Existenz kosten könnte.»

«Wie hoch ist Ihr Umsatz?», fragte der Commissaris. «Nur so ungefähr. Sie brauchen es nicht zu sagen, wenn Sie nicht wollen. Ich bin nur neugierig.»

«Acht Millionen im vergangenen Jahr.» Bergen strahlte. Seine höfliche Wachsamkeit wurde eindeutig schwächer, der Polizist hatte einen guten Eindruck gemacht. «Aber das war ein besonders gutes Jahr, und ein großer Teil davon entfiel auf Geschäfte mit dem Heer und der Marine. Gleichwohl, auch in diesem Jahr sollten wir wieder gut abschneiden, sogar ohne große Kontakte. Das Geschäft ist beständig, glücklicherweise. Es herrscht immer eine Nachfrage nach Möbeln, und wir liegen gut im Markt.»

Der Commissaris nickte, ein stolzer Vater, der die Faxen eines Sprösslings bewundert. Die Unterhaltung floss dahin, bis Bergen sich unterbrach. «Mevrouw Carnet», sagte er traurig, «meine langjährige Partnerin. Ich nehme an, Sie sind hier, um ihren Tod zu untersuchen?»

«Das ist richtig.»

«Vermuten Sie ein Verbrechen, Commissaris?»

Der Commissaris neigte den Kopf. Diese Geste erinnerte de Gier an seine Katze Täbris. Sie ließ den Kopf zur Seite fallen, wenn sie nicht sicher war, ob sie das mochte, was er ihr aufgetischt hatte. «Nicht unbedingt. Es gibt einige Hinweise, die wir uns zu diesem Zeitpunkt noch nicht erklären können, aber sie lassen sich vielleicht noch an der richtigen Stelle einordnen, sodass der Tod sehr wohl auf einen Unfall zurückzuführen ist. Falls es sich so ergibt, würden wir gern mit einem Minimum an Verzögerung zu dieser Schlussfolgerung kommen, damit der Fall abgeschlossen werden kann. Was können Sie uns über Mevrouw Carnet sagen, Mijnheer Bergen? Hatte sie enge Freunde, und hat einer von denen sie besucht, vielleicht gestern Abend, oder hatte sie gestern Abend überhaupt Besuch?»

Bergens verkniffener Mund verzog sich nach unten. Er schien intensiv nachzudenken. «Nein. Ich weiß nicht, was sie gestern Abend gemacht hat. Ich war zu Hause und habe an einem Baum gearbeitet, der gegen das Dach schlug. Elaine ist gestern nicht ins Büro gekommen, aber das tat sie sowieso nur noch selten in diesen Tagen. Sie hatte sich halb zurückgezogen und überließ mir die Geschäftsführung. Früher hatten wir viel Kontakt miteinander, als wir uns um den Ausbau der Firma kümmerten, aber das ist jetzt alles vorbei, praktisch schon seit Jahren.»

«Mutter hatte keinen sehr geregelten Tagesablauf», sagte Gabrielle. «Sie stand gern spät auf, frühstückte dann in einem Restaurant, kaufte ein, ging zum Frisör und manchmal in ein Kino. Nur abends aß sie zu Hause.»

«Ich verstehe.» Der Commissaris stand auf, schaute sich um und setzte sich wieder.

«Noch einen Kaffee?», fragte Gabrielle.

«Nein, ehem, nein. Würde es Ihnen viel ausmachen, Juffrouw Carnet, wenn ich Sie bitte, uns für eine Weile mit Mijnheer Bergen allein zu lassen? Ich möchte einige Fragen stellen, die, nun, die Sie in Verlegenheit bringen könnten.»

Gabrielle lachte, stand auf und nahm die leeren Tassen vom Tisch. «Selbstverständlich macht es mir nichts aus, aber ich werde nicht so leicht verlegen. Ich bin ein modernes Mädchen, wissen Sie.»

«Ja, ja», sagte der Commissaris, der sich immer noch unbehaglich fühlte. De Gier kniff die Augen zusammen. Er hatte das alles schon mal gesehen. Die Situation gestaltete sich gut, Einzelheit für Einzelheit manipuliert.

«Tja», begann der Commissaris, nachdem Gabrielle gegangen war, «ich bin sicher, Sie wissen, warum ich Juffrouw Carnet gebeten habe, uns für eine Minute allein zu lassen. Wenn Mevrouw Carnet gestern Abend ermordet worden und nicht nur ausgeglitten und die Treppe hinuntergefallen ist – sie hatte ziemlich viel Wein getrunken, wissen Sie, Beaujolais, ein starker Wein, wir haben eine leere Flasche gefunden –, dann könnte jemand sie umgebracht haben, mit dem sie intim befreundet war. Kennen Sie so eine Person, Mijnheer?»

Bergen dachte wieder nach. Offenbar wollte er behilflich sein, aber er wog seine Worte ab. «Ja. Ich verstehe, was Sie meinen. Also, Elaine hatte jahrelang einen Liebhaber, einen Angestellten dieser Firma, Vleuten heißt er. Vor zwei Jahren hat er uns verlassen, ziemlich plötzlich.»

«Wegen einer Unerfreulichkeit?»

«Ja.» Bergen kratzte sich eifrig an der Kehle. «Ja, so kann man es nennen. Eine unangenehme Sache. Wissen Sie, Elaine verliebte sich in de Aap – das ist sein Spitzname, er sieht ein wenig wie ein Affe aus, ihm machte es nichts aus, so genannt zu werden. Elaine verknallte sich richtig in ihn, und er hat ein angenehmes Wesen, das muss man ihm lassen. Das ist schon einige Zeit her. Elaine war damals noch in den Vierzigern und ziemlich attraktiv, später verfiel sie. Der Wein trug dazu bei, aber das ist eine andere Sache.»

«Die damit vielleicht zusammenhing?», gab der Commissaris zu bedenken.

«Ja, möglicherweise. Aber es gab andere Gründe, glaube ich. Die Firma ist so groß geworden, dass sie deren Mechanismen nicht mehr begreifen konnte. Sie hat beispielsweise die Buch- und Lagerhaltung per Computer nie verstanden; sie führte die Bücher gern nach irgendeinem altmodischen System, das sie beherrschte. Ich glaube, sie war verletzt, als wir unsere Verwaltung modernisierten und der größte Teil ihrer Arbeit überflüssig wurde, deshalb begann sie sich zurückzuziehen. Ihr Schreibtisch steht dort drüben. Auf ihm befindet sich nichts mehr, nicht einmal ein Telefon. Sie kam jetzt nicht mehr gern her. Sie wusste nicht, was hier vor sich geht, und wollte deshalb gar nicht erst versuchen, sich mit etwas zu befassen, weil sie befürchtete, es könne ihr vor der Nase zerplatzen.»

«Ja.» Die Stimme des Commissaris klang nachdenklich. «Ja, gewiss. Eine verlorene, einsame Frau, den Eindruck hatte ich, als ich ihre Leiche sah.»

Das Wort «Leiche» ließ Bergen zusammenzucken, er fuhr sich mit der Hand schnell über die linke Wange. Er hatte diese Bewegung auch vorher schon gemacht, und de Gier war aufgefallen, dass er nach dieser Bewegung die Hand nervös ballte. Er betrachtete Bergens Gesicht genauer. Die linke Seite schien irgendwie angegriffen zu sein; das Auge sah größer als das rechte aus, der Mundwinkel hing etwas herab. Vielleicht hatte der Mann einen Schlaganfall überstanden. Als Bergen wieder sprach, kamen de Gier einige Buchstaben leicht verwandelt vor. Das p und das b waren etwas verwaschen. De Gier zuckte die Achseln. Er sammelte einige sehr nützliche Informationen, Bergen hatte also einmal einen Schlaganfall überstanden. Na und?

«Ein Verhältnis mit einem Angestellten, das muss für Sie sehr unangenehm gewesen sein. Welche Stellung hatte Mijnheer Vleuten in der Firma? War er Verkäufer?»

«Verkaufsdirektor. Er hat für uns sehr gut gearbeitet. Einige unserer größten Abschlüsse sind sein Werk. De Aap war nie ein Verwaltungsmensch, und ich glaube nicht, dass er die Firma hätte leiten können, aber auf seinem Gebiet hat er gewiss hervorragende Arbeit geleistet.»

Der Commissaris steckte sich einen Zigarillo an. Seine Stimme hatte die Grenze zwischen unterhaltend und liebenswürdig überschritten; die Spannung, die de Gier zu Anfang in Bergens Reaktionen gespürt hatte, ließ nach.

«Ja, Verkäufe», sagte der Commissaris und wedelte mit seinem Zigarillo. «Ohne sie kann ein Geschäft nichts erreichen, aber gute Verkäufe können durch eine schlechte Verwaltung verdorben werden. Hat Mijnheer Vleuten darauf reflektiert, Chef dieser Firma zu werden? Ist er irgendwie Ihr Rivale gewesen?»

«Nein. De Aap hat nur das angestrebt, was er bereits war, aber dennoch ist er ein Rivale gewesen, ein sehr mächtiger Rivale, denn Elaine wollte ihn direkt auf meinen Stuhl schieben. Und dabei ging es nicht nur um die geschäftliche Seite. De Aap war Elaines Liebhaber, und sie schmuste mit ihm hier im Büro. Sie hielt seine Hände, knabberte an seinen Ohren, blickte ihm in die Augen. Sie haben vorhin das Wort ‹Verlegenheit› gebraucht, genau das war es, Verlegenheit herrschte. Ich fühlte mich in meinem eigenen Büro wie ein vollkommener Idiot, sobald die beiden hereinkamen. De Aap war selbstverständlich immer höflich und charmant, aber von Elaines Benehmen wurde mir speiübel. Wenn ich ein Geschäft abschloss, und das tue ich selbstverständlich laufend, wurde die Sache völlig ignoriert, selbst wenn es ein Kontrakt über eine Million Gulden war, aber wenn de Aap einer lieben alten Dame mit einem Laden auf dem Lande einen Küchentisch und vier dazu passende Stühle verkaufte, mussten wir alle die Nationalhymne anstimmen.»

Die Polizisten lachten und Bergen mit ihnen, zufrieden über seinen kleinen Scherz.

«Und?»

«Und ich musste die Sache auf die Spitze treiben. Ich konnte es einfach nicht mehr ertragen. Wir hatten eine Besprechung, wir drei, in der ich meine Kündigung anbot und ihnen meine Firmenanteile zur Verfügung stellte. Es war ein großes Risiko, denn ich hätte leicht verlieren können, aber ich baute auf Elaines Einsicht. Sie musste wissen, dass meine Erfahrung für die Zukunft der Firma wichtig war und sich de Aap nur als Verkäufer bewährt hatte, jedoch nie als Verwaltungsmensch. Aber sie hat nicht mit der Wimper gezuckt.»

«Wirklich? Aber de Aap ist gegangen, und Sie sind noch hier.»

Bergens rechte Hand spielte mit dem Saum seiner Jacke.

«Ja. Er überraschte mich. Er stand auf und ging zu der Schreibmaschine dort drüben und schrieb seine Kündigung. Es war sehr anständig von ihm. Er hatte für einen Augenblick die ganze Firma in der hohlen Hand, aber er pfiff darauf. Selbst wenn er mit der Verwaltungsarbeit nicht fertig geworden wäre, hätte er jemanden finden können, der sie ihm abnahm. Wir standen sehr gut da. Er hat tatsächlich auf ein Vermögen verzichtet.»

«Und er ist ohne einen Cent gegangen?»

«Nur mit dem Gehalt für einige Monate. Elaine hat ihm ein Jahreseinkommen angeboten, aber er hat abgelehnt. Ich habe angeboten, seine Kündigung in einer Weise zu akzeptieren, die es ihm ermöglicht hätte, Arbeitslosengeld zu beziehen, aber auch das hat er abgelehnt. Er gab mir nur die Hand, küsste Elaine die Wange und ging. Ich habe ihn seitdem nicht mehr gesehen.»

«Nicht einmal auf der Straße?»

«Nein.»

«Und Mevrouw Carnet? Hat er mit ihr auch gebrochen?»

«Ja, aber sie hat versucht, wieder Kontakt aufzunehmen. Ich habe gehört, wie sie ihn angerufen hat. Er ist ein geschickter Zimmermann, und sie wollte, dass er in ihrem Haus etwas reparierte. Möglicherweise ist er gekommen und hat die Beziehung irgendwie fortgesetzt, aber ich weiß es nicht und habe auch nicht gefragt.»

Der Commissaris stand auf und ging ans Fenster. «Er kommt mir nicht vor wie ein Mann, der sie die Treppe zum Garten hinunterstoßen würde.»

«Nein. De Aap ist kein gewalttätiger Mensch.»

«Sind *Sie* einer, Mijnheer?» Der Commissaris hatte sich umgedreht, bevor er die Frage stellte. Er stellte sie im gleichen ruhigen Ton wie vorher, aber sein Blick ruhte auf Bergens Gesicht.

«Gewalttätig?»

«Ja. Sind Sie ein gewalttätiger Mensch?»

Bergens Stimme schwankte. Seine linke Wange schien noch mehr herunterzuhängen als vorher. Die Unterlippe war schlaff geworden. Er strengte sich an, die Frage zu beantworten. «Nein, nein. Ich glaube nicht. Ich bin während der Schulzeit in einige Raufereien geraten und hatte beim Militär ein oder zwei Schlägereien, aber das ist vorbei. Ich glaube nicht, dass es noch in mir steckt.»

«Wir müssen Sie fragen, ob Sie beweisen können, wo Sie gestern Abend waren, Mijnheer Bergen. Mir ist klar, dass diese Fragen unangenehm sind, aber wir müssen sie stellen.»

«Ich war zu Hause. An so einem Abend geht man kaum aus.»

«Waren Sie allein?»

«Ja, meine Frau ist bei Verwandten, sie macht ein paar Tage

Ferien auf dem Lande. Meine Kinder sind verheiratet. Ich war allein.»

«Kein Besuch? Hat niemand angerufen?»

«Nein.»

«Gut, das war nur für das Protokoll.» Der Commissaris wollte diese Feststellung noch weiter erläutern, aber das Telefon klingelte. Bergen ging an seinen Schreibtisch, um abzunehmen.

«Mijnheer Pullini? Ist er schon hier? Bitten Sie Juffrouw Gabrielle, dass sie sich für eine Weile mit ihm unterhält, ich habe jetzt zu tun. Und stellen Sie keine Gespräche mehr durch; wenn Sie die Nummern notieren, werde ich zurückrufen.» Er legte den Hörer mit unnötiger Heftigkeit auf und wandte sich seinen Besuchern wieder zu. «Pullini», sagte er langsam. «Das ist ein Tag voller Probleme.»

De Gier hatte den Blick seit einigen Minuten nicht von Bergens Gesicht abgewandt. Fasziniert beobachtete er, wie sich der Zustand der linken Gesichtshälfte des Mannes verschlechterte. Die Wangen- und Mundmuskeln erschlafften rapide, und er glaubte nicht, dass Bergen bewusst geworden war, was mit seinem Gesicht geschah. Der Brigadier dachte daran, die Aufmerksamkeit des Commissaris irgendwie auf dieses Phänomen zu lenken, als Bergen weitersprach.

«Pullini. Wenn der Alte nur selbst gekommen wäre, aber er hat seinen reizenden Sohn geschickt.»

«Haben Sie Ärger mit Ihrem Lieferanten? Pullini ist immer noch Ihr Hauptlieferant, nicht wahr?»

«Ja, mehr als die Hälfte unserer Ware kaufen wir von ihm. Eine gute Fabrik, zuverlässige und schnelle Lieferung, ausgezeichnete Qualität, aber seine Preise sind gegenwärtig zu hoch. Deshalb ist der junge Pullini hier, schon seit zwei Wochen. Ich habe in Mailand eine andere Fabrik gefunden, die uns beliefern kann und konkurrenzfähiger ist als die Pullini-Firma. Sie räumt auch etwas mehr Kredit ein – Kredite sind für uns wichtig, weil wir große Lagerbestände halten müssen.»

«Und Pullini will mit den Preisen nicht runtergehen?»

«Bis jetzt nicht.»

«Warum reist der junge Pullini dann nicht wieder ab? Oder gefällt ihm Amsterdam?»

Bergen grinste. Das Grinsen war eindeutig schief, und de Gier fragte sich, ob der Commissaris die Veränderung bei ihrem Verdächtigen bemerkt hatte. «Ihm gefällt das Highlife hier. Die Italiener sind noch etwas altmodisch. Der Junge amüsiert sich hier, aber er bleibt auch noch aus einem anderen Grund. Der alte Pullini hat sich – wie Elaine – aus der Firma zurückgezogen, seine Firma leitet jetzt Francesco, der einige krumme Geschäfte gemacht hat; jedenfalls glaube ich das. Beweisen kann ich es nicht.»

«Bestiehlt er das Unternehmen seines Vaters?»

«Vielleicht. Papa Pullini ist ein zäher alter Vogel. Er hält seinen Sohn an der kurzen Leine, und Francesco lebt aufwendig, nagelneuer Porsche, die besten Hotels, etwas Glücksspiel – Sie wissen, wie so etwas ist. Seit Francesco übernommen hat, erhalten wir für jeden Kauf zwei Rechnungen, eine offizielle über neunzig Prozent des Betrages und eine unter dem Tisch über zehn Prozent. Ich habe nichts dagegen. Für die Rechnungen über zehn Prozent erhalten wir mehr Kredit; wir sammeln sie und zahlen sie am Jahresende in bar.»

«Und die zehn Prozent wandern in Francescos Tasche. Ich verstehe. Vermutlich kann er seine Preise nicht senken, weil er bereits zehn Prozent einsteckt.»

Bergen nickte mehrmals schnell hintereinander. Er war offensichtlich erfreut, dass der Commissaris so schnell begriffen hatte.

«Aber», sagte der Commissaris und hob einen Finger, «Sie sagen, dass Sie am Jahresende zahlen, und jetzt haben wir Juni.»

«Ich habe voriges Jahr nicht gezahlt. Das Geld ist noch hier, es liegt sicher in der Bank. Ich habe mich über Pullinis Preisliste beklagt und Francesco ignoriert, wenn er immer wieder seine zehn Prozent forderte. Ich betreibe eine kleine Erpressung, nehme ich an. Das ist nicht nett von mir, aber bei Geschäften sind wir nicht immer nett. Ich könnte zu der anderen Firma in Mailand gehen, aber das möchte ich eigentlich auch nicht. Das andere Unternehmen ist zu groß und könnte irgendwann einmal den Wunsch haben, hier eine eigene Niederlassung zu errichten und mich auszuschalten.»

«Die Lage ist schwierig», stimmte der Commissaris zu.

Das Gespräch war zu Ende und der Commissaris schon an der Tür, als er sich umdrehte. «Mevrouw Carnet hatte einen Safe, Mijnheer Bergen, einen kleinen Wandsafe. Wir haben ihn mit einem Schlüssel geöffnet, den wir in ihrer Handtasche gefunden haben. Darin befand sich ein kleiner Betrag, rund dreihundert Gulden. Sie wissen wohl nicht, ob sie große Beträge in dem Safe aufbewahrte, oder?»

Bergen hielt seine Wange und massierte sie. «Nein», sagte er nach einer Weile. «Ich weiß, sie hatte einen Safe, in dem von Zeit zu Zeit viel Geld lag; sie hatte manchmal große Beträge in bar, aber ich wüsste nicht, ob gestern Abend eine größere Summe darin war. Von solchen Dingen erzählte sie mir nichts. In den letzten Jahren drehten sich unsere Unterhaltungen hauptsächlich darum, in welches Kino man gehen sollte, weil wir beide die gleiche Art von Filmen mögen.»

«Gesellschaftlichen Umgang hatten Sie nicht mit Mevrouw Carnet, oder?»

«Eigentlich nicht. Ich bin verheiratet, meine Frau war immer ziemlich eifersüchtig auf Elaine, und später war selbstverständlich de Aap da.»

«Vielen Dank, Mijnheer Bergen, Sie sind uns sehr behilflich gewesen.»

«Ist Ihnen sein Gesicht aufgefallen, Mijnheer?», fragte de Gier, als sie wieder zum Wagen gingen.

Der Commissaris betrachtete ein mit Abfällen beladenes Schiff, das um eine scharfe Kurve der Gracht fuhr. Ein junger Mann, fast noch ein Junge, drehte mühelos das Ruderrad, und die von einem schweren Diesel angetriebene Schraube des Leichters peitschte einen fast vollkommenen Kreisbogen dichter schaumiger Wellen auf. Auf der anderen Seite der Gracht sägten Arbeiter an einem umgestürzten Baum, während das Schiff an Trossen zog, damit die dicke Ulme nicht auf die falsche Seite fiel.

«Zwei Millionen Bäume sind im Lande umgeweht, wie es im Rundfunk hieß», sagte der Commissaris. «Zwei Millionen, ich frage mich, wie sie diese Zahl schätzen können. Im ganzen Land herrscht ein einziges Durcheinander, und wir haben mit unserem eigenen zu tun. Ja, ich habe Bergens Gesichtslähmung bemerkt, Brigadier. Sie muss eingesetzt haben, bevor wir kamen, aber er machte eine Krise durch, während wir mit ihm sprachen.»

«Schlaganfall, Mijnheer?»

«Nein, ich glaube nicht, aber ich bin sicher, dass er in diesem Augenblick mit seinem Arzt telefoniert. Ich dachte, ich würde mein Verhör abbrechen müssen, aber ich war bereits zu weit gegangen.»

«Aber wenn er sich in einem solchen Maße aufregte ...» De Gier war stehen geblieben, aber der Commissaris ging weiter, sodass der Brigadier sprinten musste, um ihn wieder einzuholen.

«Ob er schuldig ist?»
«Es wäre möglich.»
«Möglich wäre es, gewiss. Vielleicht aber auch nicht. Wir wissen nicht, wie sehr er mit der Dame verbunden war. Und er könnte andere Sorgen haben. Die Sache mit Pullini könnte schlimmer sein, als er sie erscheinen lässt. Ich würde den jungen Pullini gern sprechen. Versuche festzustellen, wo er abgestiegen ist, wenn du mich abgesetzt hast. Frage nicht Mijnheer Bergen oder Gabrielle. Finde ihn anhand der Eintragungen in den Hotels. Es sollte nicht schwierig sein, ihn aufzuspüren. Wenn er nicht erwartet, dass wir ihn suchen, und wenn wir dann plötzlich auftauchen, könnte das Verhör, wie sagt man noch, ‹tödlicher› sein.»

De Gier steuerte den schwarzen Citroën des Commissaris durch die engen Gassen in der Nähe des Altstadtzentrums. Sie wurden mehrmals aufgehalten und mussten warten, bis Lastautos und motorisierte Dreiräder entladen waren, und dann mussten sie eine Umleitung fahren, weil städtische Arbeiter umgestürzte Bäume wegräumten. Das meiste Glas von zerbrochenen Fensterscheiben war bereits weggefegt worden. Die Stadt sah jedoch immer noch desolat aus, und die Stimmung des Commissaris passte zu der allgemeinen Verwüstung.

«Bah», sagte er, als der Wagen auf den reservierten Parkplatz auf dem Hof des Polizeipräsidiums einbog. «Wir werden uns beeilen müssen, Brigadier. Ich möchte, dass dieser Fall in einigen Tagen, spätestens in einer Woche, gelöst ist. Vor dem Mittagessen ist noch etwas Zeit, um Francesco Pullini zu finden. Ich hoffe, dass Grijpstra und Cardozo bald mit etwas Greifbarem zurück sind. Mit vier Mann sollten wir in der Lage sein, das dumme Zeug, das man uns vormacht, zu durchschauen. Es gibt noch andere Fälle, von denen ich möchte, dass sie bearbeitet werden.»

De Gier hatte den Motor ausgeschaltet und wartete darauf, dass der Wagen seinen üblichen Seufzer von sich gab, bevor er auf den tiefsten Punkt herabsank. Das hydraulische Federungssystem des Wagens vermittelte ihm immer ein sinnliches Gefühl, er grinste für den Bruchteil einer Sekunde voller Erwartung.

«Ist dir aufgefallen, dass Mijnheer Bergen nicht geraucht hat?»

«Ja, Mijnheer. Er hat nicht geraucht, während wir bei ihm waren, aber er hatte einen Nikotinfleck am Zeigefinger. Er raucht Zigaretten, auf seinem Schreibtisch lag ein Päckchen Gauloise. Vermutlich versucht er, es aufzugeben.»

«Es aufzugeben», wiederholte der Commissaris langsam. «Ich beobachte seit kurzem den Inspecteur. Er versucht ebenfalls, das Rauchen aufzugeben, aber er macht keine großen Fortschritte. Er sagte, dass er jetzt eine Marke raucht, die er nicht mag. Vielleicht mag Mijnheer Bergen keine Zigarillos mit Plastikmundstück, oder wäre das zu weit hergeholt, Brigadier?»

Der Citroën hatte ausgeseufzt, der Brigadier richtete seine Aufmerksamkeit wieder auf seinen Gesprächspartner. Er hatte nicht alles verstanden, was der Commissaris gesagt hatte, aber den Klang der Worte seines Vorgesetzten hatte er noch im Ohr, sodass er die Frage rekonstruieren konnte.

«Er könnte gestern Abend bei den Carnets gewesen sein und durchaus einen Grund haben, Mevrouw Carnet aus dem Weg zu räumen. Vielleicht kam sie nicht mehr oft in die Firma, aber sie leitete sie, jedenfalls rechtlich – ihr gehörten drei Viertel der Anteile.»

«Wir werden also feststellen müssen, ob es Spannungen

zwischen ihnen gab, eine Meinungsverschiedenheit in jüngster Zeit, die vielleicht mit der Geschäftspolitik zu tun hat.»
Der Commissaris hatte sehr lebhaft gesprochen. Er öffnete die Tür und wäre fast hinausgesprungen, aber er musste sich am Wagen festhalten, weil ein neuer wallender Schmerz in seinen Beinen brannte.
«Ich werde Pullini finden und de Aap, diesen Mijnheer Vleuten. Ich werde Sie anrufen, Mijnheer, sobald ich deren Adressen habe.»
Der Commissaris hinkte voraus, als das Alarmsystem des Gebäudes ertönte. Kurze hysterische Stöße eines Zweiklanghorns zerrissen die Stille auf dem Hof, eine Glastür öffnete sich plötzlich, aufgestoßen von einem Mann in zerrissenen Jeans und schmutziger Jacke. Er rannte auf das Tor zu, wo zwei uniformierte Konstabel die Schranke heruntergelassen hatten und mit gezogener Schusswaffe sicherten.
De Gier rannte ebenfalls. Er schnitt dem jungen Mann den Weg ab, ergriff mit einem Hechtsprung dessen Beine und brachte ihn mit solcher Wucht zu Fall, dass der Staub auf dem Hof in einer kleinen Wolke aufwirbelte. Der Commissaris war auf seinem Wege wie erstarrt stehen geblieben und hatte den Tumult beobachtet. Die Konstabel zogen den Gefangenen auf die Beine und legten ihm Handschellen an. De Gier betrachtete traurig einen Riss in seiner Jacke. Kriminalbeamte und weitere Konstabel umzingelten den Gefangenen und gingen mit ihm wieder ins Gebäude, wobei sie ihn halb tragen mussten. Der Commissaris hielt einen Kriminalbeamten an.
«Was habt ihr gegen euern Mann vorzubringen?»
«Raub, Mijnheer, versuchten Totschlag, Rauschgifthandel. Vielleicht beschuldigen wir ihn auch noch der Zuhälterei, ein Mädchen hat heute Morgen Anzeige erstattet.»

«Ein schlimmer Fall, wie?»

«Ja, Mijnheer, ein hoffnungsloser Fall. Für ihn wäre es vielleicht besser gewesen, wenn er erschossen worden wäre, so wird er den Rest des Lebens im Gefängnis oder in der Klapsmühle verbringen. Die Psychiater haben ihn untersucht, aber sie sind anscheinend nicht in der Lage, seine Schwierigkeiten zu klassifizieren. Soweit es uns angeht, ist er gefährlich. Er attackiert immer wieder die für die Zellen zuständigen Wachbeamten und hat soeben deren Chef gebissen.»

Der Kriminalbeamte rannte seinen Kollegen nach. Der Commissaris drehte sich um. De Gier musterte immer noch seine Jacke.

«Ist mit dir alles in Ordnung, Brigadier?»

«Ja, Mijnheer. Ich muss mir eine neue Jacke holen, jetzt gleich. Ich habe einen Anzug in der Reinigung um die Ecke. Diese Jacke ist hin, denke ich. Selbst wenn ich den Riss reparieren lasse, wird er noch zu sehen sein.»

«Die Polizei wird das bezahlen. Ich gehe in mein Büro, de Gier.»

Die Stimmung des Commissaris besserte sich erst, als er hinter seinem Schreibtisch saß und seinen Farn betrachtete, der die Sonne einfing und seine Blätter in einem fast unnatürlichen Glitzern von funkelndem Grün zeigte.

«Sehr hübsch», sagte der Commissaris. «Aber du bist nur ein Aspekt der Natur. Ich befasse mich mit einem andern, und der ist verfault, braun, verunstaltet, morsch, stinkend vor Krankheit.»

Er tat alles das, was bisher seinen Gleichmut immer wieder zurückgebracht hatte. Er steckte einen Zigarillo an, bestellte telefonisch Kaffee und ging in seinem Büro umher. Er begoss seine Pflanzen, nachdem er die richtige Menge Dünger in einer Plastikkanne gemischt hatte. Er besprühte den Farn mit langsamen Spritzern aus einem kleinen Glaszerstäuber. Sein Telefon klingelte.

«Ich habe das Hotel, Mijnheer, es ist das *Pulitzer*. Francesco Pullini ist jetzt in seinem Zimmer, wie mir der Angestellte am Empfang sagte. Ich habe auch die Adresse von de Aap, er wohnt am Amsteldijk. Nach seiner Hausnummer zu urteilen, wohnt er in der besten Gegend des Deichs, wo man den Fluss überblicken kann, in der Nähe der Magere Brug.»

«Du hast mit keinem von beiden gesprochen?»

«Nein, Mijnheer.»

«Wir fahren hin und überraschen sie. Ich treffe dich in einer Minute unten auf dem Hof. Wir könnten uns Pullini als Ersten vornehmen.»

Der Commissaris trank seinen Kaffee und ließ den Blick noch einmal auf dem Farn ruhen, dem unübersehbaren Schmuck des hellen Zimmers.

Der Brigadier, der im Citroën wartete, stieg aus, als er seinen Chef über den Hof kommen sah.

«Wie ist der Sturm gestern Abend mit deinem Balkon umgesprungen, de Gier?»

Der Brigadier lächelte bekümmert. «Schlimm, Mijnheer. Es ist fast alles kaputtgegangen. Die Lobelie hat überlebt, aber sie stand auf dem Boden in einem Betonkasten, den mir die Baubehörde vor einiger Zeit überlassen hat. Der Rest ist hin. Die Geranien und Begonien sind zerfetzt. Einige sind samt den Töpfen weggeweht worden, und mein Schlafzimmerfenster ist zersprungen.»

«Und?» In dem einen Wort lag eine gewisse Schärfe. Der Brigadier blickte mit seinen ausdrucksvollen Augen den Commissaris sanft an.

«Ich habe neue Pflanzen bestellt, Mijnheer, aber die Gärtnerei will sie nicht liefern. Der Brigadier von der Garage hat gesagt, er könne mir für einige Stunden einen seiner Lieferwagen überlassen, vielleicht hole ich die Pflanzen im Laufe des Tages ab. Ich habe auch eine neue Fensterscheibe bestellt, aber das kann Wochen dauern, bis die kommt. Den Glasern geht es momentan so gut wie nie zuvor. Wie steht's mit Ihrem Haus, Mijnheer?»

«Es hat einige Schäden. Meine Frau kümmert sich darum.»

«Und was macht die Schildkröte, Mijnheer?»

Der Commissaris grinste. «Der geht es gut. Heute Morgen sah ich, wie sie versuchte, das Gerümpel im Garten zu durchpflügen. Der Boden ist bedeckt mit abgebrochenen Zweigen, Glas und den Gartenstühlen der Nachbarn, aber die Schildkröte pflügte einfach weiter. Sie sah ganz fröhlich aus, fand ich.»

«Vielleicht wird sie als Kriminalbeamter wiedergeboren.»

Der Commissaris berührte de Giers Ärmel. «Charakterlich geeignet ist sie. Fahren wir los, Brigadier.»

«Ja, Mijnheer.» Der Citroën fuhr zum Tor, wo die Konstabel die Schranke hoben. De Gier bremste, um einen Lastwagen der Polizei vorbeizulassen, auf dem ein Zug Konstabel saß, die Bereitschaftspolizeiuniform trugen und mit Karabinern bewaffnet waren. Der Wagen hatte die Scheinwerfer eingeschaltet und ließ die Sirene heulen.

«Was ist los?», fragte de Gier die Konstabel an der Schranke.

«Die Türken liefern sich irgendwo eine Schießerei, vielleicht auch Marokkaner, ich hab's vergessen. Es kam soeben über den Lautsprecher. Dies ist schon der zweite Wagen. Eine große Sache, automatische Waffen und so.»

De Gier seufzte. Er dachte an Gabrielles krumme Beine. Eine Schießerei würde es in diesem Fall nicht geben. Aber als er dem Bereitschaftspolizeifahrzeug folgte, stieg ein anderes Gefühl in ihm hoch. Es könnte noch etwas geschehen, das den Fall lohnend machte. Gewöhnlich passierte so etwas. Er warf einen Blick auf die kleine, zierliche Gestalt des Commissaris und musste sich zurückhalten, um dem alten Mann nicht herzlich auf die Schulter zu klopfen.

Sechs

Cardozo nippte an seinem Tee und lächelte höflich. Er hatte der alten Dame jetzt schon eine ganze Weile zugehört. Sie erzählte von ihrem kürzlichen Krankenhausaufenthalt. Die Schwester der alten Dame wartete auf eine Möglichkeit, ebenfalls etwas zu sagen. Zu einem ähnlichen Thema zweifellos, es würde mit Krampfadern zusammenhängen oder mit den Knorpeln zwischen den Rückenwirbeln, die sich im Alter abnutzen und Schmerzen verursachen. Cardozo setzte die Tasse ab, nahm einen Keks und knabberte daran.

«Ja», sagte er. Er legte sich einen Ausdruck des Mitleids zu, der wie eine dünne Plastikmaske auf seinem Gesicht festsaß. Darunter lag reine Ungeduld, aber die Maske passte gut. Die Frauen mit ihren zwitschernden Stimmen plapperten weiter. Er musste alles über sich ergehen lassen. Er kannte sogar schon ihr Alter. Achtundsiebzig, zweiundachtzig. Ganz schön alt. Sie würden nicht mehr lange leben, aber jetzt waren sie lebendig. Und sie hatten etwas gesehen. Und ein Richter würde ihre Aussagen akzeptieren. Und der Eerste Konstabel Cardozo war entschlossen, diese Aussagen zu bekommen.

Er griff in seine Tasche. Der Stift war da, sein Notizbuch ebenfalls. Er würde zwei Aussagen niederschreiben und sie einzeln unterschreiben lassen – dem Richter würde eine gemeinsame Aussage nicht gefallen. Was die beiden Damen auch gesehen haben mochten, sie hatten es jede für sich gesehen. Und der Richter würde wollen, dass jede mit eigenen Worten wiedergibt, was sie gesehen hat. Sie hatten gesagt, dass sie etwas gesehen hätten. Sie hätten Mijnheer de Bree gesehen, diesen widerlichen, sich schlecht benehmenden Mann mit dem fetten Gesicht. Männer sollten kein fettes Gesicht haben, ob der Kriminalbeamte nicht auch dieser Meinung sei. Gewiss, das meine er auch. So widerlich wie sein Kater. Mijnheer de Brees Kater habe auch ein fettes Gesicht. Und er fange immer die hübschen kleinen Vögel; er habe sogar die wunderschön singende Drossel erwischt und das arme kleine Ding gefressen und die Federn überall in Mijnheer de Brees Garten verstreut. Die alten Damen hatten die Missetat durch ihre Ferngläser beobachtet. Ob das nicht hübsche Ferngläser seien. Alice hatte sie eigens geholt, um sie dem Kriminalbeamten zu zeigen. Schöne kupferne Ferngläser, so etwas werde heutzutage nicht mehr hergestellt. Sie und ihre Schwester hätten sie ins Theater und in die Oper mitgenommen. Aber das sei lange her.

«Ja», sagte Cardozo. Er würde keine Fragen mehr stellen. Er hatte sie bereits gestellt, die beiden wussten genau, was er wollte, und sie würden es ihm sagen, wann es ihnen passte. Er schaute auf seine Uhr. Zwanzig Minuten waren vergangen, ihm blieben noch zwei Stunden für den Rest seiner Suche. Er war schon überall gewesen, in jedem Haus mit Blick auf den Garten der Carnets. Keiner hatte etwas gesehen, aber alle kannten Mijnheer de Bree. Ein widerlicher Kerl, das wusste er jetzt, auch aus eigener Erfahrung. Er hatte das rote, finster blickende Gesicht nicht vergessen, das ihn anfunkelte, bevor die Tür mit solcher Kraft zugeknallt wurde, dass ihm ein Stückchen Putz von der Decke des Hauseingangs vor die Füße fiel.

Er hatte mehrere Beschreibungen des Katers von de Bree bekommen, einem verzogenen Monstrum mit einem halb orangefarbenen und halb schwarzen Kopf, der dem Biest zweierlei Aussehen gab, je nachdem, von welcher Seite man sich ihm näherte, aber beide waren böse. Der Kater terrorisierte die Nachbarschaft und war die Hauptursache zerrissener Ohren und schlimmer Wunden anderer Kater. Er hatte auch Berichte über Paul gehört, den Hund der Carnets. Paul war nett. Ein intelligenter, lustiger Hund, der seinen Herrschaftsbereich gegen den Kater de Brees erfolgreich verteidigt hatte, bis er vergiftet worden war.

«Da ist er», sagte die alte Dame namens Alice und zupfte Cardozo am Ärmel. Er sah, wie der Kater lässig über die Ligusterhecke sprang, die den Besitz de Brees und der Carnets voneinander teilte. «Groß, nicht wahr? Zwanzig Pfund böser Kater.»

Und dann erzählten sie es ihm, sie flüsterten, zischten und warfen Blicke über die Schulter, um zu sehen, ob irgendein mysteriöser Schatten im Zimmer mitlauschte. Sie hätten gesehen, dass de Bree Paul fütterte. Mit gehacktem Fleisch, da seien sie sich sicher. Sie hätten ihre Ferngläser auf ihn gerichtet und jede Einzelheit des Mordversuchs gesehen. Das sei vor zwei Tagen gewesen, nachmittags. Die Damen Carnet seien nicht zu Hause gewesen, Paul habe allein im Garten gespielt, er habe nach Fliegen geschnappt, sei umhergetanzt, habe mit seinem kleinen rosa Gummiball geworfen. Und de Bree sei mit dem Fleisch herausgekommen; Paul habe es gefressen.

«Aber warum haben Sie das den beiden Carnets nicht gesagt?», fragte Cardozo freundlich und behielt ein achtungsvolles Gesicht, das die Anschuldigung in seiner Frage Lügen strafte. Er spielte den Lieblingsneffen, der seine beiden alten

Tanten besucht und wissen möchte, warum sie gewisse Dinge tun.

«Oh, aber das wäre schrecklich gewesen. Wir haben daran gedacht, es aber unterlassen, wissen Sie, weil sie dann so unglücklich gewesen wären.»

«Wirklich?»

«Wirklich.»

«Aber Sie hätten es uns sagen können, der Polizei.»

Ja, das hätten sie, aber sie seien ohne Telefon, und der Weg zur nächsten Wache sei so weit, und sie seien nicht mehr so jung.

«Ich bin achtundsiebzig», sagte Alice.

«Und ich zweiundachtzig», sagte ihre Schwester.

Cardozo nahm sein Notizbuch heraus und bereitete zwei Aussagen vor. Sie wollten nicht unterschreiben. Sie wollten keine Unannehmlichkeiten.

«Aber Paul lebt noch und wird bald wieder im Garten spielen. Sie möchten doch nicht, dass Mijnheer de Bree ihn noch einmal vergiftet, oder?»

«Nein.»

Aber dennoch wollten sie ihre Aussage nicht unterschreiben. Mijnheer de Bree würde das nicht gefallen. Er habe mal mit seinem Wagen Alice am Bein angefahren und sei nicht einmal ausgestiegen, um ihr beim Aufstehen zu helfen. Er sei ein *widerwärtiger* Kerl, vielleicht werde er Alice das nächste Mal nicht nur anfahren, sondern *umbringen*.

«Niemals», sagte Cardozo. «Nicht, wenn wir da sind. Wir sind die Polizei, wissen Sie, wir schützen Sie, aber wir können Sie nur schützen, wenn Sie uns helfen.» Er wedelte ermutigend mit dem Kugelschreiber. «Nur eine kleine Unterschrift, hier.»

Alice unterschrieb, dann ihre Schwester. Sie wollten die

Aussage nicht durchlesen; sie hatten ihre Brille nicht aufgesetzt.

«Wo ist meine Brille, Alice?», fragte die Schwester. «Immer verlegst du sie.»

«Was?», fragte Alice mit plötzlich schriller Stimme.

«Vielen Dank, meine Damen, ich danke Ihnen *sehr*.»

Der Streit ging weiter, als er die Treppe hinunterlief. Er hatte etwas vorzuweisen, etwas Positives, Konkretes, Unbestreitbares. Er pfiff, als er die Haustür zuschlug und um die Ecke ging. Er winkte de Brees Tür zu, als er vorbeilief.

Ihm fiel ein, dass am Ende der Straße eine Telefonzelle stand. Grijpstra war nicht im Haus, aber er wurde zur Sekretärin des Commissaris durchgestellt. «Du sollst Juffrouw Carnet jetzt noch nicht aufsuchen, sondern später dem Commissaris berichten. Er ist mit dem Brigadier weggefahren, und der Adjudant ist noch nicht zurück.»

«Was soll ich denn tun?» Cardozo hob die Stimme vor Entrüstung.

«Tja, ich weiß nicht», sagte die Sekretärin mit kühler Stimme. «Irgendeine Arbeit wirst du gewiss finden. Den Zivilstreifen fehlen immer Leute. Brigadier Sietsema hat nach dir gefragt. Er hat heute Nachmittag Dienst und braucht einen Begleiter.»

«Oh, schon gut, ich melde mich wieder, sobald ich kann.»

«Du bist ein guter Junge.» Sie legte auf.

«Nicht wahr?», fragte Cardozo die Straße. Die Tür der Telefonzelle knallte hinter ihm zu. «Nicht wahr? Ich habe, was sie wollten, und will es ihnen sagen, und dann sind sie nicht da. Sie trinken Kaffee, rauchen Zigarren und vertrödeln die Zeit.» Er funkelte die ruhige Straße an.

Aber Amsterdam ist eine hilfreiche Stadt, die auf feine Art Trost bietet. Eine Frau schob einen Kinderwagen vorbei mit

Zwillingen, die einander aus ihren rosa Decken ernst anblickten, irgendwie glichen sie Grijpstra, wenn er seinen guten Tag hatte. Ein alter Mann mit langem Haar ging auf dem gegenüberliegenden Bürgersteig und pfiff eine Kantate von Bach. Ein Mädchen auf rotem Fahrrad kam um die Ecke. Sie trug eine ärmellose Bluse, nicht zugeknöpft und nichts darunter. Sie hatte eine hübsche Figur. Cardozo zwinkerte ihr zu, sie zwinkerte zurück; er ging zu seinem Wagen. Der Tag war doch nicht so übel.

Aber er hatte wieder ein etwas beklemmendes Gefühl, als er den Volkswagen startete. An der nächsten Straßenkreuzung hob ein Konstabel die Hand. Der Volkswagen fuhr langsam weiter. Der Konstabel schnappte nach seiner Trillerpfeife und blies hinein. Cardozos Fuß blieb auf dem Gaspedal. Er überquerte die Kreuzung und hielt an und beobachtete den Konstabel im Rückspiegel. Der Konstabel rannte.

«Haben Sie mich nicht gesehen?»

«Doch. Ich weiß nicht, was mit mir los ist. Ich hab Sie gesehen. Ich hab gesehen, wie Sie das Haltzeichen gaben, aber ich bin weitergefahren. Anscheinend werde ich verrückt.»

Der Konstabel beugte sich herunter und blickte Cardozo ins Gesicht. «Das passiert manchmal», flüsterte er vertraulich. «Ich sehe es immer wieder. Ich habe über mehrere Erklärungen nachgedacht. Vielleicht ist es ein unbewusster Protest oder eine verborgene Aggression oder so etwas. Haben Sie das schon mal gemacht?»

«Nein.»

«Das erste Mal, wie? Na, vielleicht hat es nichts zu bedeuten. Vielleicht sind Sie nur müde. Aber wenn das wieder passiert, sollten Sie vielleicht einen Psychiater aufsuchen. Was sind Sie von Beruf?»

«Ich bin Kriminalbeamter.»

Der Konstabel zog die Augenbrauen hoch und trat einen Schritt zurück, um den Wagen zu mustern. Er sprang vor und steckte den Kopf ins Fenster. Cardozo zeigte auf das Polizeifunkgerät unter dem Armaturenbrett und fischte seinen Plastikausweis heraus.

«Hau ab», sagte der Konstabel.

«Aber ...»

«Komm schon, hau ab. *Verschwinde!*» Der Konstabel ging zur Kreuzung zurück. Er schaute auf die Straßendecke und ging mit schleppenden Schritten.

Sieben

WERTHEYM stand auf dem Türschild, PORTRÄTMALER.

An der Tür war nichts ungewöhnlich, und nichts hielt Adjudant Grijpstra davon ab, auf die Klingel zu drücken, aber er tat es nicht. Er stand mit verschränkten Händen da und wartete. Er hatte den Tag bis jetzt genossen und wollte nicht den ständigen Fluss des Wohlgefühls unterbinden, das ihn seit dem Augenblick zu erfüllen begann, da er morgens aus seinem kleinen Haus gegangen war. Am Ende dieses Flusses hing eine kleine schwarze Wolke, die er so lange fern halten wollte, wie er konnte, ein Prozess, der möglich war, wenn er bewusst die kleinen Momente erlebte, die ihm sein Arbeitstag präsentierte. Die schwarze Wolke war die Rückkehr nach Hause. Er hatte bestimmt nicht den Wunsch heimzugehen.

Seine Frau – dieser Klumpen aus halb starrem Fett, schmutzig und übel gelaunt, der nach und nach aus dem Mädchen geworden war, das er einst geheiratet hatte – füllte allmählich beide Etagen seines Heims aus, drängte ihn an die

Wand und sickerte in seinen Frieden ein, den Frieden, den er tagsüber aufgebaut hatte. Eines Tages würde er nicht mehr heimgehen. Er wollte nicht sehen, wie sie am Küchentisch lehnte, der unter ihrem Gewicht ächzte, wie sie sich auf das knarrende Geländer am Treppenabsatz stützte, wie sie auf der rissigen Fensterbank hing. Es fiel ihr jetzt schwer zu stehen. Es fiel ihr auch schwer zu sitzen, denn die Mühe, sich wieder zu erheben, könnte die wenigen Stühle zerbrechen, die noch heil waren.

Aber wohin konnte er gehen, wenn er nicht nach Hause gehen wollte? Er verbrachte Stunden nach Dienstschluss in seinem Zimmer im Präsidium und aß möglichst oft außerhalb, aber er musste immer noch zum Schlafen nach Hause. Er fluchte langsam, jede Silbe deutlich aussprechend. Aber dann versprach er sich, nicht mehr an die kleine schwarze Wolke zu denken; sie würde von ganz allein kommen, ohne dass er an sie dachte. Er streckte langsam die Hand aus und drückte auf den Klingelknopf.

Die Tür wurde sofort geöffnet.

«Mijnheer Wertheym?»

«Ja. Ich porträtiere keine ...»

«Ich bin Kriminalbeamter, Mijnheer, hier ist mein Ausweis. Nur einige Fragen. Darf ich eintreten?»

«Gewiss, gewiss. Ich dachte, Sie wollten ein Porträt von sich. Ich porträtiere keine Männer, wissen Sie, nur Frauen. Das wollte ich ihnen sagen, es erspart viele Worte. Kommen Sie herein.»

Der Mann konnte nur Maler sein. Seine äußere Erscheinung war eine perfekte Kombination aller Attribute, die sich ein Durchschnittsmensch von einem «Maler» macht: kleiner Spitzbart, hohe Stirn, helle Augen, Baskenmütze auf grauen Locken, mit einer Auswahl von Farben verschmierter Kittel –

Wertheym war zweifellos Künstler. Aber an seinem Haus war nichts künstlerisch. Die Möbel kamen direkt aus dem Ausstellungsraum eines zweitklassigen Geschäfts. Der imitierte Kamin mit seiner müde flackernden Gasflamme, die über eiserne Birkenkloben – komplett mit Rinde – kroch, war schlimmster Kitsch. Ein Kalender mit dem Bild eines pummeligen Mädchens in einem angeklebten geblümten Minirock, der angehoben werden konnte, hing neben einem dreieckigen Arrangement spanischer Schwerter aus Plastik und Blech. Verschiedene Arten von Papierblumen waren zu einem Strauß zusammengesteckt worden, der Farbe und Elastizität verloren hatte.

Grijpstra öffnete den Mund zu einem leisen Knurren. Außerdem murmelte er: «Trautes Heim, Glück allein.»

«Wie bitte?»

«Ich habe soeben an meine Frau gedacht, der dieses Zimmer gefallen würde.»

«Tatsächlich?» Wertheym bat ihn, in einem der vier Sessel Platz zu nehmen. Das Gestell war verchromt und gepolstert mit glänzend grünem synthetischem Streifenstoff. «Ist es Ihnen nicht zu warm hier? Dies Haus steht auf der kalten Straßenseite, es kriegt nie Sonne ab. Ich halte das Feuer in Gang, aber die Leute sagen, es sei stickig hier; ich merke das nicht.»

«Mir ist es ganz recht so, danke.»

Grijpstra eröffnete das Gespräch nicht. Das tat er kaum jemals mehr. Absichtliches Schweigen war ein neuer Trick, der sich in sein Waffenarsenal eingeschlichen hatte. Er übte diesen Trick jetzt aus. Er hatte getan, was notwendig war, nämlich seinen Ausweis gezeigt. Der andere sollte jetzt schon etwas ängstlich sein. Er wartete. Möglicherweise kam etwas, vielleicht aber auch nicht.

Wertheym hatte den Text auf Grijpstras Ausweis gelesen

und erinnerte sich an dessen Rang. «Eine Tasse Tee, Adjudant? Oder einen Kaffee? Ich wollte gerade selbst Kaffee trinken.»

«Gern.»

«Polizei», sagte Wertheym langsam. «*Po-li-zei*. Das ist das erste Mal, dass mich ein Polizist besucht, glaube ich, in meinem Beruf kommt das nicht vor. Ich male nur Porträts, eine harmlose Beschäftigung. Die Steuerschnüffler sind schon hinter mir her gewesen, aber die Polizei noch nie. Der Steuermensch meinte, ich hätte mein wahres Einkommen nicht angegeben. Vielleicht nicht, aber er konnte es nicht beweisen, also ging er wieder. Was habe ich also ausgefressen, Adjudant?»

Grijpstra brauchte nicht zu antworten. Wertheym war davongeeilt, aber er kam wieder mit einem Tablett und zwei geblümten Gläsern. «Entschuldigung, in der Küche herrscht ein kleines Durcheinander. Heute sind keine Tassen da, aber der Kaffee schmeckt nicht anders als sonst. Pulverkaffee, ich hoffe, es macht Ihnen nichts aus, Adjudant.»

Grijpstra machte es etwas aus.

«Mevrouw Elaine Carnet», sagte er und nippte an seinem Glas. «Sagt Ihnen der Name etwas?»

«Ja. Sie ist tot. Es stand heute Morgen in der Zeitung. Und ich habe ihr Porträt gemalt, voriges Jahr. Sie hat mir nicht Modell gesessen. Ich habe sie nach einem Plakat gemalt, eine Schweinearbeit war das. Das Plakat war alt und zerrissen, ein Riss ging direkt durch das Gesicht. Ein französisches Plakat. Sie hat in Paris gesungen, sagte sie. Ich habe die Porträts gemalt, sie hat bar bezahlt und ist gegangen. Ich habe sie nie mehr gesehen. Nette Frau, hat nicht über den Preis gemeckert – das tun sie häufig, wissen Sie. Es ist erstaunlich, wie bei den Leuten Eitelkeit und Habgier miteinander streiten, aber auch ich bin habgierig und senke nie den Preis. Zum

Teufel mit ihnen, sage ich immer. Und wenn sie Einwendungen machen, zahlen sie im Voraus, alles, sonst rühre ich die Arbeit nicht an.»

«Porträts?» Grijpstra hatte sich bewegt und etwas Kaffee auf seine Hose verschüttet. Er sickerte durch bis auf die Haut. Er stellte das Glas hin und rieb an dem Fleck. «Porträts sagten Sie? Heißt das mehr als eins?»

«Zwei Porträts, identische – nun, etwas unterschiedlich waren sie, schließlich waren sie handgemalt. Sie wollte zwei, also malte ich zwei. Blöde Arbeit, wie eine Massenproduktion. Einen kleinen blauen Klecks auf die eine Leinwand, einen kleinen blauen Klecks auf die andere Leinwand. Ich hatte das noch nie gemacht, irgendwie war es aber auch belustigend. Es gab mir einige Ideen, doch daraus ist nichts geworden. Ich habe mich auf Frauengesichter spezialisiert, wissen Sie, Gebäude oder ähnliche Dinge male ich nicht. Wenn ich Gebäude malen könnte, würde ich mir ein besonders schönes aussuchen und eine ganze Serie davon machen, einfach eine Reihe mit Leinwand aufstellen und herumspringen, die braunen Töne auftragen, dann die roten und so weiter.»

«Ja.» Grijpstra hatte nicht zugehört. «Sie haben also zwei Porträts gemalt. Warum?»

«Nach dem Warum frage ich nie, Adjudant. Warum sollte ich? Warum wünschen die sich überhaupt ihr Porträt? In den vergangenen zehn Jahren habe ich nicht ein Porträt gemalt, das ich mir selbst an die Wand hängen würde. Die Frauen sind alle hässlich wie die Sünde. Selbstverständlich verschönere ich sie, sonst gäbe es für mich kein Geschäft. Irgendwie war Mevrouw Carnets Porträt das beste von allen; das Plakat zeigte sie als junge Frau. Junge Frauen sind nicht so hässlich wie alte.»

«Vielen Dank», sagte Grijpstra. Er ließ das Glas fast voll

auf dem Tisch stehen. Er hatte nur zwei Schluck davon getrunken, aber der Geschmack des üblen Gebräus hielt sich in seinem Mund. Ihm fiel ein, dass er sich vorgenommen hatte, diesen Tag gut ablaufen zu lassen. Gut, er würde also irgendwo richtigen Kaffee suchen. In der Nähe waren einige gemütliche Straßencafés. Er würde eins aufsuchen und sich von den Übelkeit erregenden Dünsten des Porträtmalers befreien. Er hatte viel Zeit. Cardozo konnte unmöglich schon fertig sein, man hatte ihm eine ziemlich umfangreiche Aufgabe übertragen. Er würde sich später mit Cardozo in Verbindung setzen, dann konnten sie noch mehr Kaffee trinken, während sie sich überlegten, wie sie die Sache am besten anpackten. Sie mussten Gabrielle Carnet noch einmal verhören, und er wusste nicht, was sie auf die Fragen des Commissaris geantwortet hatte. Cardozo würde ihn einweihen müssen. Das würde alles Zeit erfordern. Er hatte es heute nicht eilig.

Er machte ein gelassenes Gesicht, als er gemächlich in Richtung Altstadt ging, vorsichtig, um nicht mit den Zehen gegen die holprigen Kopfsteine zu stoßen, und so nahe am Wasser einer schmalen Gracht, wie es die geparkten Wagen erlaubten. Es hatte heftig geregnet, aber die Sonne war wieder herausgekommen und bestrahlte eine Schar Möwen, die das Wasser nach Abfällen absuchten und sich krächzend unterhielten. Ein kleiner Junge steuerte ein selbst gebautes Floß, das auf den kabbeligen Wellen im Kielwasser eines Leichters wie verrückt stampfte.

Er ging an mehreren Cafés vorbei, bis er eins fand, das ihm zusagte. Es hatte den Blick auf die Gracht, der Kellner war ein alter Mann mit freundlichem Gesicht, der Kaffee roch frisch, die Terrasse hatte bereits einige hübsche Frauen angezogen. Das Schicksal hatte anscheinend die Absicht, die bittere Bemerkung des Porträtmalers zu widerlegen, denn es kamen noch mehr hübsche Frauen, als Grijpstra sich gerade eben gesetzt hatte. Er schaute sich beifällig um. Ein orientalisches Mädchen mit kleinem, fein geschnittenem Gesicht, langen, geraden Beinen und strammem Busen hatte sich in der gegenüberliegenden Ecke niedergelassen. Zwei blonde Mädchen von dem sehr hellen Blond, das seinen Ursprung in skandinavischen Ländern hat, setzten ihr Gesicht und einen guten Teil ihres Körpers der wärmenden Sonne aus. Und drei schwarze Frauen, so erstaunlich gut gebaut, dass sie Modelle oder Balletttänzerinnen sein mussten, sprachen mit den kehlig-melodiösen Stimmen, die er von de Giers Jazzplatten kannte. Er nahm so viel in sich auf, wie er ertragen konnte, und schloss die Augen. Die Vision setzte fast sofort ein, und er konzentrierte sich darauf, sie festzuhalten.

Die sechs Frauen waren in einem Teich in einer üppigen tropischen Landschaft. Natürlich waren sie nackt. Die Skandinavierinnen und die Orientalin schwammen und drehten ihre Körper im klaren Wasser, die schwarzen Frauen kamen heraus, Tropfen schimmerten auf ihrer ebenholzschwarzen Haut. Am Ufer standen Rosen und dahinter ein Wald von Obstbäumen. Die Obstbäume waren fehl am Platze und verwandelten sich in riesige Palmen, ihre Wedel ähnlich denen des Farns vom Commissaris. Grijpstra war ebenfalls Teil dieser Vision, und zwar sowohl als objektiv existierende Gestalt als auch als Beobachter. Er ritt auf einem Kamel rund um den Teich. Der Kamelritt verschaffte dem Adjudanten das doppelte Vergnügen, hinunter auf den Teich schauen zu können und teilzuhaben am sinnlich-schwingenden Gang des Tieres. Dann eine Nahaufnahme von den Füßen des Kamels, die im hohen Gras versinken und sich wieder heben. Ein schönes Tier, das mit der Szene unvereinbar war, aber dennoch dazu passte. Die Vision wurde verworrener und weniger lustvoll. Er nahm viele Einzelheiten an den Mädchenkörpern wahr, aber sie betrafen nur Farbe und Gestalt und verallgemeinerten sich zu einem Linienspiel, das sich im langsamen Tanz des Kamels verfing. Er versank lächelnd in Schlaf, als der Commissaris in die Vision eintrat, er rannte durch das hohe Gras und winkte.

Der Adjudant erwachte und brummte. Er ließ etwas Kleingeld auf dem Tisch liegen und ging ins Café. Dort war ein Telefon.

«Ah, Adjudant», sagte die Sekretärin des Commissaris mit ihrer schrillen Stimme. «Auf deinen Anruf habe ich gewartet. Cardozo hat sich gemeldet. Er hat Zeugen für die versuchte Vergiftung des Hundes gefunden und ihre Aussagen festgehalten. Da wir von dir nichts gehört haben, habe ich ihm gesagt, er soll sich zum Streifendienst melden; er ist jetzt im Wagen von Brigadier Sietsema.»

«Nein», sagte Grijpstra.

«Tja, wir können ihn doch nicht herumlungern lassen, oder? Aber ich habe soeben eine Nachricht aus der Funkzentrale bekommen. Anscheinend hat Cardozo vergessen, einen Ring zu überprüfen. Er sagte, du wüsstest Bescheid. Der Ring liegt auf seinem Schreibtisch; du sollst damit zur Leichenhalle gehen.» Grijpstra betrachtete das Telefon.

«Adjudant?»

Er knurrte.

«Und der Commissaris und der Brigadier sind zum Hotel *Pulitzer* gefahren, um mit einem Mijnheer Pullini zu sprechen. Danach wollen sie einen Mijnheer Vleuten aufsuchen.»

«Alles geht mal wieder drunter und drüber, wie üblich», sagte Grijpstra. «Ich brauche Cardozo. Wir beide sollen mit Juffrouw Carnet sprechen.»

«Soll ich veranlassen, dass er zum Präsidium zurückkommt, Adjudant?»

«Nein. Zuerst kümmere ich mich um den verdammten Ring. Ich werde später anrufen.» Er knallte den Hörer auf, bevor ihm einfiel, dass dies ein guter Tag werden sollte.

Acht

«Sie können wieder ins Bett gehen, wenn Sie möchten.» In der Stimme des Commissaris lag ein Ton väterlicher Sorge. Francesco Pullini starrte mit seinen mandelförmigen dunklen Augen den kleinen alten Mann ungläubig an.

«Polizei?»

«Ja, Mijnheer. Brigadier de Gier und ich sind Polizeibeamte, die den Tod von Elaine Carnet untersuchen. Dürfen wir uns setzen?»

Francesco machte stumm eine Handbewegung. Er löste den Knoten in dem mit Troddeln versehenen Gürtel seines Hausmantels und verknotete ihn wieder. Der Commissaris und de Gier hatten Platz genommen. Das Zimmer im Hotel *Pulitzer* war gut ausgestattet – das gehörte sich auch so bei dem Preis, den Pullini zahlte. Das Zimmer war ruhig und geräumig, hoch genug gelegen, um nicht vom Verkehrsgemurmel unten auf der schmalen Uferstraße entlang der Gracht belästigt zu werden. Das große Doppelbett wies eine leichte Delle auf, wo Francescos schlanke Gestalt geruht hatte.

Francesco hatte Zeit gehabt, sich einige Gedanken zu machen. «Polizei, wozu Sie kommen her?»

Der Commissaris antwortete nicht. Er beobachtete den jungen Mann. In seiner Brille spiegelte sich die Sonne, sodass ein heller Fleck auf Francescos langem, welligem, pechschwarzem Haar tanzte.

De Gier betrachtete den Verdächtigen ebenfalls. Ein weibischer Mann, hatte er zuerst gedacht, aber ihm fiel ein, dass Francesco Italiener war und diese oft zierlicher sind als nordeuropäische Männer. Im Gesicht des Verdächtigen lag eine gewisse Kraft, ein wohlgeformter breiter Mund und eine hübsche Nase, gerade und fest. Der feminine Eindruck lag vor allem an den unter langen Wimpern verborgenen Augen und den leicht gewellten Haaren, die die gestreiften Schultern des Hausmantels berührten. Die Tür zum Bad stand offen. De Gier sah eine Reihe von Krügen und Fläschchen sowie mehrere Lederetuis, von denen eins einen Föhn zu enthalten schien.

Francesco setzte sich. «Wozu Sie kommen zu mir, eh?» Er hatte die nackten Füße übereinander gelegt, hochgewölbte Füße eines Tänzers; eine dichte Matte dunklen Haars zeigte sich an seinen Waden, als er die Beine bewegte.

«Mevrouw Carnets Tod», sagte der Commissaris sanft. «Sie müssen davon gehört haben, Sie sind heute Morgen bei der Firma Carnet gewesen, nicht wahr?»

Francescos Kopf kam nach vorn, sodass die Haare auf den sorgsam gestutzten Bart fielen, dann warf er sie mit einem Ruck wieder nach hinten. «Ja, ich gehört. Alle sehr traurig. Ich auch traurig, aber ich nicht kennen Signora Carnet gut. Meine Geschäfte immer mit Franco Bergen. Franco und ich, wir gut Freunde. Signora Carnet, sie jemand, ich grüßen Hallo-wie-geht's. Küssen Hand, schenken Blumen, nicht mehr. Wozu Polizei kommen zu *mir*?»

Der Commissaris hob langsam die Hände und ließ sie unter ihrem eigenen Gewicht wieder fallen. «Routine, Mijnheer Pullini. Wir suchen alle auf, die Mevrouw Carnet gekannt haben. Sie haben sie gekannt.»

«Ich haben sie gekannt.» Francesco sprang vom Bett auf und stand mit ausgebreiteten Armen mitten im Zimmer, die Miniaturausgabe eines biblischen Propheten, der zu den sündigen Gläubigen spricht. «Na und? Der Milchmann sie auch kennen, ja? Gemüsemann, ja? Der Mann, was Straße fegt?» Er schob einen imaginären Besen. «Guten Morgen, Signora Carnet. Schöner Tag heute, Signora Carnet. Sie auch gehen zu Straßenfeger? Was soll das, eh? Vielleicht Sie verlassen diese Zimmer, dies meine Zimmer.»

Francesco schob noch immer den Besen vor sich her. De Gier lachte. Francesco schwang sich herum, musterte den Brigadier und stieß mit dem Besen nach ihm.

«Ha», sagte de Gier, woraufhin Francesco ebenfalls lachte.

«Sie denken, ich komisch, ja?»

«Sehr komisch, Mijnheer Pullini. Warum legen Sie sich nicht hin? Sind Sie krank?»

Francesco hustete, hielt sich die Brust und hustete noch einmal. «Ja, erkältet, gestern Sturm. Machen mir Husten, deshalb ich heute ruhen aus. Heute ich besuchen Franco Bergen, vielleicht morgen ich reisen ab. In Milano viel Arbeit, ich nicht kann ewig warten, dass Bergen es sich anders überlegen. Bah.»

«Gehen die Geschäfte nicht gut, Mijnheer Pullini?»

Francesco wandte sich dem Commissaris zu. Er hob die rechte Hand, ballte sie zur Faust und machte eine drehende Bewegung. «Ehhhhh. Geschäfte immer dasselbe sein. Manchmal ich bescheißen Franco, manchmal Franco er mich bescheißen. Macht nichts, wir dennoch Freunde. Gleicher Name, gleicher Charakter. Sein Name Franciscus, mein Name Francesco.»

«Sie kannten also die Familie Carnet nicht sehr gut, Mijnheer Pullini, nicht wahr?»

Francesco las den Ausweis, den der Commissaris ihm gegeben hatte. «Commissario, eh? Sie großes Tier?»

In den feuchten Augen des Italieners lag ein freundlicher Schimmer, worauf der Commissaris reagierte. Er ballte die Hand, drehte sie und zog den Mundwinkel hoch. «Ehhhhh.»

Francesco lächelte. «Ein Drink!» Auf dem vornehmen Gesicht lag ein verschmitztes Lächeln. Er griff nach dem Telefon. «Genever, ja?»

«Orangensaft», sagte der Commissaris.

«Ein Orangensaft, zwei Genever?»

«Ein Genever, zwei Orangensaft.»

Die Getränke kamen fast sofort. Francesco hockte sich auf das Bett und prostete seinen Gästen zu.

«Sie sind gestern Abend ausgegangen und haben sich eine Erkältung geholt?» Der Commissaris war wieder auf seine ursprüngliche Angelegenheit zurückgekommen. De Gier warf einen flüchtigen Blick auf das Gesicht des Alten. Selbstverständlich zog er wieder mal eine Nummer ab, aber er wusste nie, wie weit die Schauspielerei des Commissaris ging. Was ging den Chef der Amsterdamer Mordkommission die Erkältung eines Italieners an? Aber der Commissaris kümmerte sich immer um die Gesundheit anderer und kontrollierte regelmäßig den Zellenblock im Präsidium und sorgte manchmal dafür, dass Häftlinge in eins der städtischen Krankenhäuser verlegt wurden.

«Ich gehen spazieren, besuchen Bars, essen etwas, aber dann ich kommen wieder zurück, Sturm sehr, sehr schlimm. Husten.»

«Hat jemand gesehen, wie Sie zurückgekommen sind, Mijnheer Pullini? Der Mann im Empfang? Erinnern Sie sich, wer Ihnen den Schlüssel gegeben hat? Und wissen Sie vielleicht die Zeit Ihrer Rückkehr?»

«Ich kommen wieder um zehn, halb elf, aber ich nicht bitten um Schlüssel. Er in mein Tasche, vergessen abgeben, immer vergessen.» Er zeigte auf den Schlüssel auf dem Nachttisch. Er hing an einem Plastikschild, das nur rund acht Zentimeter lang war, er würde in eine Tasche passen.

«Kennen Sie Gabrielle Carnet, Mijnheer Pullini?»

«Sicher.» Das verschmitzte Lächeln bewegte wieder den gestutzten Bart. «Sie nettes Mädchen, ja? Ich gehen mit ihr aus, einmal, vielleicht zweimal, jetzt nicht, früher. Ich jetzt verheiratet. Gabrielle wissen. Das auch schlechte Sache. Gabrielle sein Tochter von Signora Carnet; Signora Carnet gehören Carnet & Co. Franco Bergen gehören nur kleine bisschen. Er mein Freund, aber er am Ende nicht sagen ja oder nein. Signora Carnet sein Gott, ja? Vielleicht ich besser nicht spielen herum mit Tochter von Gott.»

«Wirklich? Ich dachte, Mevrouw Carnet sei nicht mehr so am Geschäft interessiert, dass sie sich zurückgezogen habe.»

«Zurückgezogen?»

«Ja, dass sie nicht mehr arbeitet.»

«Ich kennen Wort. Ich kennen viele Wort, aber ich vergessen, wenn ich sprechen. Ich wissen, wenn hören. Signora Carnet nicht zurückgezogen. Sie arbeiten, sie suchen Möbel aus, neue Modelle, sie sagen zu Franco Bergen, ‹kaufen nein jetzt, kaufen ja jetzt›. Sie manchmal kürzen Bestellung um Hälfte. Ich bekommen immer Schiss, wenn Signora sich einmischen. Zuerst große Bestellung, dann ... pfff.» Er blies etwas von seiner Hand. «Dann nichts. Ich gehen zurück nach Milano und sagen Papa ‹keine Bestellung›, dann vielleicht Bestellung kommen später, aber Preis nicht stimmen. Niedrige Preis. Signora Carnet, sie schlau.»

«Ich glaube, die Firma Carnet schuldet Ihnen Geld, Mijnheer Pullini. Meinen Sie, dass Sie es erhalten, bevor Sie heimreisen?»

Ein leichtes Zittern ging von den Augen aus und verschwand in Francescos Bart. «Geld? Sie wissen, ja? Franco Bergen es Ihnen sagen, ja?»

«Wir haben heute Morgen mit Mijnheer Bergen gesprochen. Wir müssen Fragen stellen, Mijnheer Pullini. Einen Zigarillo?»

Der Commissaris stand auf und hielt ihm die flache Blechdose hin. Francesco streckte die Hand zur Dose aus, aber er zog sie zurück. «Nein, danke, schlecht für Husten. Ich kaufen heute Morgen Zigaretten, wenig Teer, kein Geschmack, aber ist irgendwas.»

Er steckte eine Zigarette an und paffte. «Sie wissen also von Geld. Ja. Franco Bergen, er nicht zahlen. Er versprechen, aber nicht zahlen. Diesmal Franco sein Katze, ich Maus. Kleine Maus, springen hierhin, springen dahin. Dennoch kein Geld.»

«Um wie viel geht es, Mijnheer Pullini?»

Francesco breitete die Hände etwa einen Meter aus. «Italienisch so viel.» Er brachte die Hände näher zusammen. «Holländisch so viel.»

«Wie viel genau?»

«Achtzigtausend Gulden. Sechzehn Millionen Lire.»

Der Brigadier stieß einen Pfiff aus, den Francesco imitierte. Er schaute de Gier in die Augen, aber diesmal lachte er nicht.

«Sie sollten das Geld bar erhalten?»

«Ja. Heimliches Geld. Gehen in Koffer. Aber ehrliches Geld, nichts für Polizei. Pullini, er verkaufen Möbel; Franco Bergen, er zahlen bar. Bergen, er haben Rechnungen. Alles sehr gut.»

«Aber Sie haben es nicht erhalten.»

«Nein. Franco Bergen sagen, er kaufen vielleicht von andere Firma in Milano, nicht mehr von Pullini. Wenn ich sagen: ‹Was ist mit achtzigtausend?› Bergen, er haben Sand in Ohren. So vielleicht ich nehmen Anwalt, aber das später. Zuerst ich sprechen noch einmal mit Franco Bergen. Er alte Freund, er kommen nach Milano, nach Sesto San Giovanni, wo Firma Pullini sein, er bleiben viele Wochen, er gehen in Berge, wo Papa Pullini ihm hübsche kleine Haus für ein Monat überlassen. Bergen bringen Familie mit. Bergen essen in Restaurant von Pullini, keine Rechnung. Bergen, er erinnern sich. Wir noch einmal miteinander sprechen.»

«Sie meinen also, Mijnheer Bergen wird an Sie zahlen?»

«Sicher. Jetzt er mich bescheißen, aber …»

«Gut. Ich bin froh, das zu hören, Mijnheer Pullini. Wissen Sie, wo Mevrouw und Gabrielle Carnet wohnen?»

«Ja, früher ich holen Gabrielle ab. Ich erinnern mich an Straße, Frans van Mierisstraat, hübsche Straße, große Bäume, vielleicht ich kann Straße wiederfinden.»

«Und Sie haben sie gestern Abend nicht gefunden?»

«Nein.» Francesco hustete. Der Husten zerriss ihm die Brust, er krümmte sich zusammen und hielt ein Taschentuch vor den Mund.

Der Commissaris wartete, bis der Anfall vorüber war. Sie gaben einander die Hand.

De Gier drehte sich im Korridor um und sah kurz den Ausdruck auf Francescos Gesicht, als dieser die Tür schloss.

«Nun?», fragte der Commissaris im Aufzug.

«Ein trauriger kleiner Mann, Mijnheer, traurig und besorgt, aber er hat Sinn für Humor.»

«Die Art von Mann, die eine Dame die Treppe zum Garten hinunterstoßen würde?»

«Nein.» De Gier beobachtete das blutorangefarbene Lämpchen des Aufzugs, das abwärts sprang und jedes Mal summte, wenn es auf den nächsten Glasknopf traf. «Aber für einen Schubs braucht man nicht lange. Er ist ein erregbarer Mann, der sein Geld will. Wir können ruhig annehmen, dass ihm die achtzigtausend gehören, Bargeld, das er aus der Kasse seines Vaters klaut. Er könnte deswegen also etwas nervös sein.»

«Nervös genug, um Mevrouw Carnet gestern Abend geschubst zu haben?»

Der Commissaris schüttelte den Kopf und beantwortete damit seine Frage. «Nein, ich glaube nicht. Der Betrag kommt uns vielleicht groß vor, aber für einen Geschäftsmann vom Kaliber Pullinis ist das nicht sehr viel. Geschäftsleute sind gewöhnlich sehr um die Fortsetzung ihres Handels besorgt. Francesco wird seine achtzigtausend bekommen, jetzt oder später, aber er würde nichts bekommen, wenn er seine Kundin in den Tod stürzt. Nein, das kann ich mir nicht vorstellen. Dennoch ...»

«Mijnheer?»

Die Schiebetür des Aufzugs öffnete sich. Sie betraten das Foyer und gerieten in eine Gruppe von Amerikanern, die soeben einem Bus entstiegen waren und die sich um einen günstigen Platz am Empfangstisch drängelten.

«Sie wollten vorhin etwas sagen, Mijnheer?», fragte de Gier noch einmal, als sie sich unter der gestreiften Markise am Hoteleingang befanden.

«Tja, er könnte lügen. Oder er gibt uns seine Version der Wahrheit, was ebenfalls eine Lüge wäre. Die Wahrheit ist schwer zu greifen. Er hat kein Alibi. Er war in einigen Bars. Er ist spazieren gegangen. Sagt er jedenfalls.»

De Gier murmelte Zustimmung.

«Der Nächste!» Der Commissaris rieb sich die Hände. «Jetzt ist de Aap dran. Dieser Mijnheer Vleuten könnte als

Verdächtiger interessanter sein. Er hatte ein Verhältnis mit der Dame und sich von ihr abgesetzt. Auch von seiner Arbeit hat er sich abgesetzt. Er braucht sich nicht um irgendwelche Fortsetzungen zu sorgen, denn er hat die Verbindung abgebrochen. Er erwartet uns doch nicht etwa, oder?»

«Nein, Mijnheer. Ich habe seine Adresse, sonst nichts. Wir können ihn ebenso überraschen wie vorhin Francesco.»

Sie stiegen in den Wagen. «Ihn überraschen», sagte der Commissaris. «Ich weiß nie, welcher Angriff am wirksamsten ist. Manchmal kann es besser sein, eine Verabredung zu treffen, damit sie sich so aufregen, dass ihnen der kalte Angstschweiß ausbricht. Aber wenn wir sie überraschen, können sie nicht so leicht lügen.» Er griff nach dem Mikrofon.

«Hier ist die Mordkommission. Präsidium?»

«Präsidium, Mijnheer.»

«Gibt es Nachrichten für mich?»

«Ja, Mijnheer. Würden Sie bitte Ihre Sekretärin anrufen?»

Der Commissaris steckte das Mikrofon wieder in die Halterung und stieg noch einmal aus. De Gier wartete hinter dem Steuer.

«Ja, meine Liebe?»

«Soeben kam ein Anruf von Carnet & Co., Mijnheer, von Juffrouw Gabrielle Carnet, sie hat zwei Nachrichten hinterlassen. Mijnheer Bergen ist krank geworden und zu seinem Arzt gegangen. Anscheinend hat er eine Gesichtslähmung, die ernst sein könnte; er hat deshalb ein Krankenhaus aufgesucht, um einen Spezialisten zu konsultieren.»

«Das ist schlimm, meine Liebe, aber es war sehr nett von Juffrouw Gabrielle, uns zu unterrichten. Was gibt es noch?»

«Sie sagte, ihre Mutter habe gestern vom Bankkonto der

Firma achtzigtausend Gulden in bar abgehoben, Mijnheer. Mijnheer Bergen habe es heute Morgen entdeckt, nachdem Sie und der Brigadier im Büro der Firma gewesen waren. Er sei sehr aufgeregt. Anscheinend war es nicht üblich, dass Mevrouw Carnet sich direkt an die Bank wandte. Wenn sie etwas wollte, habe Mijnheer Bergen das Nötige veranlasst. Und Mijnheer Bergen habe sich erinnert, dass Sie gesagt hätten, Sie hätten gestern Abend in Mevrouw Carnets Safe nur ein paar hundert Gulden gefunden.»

«Danke, meine Liebe. Wie klang Gabrielle Carnet?»

«Kühl, Mijnheer. Ihre Stimme war irgendwie geschäftsmäßig.»

«Na ja. Wie machen sich Cardozo und Grijpstra? Sollten sie nicht Gabrielle aufsuchen? Das wird jetzt nicht nötig sein, denn Gabrielle ist in ihrem Büro. Sie werden bis heute Abend warten müssen.»

«Sie sind beide nicht hier, Mijnheer. Cardozo hat Zeugen für das Vergiften des Hundes gefunden und fährt jetzt Streife; Grijpstra prüft, ob Mevrouw Carnets Ring sehr eng den Finger umgab oder nicht. Er wird in der Leichenhalle sein, aber er dürfte bald zurückkommen.»

«Ha.» Der Commissaris rieb sich die Nase. «Ha. Ich denke, ich werde zum Präsidium fahren. Grijpstra kann von mir übernehmen.» Als er wieder zum Wagen ging, streckte er die linke Hand aus und sagte «achtzigtausend», dann streckte er die rechte Hand aus und wiederholte den Betrag.

«Sehr einfach», fügte er hinzu, als er de Gier berichtete, was er gehört hatte. «Selbstverständlich ist das zu einfach. Aber Mordfälle sind manchmal einfach. Nehmen wir also an, Francesco hat Elaine gestern Abend doch besucht, und nehmen wir an, er hat sie die Treppe hinuntergestoßen, den Schlüssel aus ihrer Geldtasche genommen und den Safe geöffnet. Er hat das Haushaltsgeld liegen lassen, was sehr anständig von ihm war.»

«Ja.»

«Du klingst nicht sehr überzeugt, Brigadier?»

«Nein, Mijnheer. Wir wissen jetzt, dass Mevrouw Carnet einen Betrag abgehoben hat, der dem entsprach, den ihre Firma Francesco schuldete. Vielleicht hat sie das Geld abgehoben, um es ihm zu geben. Sie könnte es aus einem Grund abgehoben haben, der überhaupt nichts mit dem Fall zu tun hat. Der Betrag ist groß genug, um beispielsweise ein Haus zu kaufen, und ich glaube, dass Immobilienmakler immer Barzahlung verlangen. Laut Mijnheer Bergen war Mevrouw Carnet am täglichen Management ihres Unternehmens nicht interessiert; vielleicht wusste sie nicht einmal, wie viel ihre Firma Francesco schuldete. Aber wenn sie es wusste, muss sie das Geld genommen haben, um es an ihn zu zahlen, und wenn sie zahlen wollte, gab es keinen Grund, sie zu ermorden und zu berauben.»

«Stimmt.»

«Aber warum sollte Mijnheer Bergen plötzlich an einer Gesichtslähmung leiden, Mijnheer? Bricht er zusammen, weil ihn die Polizei verhört?»

Der Commissaris grinste. «Ich wusste, dass du das sagen würdest, Brigadier, und die Folgerung ist nicht so weit hergeholt, aber ich glaube, ich weiß, was Mijnheer Bergen fehlt. Ich hatte vor einigen Jahren das gleiche Leiden. Es ist die Bell'sche Lähmung. Ich dachte, ich hätte einen Schlaganfall gehabt, habe mich aufgeregt und bin zu einem Spezialisten gerannt, aber es war überhaupt nichts Ernstes. Eine Infektion des Fazialis – wenn der Nerv nicht funktioniert, wird das halbe Gesicht gelähmt, das Lid schließt sich nicht mehr, es wird schwierig zu kauen, und der halbe Mund hängt herunter, so ähnlich ist es, wenn man beim Zahnarzt gewesen ist. Die Lähmung lässt jedoch von selbst nach, innerhalb von Wochen ist das Gesicht wieder normal.»

«Und was verursacht diese Lähmung, Mijnheer? Ein Nervenschock?»

«Nein, Brigadier. Zugluft. Ich war mit offenem Fenster gefahren. Hast du gedacht, den Mann hätte der Schlag getroffen?»

«Ja, Mijnheer.»

«Vielleicht hast du das gehofft, wie, Brigadier? Weil du glauben wolltest, dass wir unseren Mann gefunden haben.»

De Gier lächelte entschuldigend.

Sie trafen Grijpstra in einem der Korridore des Präsidiums. Der Adjudant hielt den Ehering hoch. «Er sitzt nicht sehr stramm, Mijnheer, aber auch nicht sehr locker. Die Leiche war fast gefroren, sodass das Experiment möglicherweise wertlos war. Als ich ging, hatte sie die Arme nach oben gestreckt, als ob sie mein Fortgehen nicht ertragen könne. Brr. Die Leichenhalle ist ein widerwärtiger Ort, Mijnheer. Ich habe die Leichen von mindestens zehn jungen Menschen gesehen, die an Rauschgiftüberdosis oder an durch Drogengenuss verursachter Unterernährung gestorben sind, und es wurden noch mehr hereingebracht, als ich ging. Der Diensthabende sagte, die meisten seien Ausländer, alle namenlos, und keiner frage nach ihnen.»

«Stimmt», sagte der Commissaris sanft. «Gehen wir in mein Büro.» Cardozos Bericht mit den Aussagen der beiden alten Damen lag auf seinem Schreibtisch, er las ihn den Beamten vor.

«Das hört sich gut genug an, Mijnheer.»

«Ja. Ich werde dir was sagen, Brigadier, du kannst jetzt mit dem Adjudanten gehen und de Aap einen Besuch abstatten.

Ich werde Cardozo über Funk rufen und mit ihm Mijnheer de Bree aufsuchen. Cardozo hat bis jetzt gute Arbeit geleistet, ein Besuch könnte zum Erfolg seiner Bemühungen führen.»

Gemeinsam verließen sie das Büro des Commissaris. Die beiden Kriminalbeamten beobachteten, wie ihr Chef zur Funkzentrale marschierte, eine adrette kleine Gestalt in einem langen leeren Korridor.

«Da geht er hin.»

«Da geht er hin. Er ist anscheinend grimmiger als sonst. Was plagt ihn nach deiner Meinung?»

Grijpstra zuckte die Achseln. «Schnappen wir uns de Aap.»

Sie fuhren mit dem altmodischen Fahrstuhl.

«Wie könnte de Aap wohl in diesen Fall passen?»

«Affen sind geile Tiere. Wenn ich welche im Zoo gesehen habe, waren sie entweder direkt damit beschäftigt oder sie schienen daran zu denken. Er könnte den sexuellen Aspekt in dieser konfusen Geschichte repräsentieren.»

«Francesco ebenfalls», sagte de Gier, als sie die Garage betraten. «Ein hübscher kleiner Italiener – die sind bei unseren Frauen sehr beliebt.»

Grijpstra hatte nicht zugehört.

«Affen sind auch gefährlich, er könnte uns anfallen. Bist du bewaffnet?»

«Selbstverständlich. Ich lege ihn sofort um, wenn ich sehe, dass er auch nur mit dem Schwanz zuckt.»

Sie grinsten beide, als sie in den Volkswagen stiegen, aber da sprachen sie bereits über das Mittagessen. Inzwischen streckte in der Leichenhalle Elaine Carnet ihre Arme noch immer zur Decke empor, während der murrende Diensthabende versuchte, ihren Kasten wieder in den Kühlschrank zu schieben.

Neun

Grijpstra öffnete verblüfft den Mund, als er sah, wie der Brigadier elegant durch die frische, winddurchwehte Luft über der Amstel schwebte, und er klappte ihn zu, als de Gier die grünliche, mit Unrat bedeckte Oberfläche des Flusses berührte, eintauchte und verschwand. Ein wirbelndes Durcheinander auf und ab hüpfender Gegenstände blieb zurück. Grijpstra sah, wie sich die Flaschenkorken, Präservative, Bierdosen und abgerissenen Stiele von Wasserpflanzen zu einem mehr oder weniger deutlichen Kreis formierten, der sich zum Ufer hin ausbreitete, und fluchte. Dann sprang er. Aber er sprang vom Fluss weg, und als er landete, rannte er. Der Volkswagen war nicht weit entfernt. Das Funkgerät schaltete sich ein, als er auf den Knopf drückte. Das Kabel vom Mikrofon wäre fast gerissen, als er es aus der Halterung zerrte.

«Präsidium für drei-vierzehn.»

«Präsidium», sagte die ruhige Frauenstimme.

«Ein Notfall. Wir sind am Amsteldijk, und ein Verdächtiger ist soeben in einem Motorboot entkommen. Könntest du den Standort des nächsten Wasserschutzpolizeiboots feststellen und mich direkt damit verbinden?»

«Verstanden. Warte.»

Grijpstra zählte. Elf Sekunden. Eine sehr lange Zeit. Er schaute zum Fluss und sah, wie der Kopf des Brigadiers und einer seiner Füße über der Ufermauer auftauchten. Den Kopf krönte ein Gebinde aus Wasserpflanzen, der Fuß zog einen nicht erkennbaren Gegenstand hinter sich her, der anscheinend an einem Draht befestigt war.

«Wasserschutzpolizei. Was können wir für euch tun?»

«Wo seid ihr?»

«Auf der Amstel. Wir kommen gleich unter die Magere Brug und fahren in nördlicher Richtung.»

«Dreht um und fahrt bis zur Berlagebrug, legt an der Nordwestseite an, wo wir an Bord kommen werden. Adjudant Grijpstra und Brigadier de Gier. Unser Verdächtiger ist in einem weißen Motorboot in südlicher Richtung entkommen.»

«Wir können in etwa fünf Minuten an der Berlagebrug sein.»

«Bis gleich. Ende.»

Fünf Minuten, dachte Grijpstra, eine Ewigkeit. Alles Mögliche kann innerhalb von fünf Minuten passieren. Aber ein erfreulicherer Gedanke drängte seine Verzweiflung zurück. Das weiße Motorboot hatte eine ziemlich lange Flussstrecke vor sich, auf der es keine seitlichen Fluchtwege gab. Sie könnten ihm den Weg abschneiden, das Polizeiboot würde schneller sein als die alte Barkasse. Er glitt in den Volkswagen und ließ den Motor an, der gehorsam stotternd ansprang. Sein kurzer, dicker Zeigefinger zwang die Sirene, ihr erstes Schreckensgeheul auszustoßen. Die Vorderreifen quietschten bei der kurzen Wende und brachten den Wagen auf Kollisionskurs mit de Gier, der angelaufen kam und eine Spur tropfenden Schaums zurückließ.

Grijpstra beugte sich zur Seite und öffnete die Beifahrertür.

«Scheiße», sagte de Gier, als der Wagen davonschoss. «Dieser Hund! Hast du gesehen, was er getan hat? Er hat den Gang eingelegt und genau in dem Augenblick Gas gegeben, als ich gesprungen bin. Ich hatte Glück, dass ich frei gefallen bin, ich hätte mir das Bein an seiner Ruderpinne brechen können.»

«Ich hab's gesehen.» Grijpstra brummte mitfühlend.

«Und er hat gelächelt, der verdammte Idiot. Ich weiß jetzt,

warum man ihn de Aap nennt. Hast du sein Gesicht gesehen?»

Grijpstra hatte das Gesicht gesehen, die niedrige Stirn und die flache Nase, gespalten zu einem breiten Fletschen kräftiger weißer Zähne. Der Mann sah wirklich wie ein Affe aus, wie ein großer, starker Affe, aber nicht wie ein gefährlicher Affe. Grijpstras erster Eindruck war durchaus positiv gewesen. Was der Verdächtige jedoch soeben getan hatte, strafte die Freundlichkeit Lügen, die Grijpstra in dem ungewöhnlichen, missgestalteten Gesicht des Mannes gesehen hatte.

Der Adjudant dachte an die zurückliegenden Ereignisse, als sich der Volkswagen durch den Verkehr auf dem Amsteldijk wand, Autos überholte, die unter dem Heulen der Sirene zur Seite wichen. De Gier hatte direkt vor Vleutens Haus einen Parkplatz gefunden, einem sieben Stockwerke hohen Haus, das mit dem idealen Doppelbogen seines Ziergiebels, gekrönt mit einer großen Gipskugel, die wiederum eine Spitze trug, nach dem wolkenbedeckten Himmel griff. Ein alter Rolls-Royce parkte halb auf der Straße, halb auf dem Bürgersteig. Sie hatten sich eine Minute Zeit gelassen, um das Fahrzeug zu bewundern, bevor sie die Steinstufen zur grün lackierten Haustür emporgestiegen waren. De Gier wollte gerade auf den obersten Klingelknopf mit dem Schild «Jan Vleuten» drücken, als sie vom Fluss her gerufen worden waren und sie einen winkenden Mann gesehen hatten. Der Mann stand auf der Kabine eines alten Motorboots, das leuchtend weiß gestrichen war.

«Ich bin Vleuten», rief de Aap. «Wollt ihr was von mir?»

Als sie beim Boot waren, hatte de Aap an der Ruderpinne gestanden und die Fangleine gehalten, die lose um eine große Klampe an der Ufermauer geschlungen war.

«Polizei», hatte de Gier gesagt und sich niedergehockt, um seinen Ausweis zu zeigen.

Und während de Aap den Ausweis de Giers studierte, hatten sich bei Grijpstra die freundlichen Gedanken eingestellt. Ein netter Mann, gewiss sah er seltsam aus, aber nett. Und gut gekleidet in einen dicken weißen Seemannspullover, der seine breite Brust betonte. Hellblondes, glänzendes Haar, gebändigt unter einer kleinen Mütze, deren Schirm nach oben gebogen war. Langes Haar, das noch die Spuren eines Kamms zeigte. Große, ruhige blaue Augen, sehr lange Arme, die einen Gegensatz zu den kurzen Beinen bildeten. Der Körper eines Affen, der die Seele eines intelligenten, freundlichen Mannes beherbergte. Was Grijpstra am meisten aufgefallen war, waren – abgesehen von der fliehenden Stirn und dem fehlenden Hals, sodass der Kopf direkt auf dem gewaltigen Körper saß – Vleutens Arme. Ihm fielen die großen Affen ein, die er im Zoo und in Filmen gesehen hatte; er dachte daran, wie sie gingen, schwingend, nicht nur auf den Füßen, sondern sich mit den Knöcheln der Hände abstützend. Ihm schien, Vleuten würde ähnlich gehen, und er wartete auf eine Möglichkeit für eine Bestätigung seines Gedankens, als de Giers Ausweis auf die Uferstraße geworfen wurde und das Boot mit voller Kraft davonfuhr.

«Hast du deinen Ausweis aufgehoben?»

«Selbstverständlich.»

Er konnte noch immer nicht verstehen, warum der Verdächtige auf ihr höfliches Auftreten so reagiert hatte.

«Polizei?» De Aap hatte eine gute Stimme, tief und ruhig.

«Ja, Mijnheer Vleuten. Ich bin Brigadier bei der Mordkommission. Mein Kollege und ich möchten Ihnen einige Fragen stellen.»

De Aap hatte den Ausweis genommen, eine achtbare Waffe in ihrem unaufhörlichen Kampf gegen das Verbrechen – das

Polizeiabzeichen, die staatliche Ermächtigung, geschmückt mit dem Rot-Weiß-Blau der Flagge der Niederlande, eine Ermächtigung, die Polizeibeamte legitimiert, Bürger zu belästigen, in ihrem eigenen Interesse, zum Wohle der öffentlichen Ruhe und Sicherheit und zur Wahrung der entsprechenden Gesetze. Und der Kerl hatte tatsächlich die Frechheit besessen, den Ausweis auf die Straße zu werfen.

«Du machst dir doch nicht etwa Sorgen wegen des verdammten Ausweises, oder?», fragte de Gier. «Was ist mit mir? Schau mich an!»

«Du bist nass», sagte Grijpstra vergnügt.

«Nass! Wahrscheinlich habe ich mich vergiftet. Ich habe etwas von dieser flüssigen Scheiße geschluckt, die sie heutzutage in den Grachten aufbewahren. Ich hätte umkommen können durch den Unrat, der da treibt. Ich hätte ertrinken können! Du hast dir nicht mal die Mühe gemacht nachzusehen, was mir passiert ist. Du hast dich nur um dein verdammtes Funkgerät gekümmert.»

«Na, na.»

«Aber ich habe meinen Ausweis noch, mehr will der Adjudant ja nicht wissen.»

«Du kannst schwimmen», sagte Grijpstra, «und ich hätte mir Sorgen gemacht, aber ich habe gesehen, wie du herausgestiegen bist. Und jetzt sind wir da.»

«Wo?»

«Hier. Ich habe über Funk mit einem Polizeiboot gesprochen. Die sollen uns hier treffen. Gut, da sind sie schon, siehst du?»

De Gier sah das graue Motorboot, das eine schäumende Bugwelle vor sich herschob, aber er schien nicht interessiert zu sein. Er schaute auf seine Hände und wischte sie ab. Die rechte hatte etwas geblutet; zwischen den Fingern der linken

Hand steckte ein langes, gelbes, klebriges Kraut. Er zog es weg und warf es zum Fenster hinaus.

«Er hat etwas riskiert», sagte der Adjudant, zwang den Wagen, nach rechts abzubiegen und unter eine große Brücke zu fahren, unter Amsterdams Hauptdurchgangsstraße, die das Zentrum mit dem östlichen Teil der Stadt verband. Sie hörten über sich ein Poltern auf der Brücke, als eine Lastwagenkolonne darüber fuhr. «Ich hätte leicht auf ihn schießen können, aber nur in die Brust oder den Kopf. Seine Beine waren vom Schanzdeck des Boots verdeckt. Vielleicht weiß er, dass wir nur auf die Beine zielen, vorausgesetzt, dass wir nicht direkt angegriffen werden.»

De Gier wrang seine Hosenbeine aus. «Das ist heute mein zweiter Anzug, morgens habe ich ihn aus der Reinigung geholt. Wir müssen ihn schnappen, Grijpstra. Ich will ihn in einer Zelle haben, in der scheußlichen Eckzelle.» Das Polizeiboot wartete. Sie sprangen hinein, wobei sie den hilfreich ausgestreckten Arm des Brigadiers von der Wasserschutzpolizei nicht beachteten.

«Brigadier bei der Mordkommission, nehmt Kurs nach Süden, wir verfolgen ein weißes Motorboot mit einem Mann darauf, er trägt einen weißen Pullover und eine Schirmmütze. Ein gut aussehendes Boot, alt, aber gepflegt. Ein Holzboot.»

Der Konstabel in der Kabine rückte an einem kleinen Hebel neben dem Ruderrad. Das Boot brüllte und begann die kurzen Wellen des Flusses zu durchschneiden, es hob die Nase, als es an Geschwindigkeit gewann. Grijpstra stolperte, aber der Brigadier vom Wasserschutz hielt ihn an den Schultern fest.

«Langsam, langsam, dein Freund hat ein Bad genommen, wie?»

«Hat er. Der Verdächtige ist mit dem Boot abgehauen, als mein Kollege sprang.»

Hände wurden geschüttelt, als die Polizisten sich vorstellten.

«Wozu die Jagd, Grijpstra? Ist euer Verdächtiger gefährlich? Bewaffnet?»

Grijpstra erläuterte. De Gier war in die Kabine gegangen und prüfte seine Pistole, die er auseinander nahm und mit einem Lappen trocknete. Der Konstabel gab ihm ein neues Magazin, das de Gier in die Waffe schob. «Sie wird funktionieren», sagte der Konstabel, «aber es ist besser, wenn du sie in die Waffenkammer bringst, weil sie viele Teilchen hat, die schließlich rosten werden. Hast du vor, deinen Mann zu erschießen, Brigadier?»

«Ich möchte schon, aber man würde es mir nicht danken. Ich weiß nicht einmal, warum er abgehauen ist.»

«Habt ihr ihm etwas vorzuwerfen?»

«Er hat mit einer Frau geschlafen, die wir kennen.»

Der Konstabel hörte nicht mehr zu. Ein Schlepper war aufgetaucht, der asthmatisch eine Reihe von drei großen Leichtern hinter sich her zog. Die Leichter folgten schwankend, und das rasende Polizeiboot schien besonders von dem aufragenden rostigen Rumpf des letzten Fahrzeugs angezogen zu werden. Der kleine Hebel am Armaturenbrett wurde noch weiter vorgeschoben, und die Bootsmaschine brüllte noch um einen Ton tiefer.

«Nicht getroffen», sagte der Konstabel. «Das soll eine Beschuldigung sein, Brigadier? Mit einer Frau zu schlafen, die ihr kennt?»

«Die Frau ist tot. Wir gehen herum und stellen Fragen.»

«Und du landest im Fluss. Ist mir auch passiert. Vorige Woche hat man mich von der Gangway eines Hochseedampfers geschubst. Das gehört zur Arbeit. Wir haben trockene Sachen dort im Schrank. Vielleicht passen sie dir. Die Uniform eines Brigadiers. Sie passt zu deinem Dienstgrad, wenn schon nicht dir selbst.»

Der Fluss war frei. Der Konstabel machte es sich bequem und beobachtete de Gier beim Ausziehen. «Ein Handtuch ist auch dort und Unterwäsche. Und irgendwo habe ich hier auch noch ein Paar Gummistiefel. Wir haben alles, sogar ein kleines Maschinengewehr, das ich auf dem Vorderdeck befestigen kann. Mit dem Verschluss stimmt was nicht, aber es sieht sehr eindrucksvoll aus.» De Gier stieg in die Stiefel. «Nein, danke, ich glaube nicht, dass unser Mann bewaffnet ist. Wie seh ich aus, Konstabel?»

Der Brigadier von der Wasserschutzpolizei und Grijpstra waren in die Kabine gekommen und bewunderten de Gier. Die Uniform passte.

«Erstaunlich», sagte Grijpstra. «Mir gefallen die goldenen Tressen besser als unsere silbernen. Warum hat die Wasserschutzpolizei überhaupt goldene Tressen?»

«Weil Gold so edel ist wie wir», sagte der Brigadier vom Wasserschutz. «Das Wasser mag heutzutage verschmutzt sein, aber so dreckig wie das Ufer kann es nie werden.»

Die Sonne hatte ein Loch in der niedrigen Wolkendecke über der Stadt gefunden, und die weite Fläche des Flusses, hier und da getüpfelt vom fleckenlosen Weiß schwimmender Möwen, breitete sich um sie aus. Das Boot glitt über die kleinen Wellen. Der Brigadier vom Wasserschutz schraubte den Verschluss einer großen Thermosflasche ab. «Frischer Kaffee, vor weniger als einer halben Stunde zubereitet.» Die vier Männer grinsten, als de Aaps Boot als kleiner Fleck bei der nächsten Flussbiegung auftauchte. «Dies ist kein schlechtes Leben», sagte der Brigadier vom Wasserschutz und schenkte den Kaffee ein. «Ich weiß nicht, warum ihr Burschen lieber in der Stadt arbeitet. Enge Straßen, keine Luft, überall Menschen. Die Menschen sind am schlimmsten, immer wollen sie was.»

«Habt ihr nichts mit Menschen zu tun?», fragte Grijpstra.

«Manchmal, aber gewöhnlich gelingt es mir, ihnen auszuweichen. Ich ziehe Fische vor. Wir fischen ziemlich viel, wisst ihr. Und dann gibt es immer noch die Vögel. Einige Vögel sind dumm, vor allem die Enten, aber ich habe immer noch lieber mit Enten zu tun als mit Menschen. Menschen, bah!»

Grjipstra schaute auf. «Was ist mit dem Boot passiert? Es war soeben noch direkt vor uns.»

Der Konstabel zeigte, drehte gleichzeitig am Ruderrad und ließ das Boot die Flussbiegung durchschneiden. «Dort drüben, festgemacht am Anleger. Das ist de Aaps Boot. Ich dachte, dass ich es schon vorher erkannt hatte, aber ich war mir nicht sicher. Ist de Aap euer Verdächtiger?»

«Ja. Ihr kennt ihn offenbar.»

Der Brigadier vom Wasserschutz ging zum Armaturenbrett und drehte den Schlüssel und schaltete damit den Motor des Bootes aus, das sich wieder ganz ins Wasser senkte. «Ja, Grijpstra, wir kennen de Aap, auf dem Wasser kennt ihn jeder. Aber er ist anscheinend nicht an Bord.»

«Macht nichts. Fahr ein Stück zurück und setz uns am Deich ab, möglichst nicht in Sichtweite vom Anleger. Es könnte sein, dass er uns nicht entdeckt hat. Wir können ein wenig herumschnüffeln. Wenn wir ihn heute nicht schnappen, dann morgen.»

«Die Kripo», sagte der Brigadier vom Wasserschutz zu seinem Konstabel. «Intelligente Jagdhunde. Ich hoffe, du passt auf und lernst. Wir würden einfach wegfahren und das alte Boot mitnehmen, aber wir haben keinen Verstand. Bestimmt wird der Verdächtige zu seinem Boot zurückkehren und unseren Freunden in die Arme laufen.» Er wandte sich wieder Grijpstra zu. «Bist du sicher, dass er euer Mann ist?»

«Sollte er das nicht sein?»

«Nein. Sag mir noch mal, warum ihr ihn sucht.»

Grijpstra zog die Nase kraus; es schien, als hebe er auf den flachen Händen etwas Schweres hoch. «Wir wissen, dass wir hinter ihm her sind, aber wir wissen nicht genau warum. Er ließ meinen Brigadier in den Fluss springen, das ist ein Grund. Und er hat mit einer Frau namens Elaine Carnet geschlafen, die unter verdächtigen Umständen gestorben ist. Wir haben ihn gesucht, um ihm einige Fragen zu stellen, Routinefragen, aber er hat uns nicht die Möglichkeit dazu gegeben. Er ist abgehauen.»

«Er ist ein guter Mensch.» Die Augen des Brigadiers vom Wasserschutz schienen zu bitten. «Ich kenne ihn jetzt seit einigen Jahren, vom Wasser her und von einigen Kneipen. Er ist irgendwie ein Künstler, der unseren Teil der Welt wiederherstellt. De Aap sucht alte Boote, Wracks, von denen es hier eine Menge gibt, verkommen und vergessen. Er kauft und repariert sie. Einige alte Männer arbeiten bei ihm, Rentner, die sonst nichts zu tun haben. De Aap hat wieder ihr Interesse am Leben geweckt. Die Stadtverwaltung interessiert sich für seine Versuche. Sie hat ihm die Nutzung einer kleinen städtischen Werft im Norden überlassen. Die alten Männer sind sehr stolz auf ihre Arbeit. Sie arbeiten nicht für Geld, aber de Aap sorgt dafür, dass sie etwas bekommen. Und wenn ein Boot wieder in Ordnung ist, verkauft er es zu einem angemessenen Preis an jemanden, von dem er meint, dass er es zu schätzen weiß.»

«Wirklich? Gehört ihm der alte Rolls, den wir vor seiner Adresse stehen sahen?»

«Ja. Die gleiche Geschichte. Gekauft als Wrack, auseinander genommen und wieder zusammengebaut. Das Gleiche mit seinem Haus. Ich glaube, er hat das Haus geerbt, aber es war in schlechter Verfassung. Er hat es vollkommen umgestaltet und vermietet die unteren sechs Etagen zu vernünftigen Preisen. Er könnte ein Wucherer sein, wie die meisten Hausbesitzer, aber das ist er nicht.»

Grijpstra hörte aufmerksam zu und kratzte leise seine kurzen Stoppelhaare. De Gier, der in seiner dunkelblauen Uniform strahlte, hörte ebenfalls zu.

«Hast du das gehört?», fragte Grijpstra.

«Ja, aber ich habe noch ein paar Wasserpflanzen in den Ohren und deshalb vielleicht nicht alles gehört. Ein Mormone, wie? Warum hat mich dann dieser liebenswerte Herr, der wie ein Affe aussieht, mit Anlauf in den Fluss springen lassen? Ich habe ihn nicht bedrängt, oder? Er hat mir kaum Zeit gelassen, ihm meine Aufgabe darzulegen, dann wupps … er war weg und ich … Tatsächlich könnte ich gegen ihn vielleicht sogar eine Beschuldigung wegen versuchten Totschlags oder der versuchten schweren Körperverletzung vorbringen. Was wisst ihr sonst noch über ihn? Überhaupt nichts Schlimmes?»

«Nein. Ich habe keine Ahnung, weshalb er abgehauen ist, aber ich weiß, wenn ihr ihn belästigt, werdet ihr alle gegen euch haben, alle hier draußen, die Leute auf dem Wasser.»

Das Boot scheuerte an der Uferbefestigung. Grijpstra hielt sich an einem Baumstumpf fest.

«Gib mir mal einen Schubs, Brigadier. Wir werden eurem Helden nichts zuleide tun, es sei denn, wir können beweisen, dass ihr Unrecht habt, und selbst dann würden wir nicht zu unangenehm werden.»

De Gier sprang ebenfalls hinaus. «Danke für die Unterstützung. Die Uniform bekommt ihr morgen früh zurück. Ich werde versuchen, sie sauber zu halten, aber vielleicht kriegt mich euer Freund noch einmal in den Fluss.»

Der Brigadier vom Wasserschutz grinste. «In der Uniform nicht, er wird das Gold respektieren.»

Das Boot legte rückwärts ab, die beiden Beamten winkten. Die Kriminalpolizisten benötigten mehrere Minuten, um zum Anlieger zu gelangen. De Aap hatte sein Boot ordentlich festgemacht, aber er war nicht da.

«Willst du noch etwas herumschnüffeln?»

«Das kann nicht schaden.»

Sie wollten schon aufgeben und eine Straßenbahn zurück zu ihrem Wagen erwischen, als Grijpstra plötzlich pfiff. «Dort drüben auf der Terrasse.»

De Aap trank friedlich Tee. Sie blieben an seinem Tisch stehen.

«Guten Tag, Mijnheer Vleuten.»

De Aap lächelte, als begrüße er alte Freunde. «Also nein. Und dazu noch in der Uniform eines Wasserschutzpolizisten. Wollt ihr euch zu mir setzen?»

Sie setzten sich, sagten aber nichts, und das zunächst verlegene Schweigen verlor seine Spannung, als die drei Männer auf den Fluss starrten. De Gier nahm seine Mütze ab und legte sie auf den Tisch. Ein Mädchen kam und nahm ihre Bestellung entgegen.

«Ich hoffe, du hast dich nicht verletzt», sagte de Aap und bot eine Zigarette an.

«Hab ich.»

«Schlimm?»

«Nein. Ein Kratzer. Aber ich bin sehr nass und schmutzig geworden.»

De Aap berührte de Giers Schulter. «Tut mir Leid. Ihr seid

wegen des Bußgelds gekommen, nicht wahr? Ich werde nicht zahlen.»

«Bußgeld?»

«Ja.»

«Ich bin nicht wegen des Bußgelds gekommen, sondern wir wollten einige Fragen stellen. Eine Mevrouw Carnet ist gestorben. Elaine Carnet. Man hat uns gesagt, Sie hätten sie gekannt.»

«Ah.» De Aap seufzte. «Ich hätte es mir denken können. Ich habe von Elaines Tod gelesen, aber der Journalist schrieb, es sei ein Unfall gewesen. War es keiner?»

«Vielleicht. Was ist das für eine Sache mit dem Bußgeld, Mijnheer Vleuten?»

«Nenn mich ruhig Aap. Mir gefällt das Wort zwar nicht, aber es hängt mir seit langem an. Das Bußgeld ist eine Anhäufung von Strafzetteln wegen falschen Parkens. Irgendein Konstabel von der Verkehrspolizei ärgert sich über meinen Rolls-Royce und verlässt seine Route, auf der er sonst Streife geht, nur, um meinen Wagen mit Strafmandaten zu bepflastern. Ich habe mich bei seinem Vorgesetzten beschwert, aber es geschieht nichts. Es macht mir nichts aus, gelegentlich wie jeder andere ein Bußgeld zu zahlen, aber ich will verdammt sein, wenn ich jeden Tag eins aufgebrummt kriege. Es gibt nicht genug Parkplätze in der Stadt, und ich habe einen Wagen wie auch Hunderttausende anderer.»

«Aber warum bringst du uns mit deinen Bußgeldern in Verbindung?»

«Ihr habt mich schon mal belästigt, nicht ihr persönlich, aber Kriminalbeamte. Die klingeln frühmorgens und schreien mich über die Sprechanlage an der Haustür an.»

«Das ist ein anderer Haufen, du musst Gerichtsbeamte meinen. Die werden hinter dir her sein und versuchen, dich zur

Gerichtskasse zu bringen, und sie haben die Macht, dich festzuhalten, bis du zahlst – allerdings nur, wenn du ihnen die Tür öffnest. Sie sind nicht ermächtigt, gewaltsam einzudringen oder dich auf der Straße zu ergreifen. Sie müssen dich von deinem Haus abholen, und du musst einverstanden sein.»

«Bin ich nicht.»

De Gier beobachtete de Aaps gelassenes Gesicht. «Du könntest jetzt in der Patsche sitzen, weißt du. Durch dich habe ich einen schlimmen Sturz erlitten.»

«Kannst du mich festnehmen?»

«Ja.»

«Wirst du's tun?»

«Jetzt nicht. Aber wir müssen dich verhören. Wo möchtest du verhört werden? Hier?»

Sie hatten ihren Tee getrunken. De Aap rief das Mädchen und zahlte.

«Nein, nicht hier. Und das mit deinem Sturz tut mir Leid. Ich dachte, die Verkehrspolizei hätte euch geschickt, und diesen Unsinn habe ich satt. Es war ein Missverständnis. Ich bitte um Entschuldigung, nimmst du sie an?»

De Gier nickte. «Vielleicht, ja.»

«Dann seid noch ein wenig länger meine Gäste. Wir können mit dem Boot zu meinem Haus fahren, und dort könnt ihr mich ausfragen, aber möglicherweise habe ich nicht viel zu sagen. Ich hatte keinen Grund, Elaine umzubringen, und ich würde sie auch nicht umgebracht haben, wenn ich einen Grund hätte. Vielleicht gibt es überhaupt keinen Grund zu töten, außer, um dem Alter zu entgehen, und Elaine war nicht alt.»

Grijpstra spürte, wie sich die kurzen Haare in seinem Nacken sträubten. Er hatte die gewaltige Kraft entdeckt, die dem Wesen de Aaps zu entspringen schien, Kraftwellen, die die

Kriminalbeamten umhüllten und ihre eigene Stärke neutralisierten. Grijpstra erinnerte sich an andere Gelegenheiten, wenn Verdächtige ihn fast hypnotisiert hatten. Er hatte es bei einigen Festnahmen gespürt und auch ein- oder zweimal als Zeuge der Anklage vor Gericht. Er hatte gesehen, wie hohe Polizeibeamte, Anwälte und sogar Richter schwach wurden, während ein gelassener Verbrecher sich verteidigte, Aussagen machte, bewies, dass er unschuldig sei. Aber der Verbrecher war schuldig gewesen.

Gemächlich gingen sie zusammen die Uferstraße entlang. De Gier ließ sich vorsichtig ins Boot hinab. Er betrachtete den Unrat, der unter dem Anleger trieb, als de Aap den Bootsmotor startete.

«Bah», sagte de Gier. «Schaut euch den Dreck an. Der Brigadier vom Wasserschutz ist ein Chauvinist. Sein Teil der Welt ist schmutziger als unserer.»

De Aap schaute ebenfalls. «Wir bemühen uns. Der Fluss wird sauberer, früher war es viel schlimmer.»

«Bah. Die Leute haben mal im Fluss gebadet.»

«Das werden sie auch wieder.»

«Ich habe vorhin darin ein Bad genommen.»

De Aap lachte. «Ich habe gesagt, dass es mir Leid tut.»

«Sicher», sagte de Gier. «Das war sehr nett von dir.»

Zehn

«Er ist nicht hier», sagte die breite Frau im geblümten Kleid, «aber er muss jeden Augenblick zurück sein. Könnten Sie vielleicht in einer halben Stunde wieder kommen?»

Der Commissaris und Cardozo hatten eine ganze Weile auf

der Veranda von de Brees Haus gestanden, während Mevrouw de Bree sie durch den Spion in der Tür beäugte und um die Entscheidung rang, ob sie öffnen solle oder nicht. Sie hatte Cardozo vorher schon mal gesehen und wusste, dass er Polizist war. Ihr Mann hatte ihr gesagt, die Polizei nicht einzulassen. Aber der andere Mann war viel älter als der jungenhafte Kriminalbeamte, und er schien nicht zu den Menschen zu gehören, die man einfach wegschicken konnte. Sie war zu dem Schluss gekommen, dass der Commissaris auf unaufdringliche Art und Weise würdig und intelligent aussah, und wollte das Risiko eingehen. Aber jetzt stockte sie wieder.

«Wir gehen nicht, Mevrouw de Bree», sagte der Commissaris sanft, «Sie werden uns einlassen müssen.»

«Mein Mann sagt, Wohnungen sind privat und ...»

«Die Wohnung ist privat, Ihr Mann hat Recht.»

Sie zauderte und errötete. «Also ...»

«Aber keine Regel ohne Ausnahme, Mevrouw. Ein Verbrechen ist verübt worden, und die Polizei ist beauftragt worden, Ermittlungen anzustellen. Unter solchen Umständen hat die Polizei das Recht, gewaltsam in jede Unterkunft einzudringen, wenn ein Haft- oder Durchsuchungsbefehl vorliegt oder ein Beamter mit einem bestimmten Dienstgrad das Haus betreten möchte.»

«Aha.» Sie wollte nicht nach dem Dienstgrad des Commissaris fragen, aber er hatte ihr seinen Ausweis gegeben, auf den sie einen Blick geworfen hatte. Sie kannte sich in Polizeidienstgraden überhaupt nicht aus. «Ja, würden Sie dann bitte eintreten? Ich hoffe, Sie werden meinem Mann, sobald er kommt, erklären ...»

«Das werden wir.»

Cardozo trat zur Seite. Der Commissaris marschierte in

den Korridor und wartete, dass Mevrouw de Bree den Weg zeigte. Sie wurden in ein Hinterzimmer geführt, das der glasumschlossenen Veranda im Haus der Carnets ähnlich war. Offenbar hatte ein und derselbe Architekt alle Häuser in den beiden Straßen entworfen, die die Gärten einfassten. Mevrouw de Bree bot Tee an und zog sich dankbar in die Küche zurück.

Cardozo sprang von seinem Stuhl auf, als sie allein waren. «Meine Zeugen wohnen dort drüben, Mijnheer. Ihnen gehört die oberste Etage des Hauses, dort mit dem Balkon, hinter den Geranien. Zwei alte Damen mit Ferngläsern, ideale Zeugen, sie können sowohl diesen Garten als auch den der Carnets gegenüber voll einsehen. Und dort ist die Ligusterhecke, und Mijnheer de Bree muss neben dem Rhododendron gestanden haben, als er Paul fütterte. Mit Ferngläsern könnten meine Zeuginnen erkannt haben, dass er ihn mit Hackfleisch gefüttert hat. Mit dem Labortest, der beweist, dass Paul sowohl Hackfleisch als auch Arsen im Magen hatte, und mit der Tatsache, dass sich aus den Aussagen der Zeuginnen und der Erstattung der Anzeige durch Gabrielle Carnet eine zeitliche Übereinstimmung ergibt, plus der Aussage des Tierarztes haben wir einen hieb- und stichfesten Fall gegen de Bree.»

Der Commissaris war ans Fenster gegangen. «Ja, gute Arbeit, Cardozo. Ich möchte wissen, ob ich hier rauchen darf. Raucht de Bree?»

Cardozo schaute sich um. «An der Wand hängt ein Pfeifengestell, Mijnheer, und hier sind mehrere Aschenbecher.»

«Dann bin ich sicher, dass Mevrouw de Bree nichts dagegen hat. He.»

Ein Kater war draußen auf dem Balkon gelandet. Er war von einem Ast mit einem solchen Dröhnen aufgesprungen, dass Cardozo, der immer noch das Pfeifengestell betrachtete, sich umdrehte. Der Kater war übergroß, nicht nur dick, sondern von enormen Proportionen. Ein Luchs mit Pinselohren, einem dichten, schwarz und orange getupften Fell und einem schrecklichen kantigen Kopf, hellorange auf der einen und tiefschwarz auf der anderen Seite. Die Trennungslinie zwischen beiden Farben verlief nicht mitten durch das Gesicht und verkürzte die schwarze Seite etwas, sodass sein Ausdruck überraschend unheimlich war.

«Ist das eine Katze, Mijnheer?»

«Ich glaube, ja. Aber vielleicht ist ein kleiner Panther oder ein Ozelot unter ihren Vorfahren, wobei ich allerdings glaube, dass einige Hauskatzenarten ziemlich groß werden. Rund zwanzig Pfund, würde ich sagen, vielleicht noch mehr.»

Der Kater ging ans Fenster und richtete sich auf, wobei er Gesicht und Vorderpfoten gegen das Glas drückte. Die Sohlen der Pfoten waren dicht behaart.

«Er schnurrt», sagte der Commissaris. «Vielleicht hat er gute Absichten. Sollen wir ihn hereinlassen, Cardozo?»

Mevrouw de Bree war mit einem Tablett zurückgekommen. «Ah, Tobias. Würden Sie bitte die Tür öffnen, Mijnheer? Der Arme muss hungrig sein. Vermutlich hat er vorher schon versucht, ins Haus zu kommen, aber ich habe oben staubgesaugt und ihn nicht gehört. Er ist den ganzen Vormittag über draußen gewesen.»

Der Commissaris öffnete den Türriegel; Tobias stürzte herein, riss ihm die Tür aus der Hand und lief durch das Zimmer in den Korridor.

«Ein erstaunliches Tier, Mevrouw. Sehr groß, nicht wahr?»

«Ja. Aber er wird alt und ist jetzt auf einem Auge blind und nicht sehr gesund. Wir haben ihn voriges Jahr wegen Krebs operieren lassen, wovon er sich erholt hat, aber der Tierarzt sagt, der Krebs könne noch vorhanden sein, und eine zweite

Operation würde nichts nützen. Mein Mann ist deswegen sehr beunruhigt. Tobias ist wie ein Kind, und wir haben ihn seit vierzehn Jahren – wir haben keine Kinder, wissen Sie. Und Tobias ist so klug!»

Der Commissaris rührte in seinem Tee. Das Zimmer war gemütlich und ruhig. Im Haus hörte man kein Geräusch, bis auf das Klappern in der Küche, wo Tobias sein Fressen verschlang und den Behälter hin und her schob.

«Sie wissen, warum wir gekommen sind, nicht wahr, Mevrouw de Bree?»

Sie saß unnatürlich gerade und spielte mit einem Spitzentaschentuch. Sie hatte Tränen in den sanften Augen, die durch die dicken Gläser ihrer goldgeränderten Brille vergrößert wurden. «Ja, Mijnheer, Sie sind wegen Paul gekommen. Mir tut das so Leid. Ich weiß nicht, was in meinen Mann gefahren ist, so etwas hat er noch nie getan. Er will nicht zugeben, was er Paul angetan hat, aber er weiß, dass ich es weiß. Er hat nicht viel mit mir gesprochen, seit das passiert ist. Und die alten Damen von gegenüber haben ihn dabei gesehen. Alice ist deswegen vor einer Stunde bei mir gewesen. Sie sagte, sie hätten es der Polizei gesagt, und es täte ihnen Leid, aber sie hätten nicht anders gekonnt, deshalb habe ich Sie erwartet, wissen Sie.»

«Was ist Ihr Mann von Beruf, Mevrouw de Bree?»

«Er arbeitet nicht mehr. Er ist Ingenieur gewesen und hat einiges erfunden; wir leben von den Einnahmen aus den Patenten. Manchmal wollte ich, er arbeitete noch.»

Sie hörten das Drehen eines Schlüssels in der Haustür. Mevrouw de Bree sprang auf und eilte in den Korridor, wobei sie die Tür hinter sich schloss. Das Gespräch dauerte volle fünf Minuten, in denen die Stimme de Brees langsam ihren Zorn verlor. Mevrouw de Bree weinte. Er kam allein herein.

«Mijnheer de Bree?»

Die Polizisten waren aufgestanden. De Bree zeigte auf ihre Stühle und überlegte, was er sagen sollte. Tobias kratzte an der Tür. «Mein Kater. Ich lasse ihn herein.»

De Bree setzte sich. Er seufzte. Die ganze Luft schien aus ihm zu entweichen. Der Seufzer war anscheinend endlos.

«Tut mir Leid», sagte der Commissaris. «Aber was getan werden muss, das muss nun mal getan werden, Mijnheer. Sie haben nichts damit erreicht, dass Sie meinem Beamten den Eintritt verwehrt haben, was Ihnen gewiss bekannt war, nicht wahr?»

«Nehmen Sie mich fest?»

«Nein.»

De Bree griff nach seinem Pfeifengestell und der Tabakdose. Er verschüttete Tabak, als er mit zitternden Händen versuchte, die Pfeife zu stopfen. Er konnte kein Streichholz finden und sah sich hilflos um. Der Commissaris gab ihm sein Feuerzeug.

«Weshalb sind Sie denn gekommen?», fragte de Bree, nachdem er paffend an seiner Pfeife gezogen hatte.

«Um Ihr Geständnis zu bekommen, Mijnheer. Es ist zwar nicht unbedingt erforderlich, weil die Beweise gegen Sie schlüssig sind, aber ein Geständnis könnte Ihnen helfen; der Richter wird dann milder gestimmt sein.»

«Der Richter? Werden Sie mich vor Gericht bringen?»

«Ja.»

Tobias strich am Stuhl de Brees vorbei, der den Kater beim Schwanz ergriff. Er packte fest zu, und der Kater zog, wobei er am Teppich Halt fand. Der Stuhl rückte einige Zentimeter von der Stelle, blieb aber am Teppichrand stehen. Der Kater schaute, drehte sich um und legte de Bree eine Pfote auf die Hand. Er schnurrte und öffnete das gesunde Auge, bis es eine große, glänzend grüne Scheibe geworden war. De Bree brummte und ließ den Schwanz los.

«Er muss Sie sehr mögen», sagte der Commissaris. «Er hat die Krallen nicht ausgestreckt.»

«Er würde mich nie kratzen. Einmal ist es aus Versehen geschehen, sodass Blut kam; es hat ihm eine Woche lang Leid getan. Er folgte mir, wohin ich auch ging. Er liebt mich, er jagt sogar für mich. Immer bringt er mir Vögel und Mäuse, sogar Ratten. Einmal hat er eine Krähe gefangen, eine große Krähe. Sie sind schwer zu erbeuten. Er hat mir den Vogel ans Bett gebracht – damals war ich krank – und ihn auf die Decke fallen lassen. Das hat Schmutz hinterlassen, was meiner Frau gar nicht gefiel, aber sie liebt er auch.»

«Sie mögen Tiere, nicht wahr?»

«Ich mag Tobias. Mit anderen Tieren oder mit Menschen komme ich nicht gut aus. Meine Frau und ich leben ganz für uns, aber das macht uns nichts aus. Wenn uns niemand belästigt, werden wir auch keinen belästigen. Ich habe meine Bücher. Ich bin Ingenieur. Ich habe einen Keller, wo ich arbeiten kann. Ich brauche keinen anderen Menschen mehr.»

Der Commissaris hatte ein großes gerahmtes Bild betrachtet, das im Schatten hing.

«Das ist Tobias», sagte de Bree. «Das hat meine Frau gemacht. Es ist nicht gemalt, sondern gestickt mit sehr kleinen Stichen. Wir haben ein Geschäft gefunden, in dem ein Künstler auf Leinwand ein Porträt zeichnet; man kauft dort die Wolle und stickt die Vorlage selbst aus. Meistens machen die Leute solche Porträts von ihren Kindern, aber wir haben keine. Ich habe meiner Frau die Leinwand zum Geburtstag geschenkt. Für das Sticken hat sie Monate gebraucht.»

Der Commissaris war aufgestanden, um das gestickte Bild

zu betrachten. «Einzigartig! Eine erstaunliche Ähnlichkeit. Ihr Kater hat ein interessantes Gesicht.»

Cardozo riss sein Taschentuch heraus und schnaubte sich wütend die Nase.

De Bree hatte das Interesse verloren. Er starrte auf den Fußboden, seine Hand lag schlaff auf dem Rücken des Katers.

«Mir tut es Leid», sagte er. «Hilft das? Wenn ich sage, dass es mir Leid tut? Ich zahle, wenn Sie wollen. Die Carnets müssen einige Ausgaben gehabt haben, vielleicht wollen sie die zurückfordern. Ich werde den Tierarzt bezahlen und darüber hinaus alles an Schadensersatz, was Sie sagen. Ich nehme an, das schulde ich denen.»

«Der Richter würde das gern von Ihnen hören.» Der Commissaris hatte sich gesetzt und rührte in seinem Tee. «Aber warum wollten Sie Paul umbringen? Tod durch Arsenvergiftung ist sehr unangenehm, schmerzhaft. Das Opfer bekommt Krämpfe, erbricht sich und kann ziemlich lange leiden, bis schließlich das Koma eintritt. Das haben Sie gewusst, nicht wahr?»

«Ja, ich nehme es an. Ich habe nicht daran gedacht. Arsen ist das einzige Gift, das ich finden konnte. Es wird verkauft, um Ratten zu vergiften. Ich hätte ein besseres Gift gekauft, wenn es verfügbar gewesen wäre.»

«Aber warum wollten Sie den Hund umbringen?»

De Bree zuckte die Achseln. «Es gab keine andere Wahl. Paul ist ein junger, starker Hund. Terrier sind grimmig und schnell zu Fuß. Tobias auch, aber er kann nur auf einer Seite sehen. Der dumme Kater weiß nicht, dass die Gärten in der Umgegend anderen gehören; er glaubt, sie seien seine privaten Jagdgründe. Die anderen Katzen laufen weg, wenn sie ihn kommen sehen, aber Paul ist ebenfalls ein Jäger und seit einer Weile darauf aus, Tobias umzubringen. Einige ihrer

Kämpfe habe ich unterbunden, aber ich kann nicht immer im Garten sein. Deshalb ...»

«Nein.» Der Commissaris setzte seine Tasse ab und umklammerte die Seitenlehnen seines Stuhls. «Nein, Mijnheer. Sie hätten sich eine andere Lösung überlegen müssen. Einen hohen Zaun beispielsweise, es gibt eine Grenze für das, was Katzen überwinden können. Ein Zimmermann hätte einen Zaun bauen können, über den Tobias nicht würde klettern können. Der springende Punkt ist, Sie wollten Ihrem Kater keine Beschränkungen auferlegen. Sie können anderen Menschen nicht das Recht verweigern, ein Haustier zu halten, nur weil Ihres dadurch bedroht wird. Sie hätten auch aufs Land ziehen können. Sie sind wirtschaftlich nicht an die Stadt gebunden. Sie haben Alternativen, Mijnheer de Bree.»

De Bree senkte die Lider. «Ich habe gesagt, dass es mir Leid tut.»

«Ja.»

Cardozo hatte sein Notizbuch herausgenommen. «Ich muss Ihre Aussage niederschreiben, Mijnheer. Würden Sie beschreiben, was Sie getan haben, und uns sagen, wann genau das war? Die Aussage kann kurz sein, aber Sie müssen Sie selbst formulieren.»

«Am Mittwoch, dem 1. Juni, etwa um zwölf Uhr mittags ...»

De Brees Stimme war eintönig. Cardozo schrieb hastig mit, während die Stimme weiterleierte. De Bree bewies, dass er einen auf Genauigkeit trainierten Verstand und die Fähigkeit hatte, miteinander verbundene Ereignisse logisch zu berichten.

Cardozo las die Aussage vor; de Bree zückte seinen Füllhalter.

«Ich danke Ihnen», sagte der Commissaris, «und richten

Sie Ihrer Frau bitte unseren Dank für die Gastfreundschaft aus.»

«Werde ich ins Gefängnis müssen?», fragte de Bree, als die Polizisten auf die Straße traten.

«Das bleibt dem Richter überlassen, Mijnheer. Tut mir Leid, unsere Arbeit ist damit beendet. Vielleicht sollten Sie Ihren Anwalt konsultieren, wenn Sie die Vorladung erhalten.»

Die Tür schloss sich mit einem fast unhörbaren Schnappen.

«Ein Telefon, Cardozo. Ist hier irgendwo eine Zelle?»

«Gibt's was Neues, meine Liebe?»

Er hielt den Hörer etwas vom Ohr ab, als seine Sekretärin berichtete.

«Grijpstra und der Brigadier hatten etwas Ärger, Mijnheer. Aus der Funkzentrale hörte ich, dass sie die Wasserschutzpolizei um Unterstützung bitten mussten. Ich hatte auch einen Bericht von der Wasserschutzpolizei, aber der ist nicht sehr detailliert. Er besagt nur, dass sie das Boot eines Mijnheer Vleuten verfolgt hätten, dieser aber nicht an Bord gewesen sei, als sie es fanden. Brigadier de Gier ist irgendwann bei der Verfolgungsjagd in den Fluss gefallen, aber es hat ihm nicht geschadet.»

«Wirklich?»

«Ja, Mijnheer. Und ich hatte einen Anruf von Gabrielle Carnet, dass sie unter der Matratze ihrer Mutter hunderttausend Gulden gefunden habe; sie meinte, Sie würden das gern erfahren.»

«Das würde ich, ja. Sonst noch was? Gibt's was Neues von Mijnheer Bergen und seiner Gesichtskrankheit?»

«Ja, Mijnheer, ich habe Juffrouw Carnet gefragt. Das Krankenhaus hat Mijnheer Bergen an einen privaten Neurologen verwiesen, der, wie es scheint, ein ernstes Leiden festgestellt hat. Mijnheer Bergen wird sich morgen weiteren Untersuchungen unterziehen. Er ist jetzt zu Hause. Ich habe die Adresse. Er hat sein Büro angerufen; Juffrouw Carnet war dort, als der Anruf kam.»

Der Commissaris notierte Adresse und Telefonnummer, wobei er auf der kleinen Metallplatte in der Telefonzelle herumfummelte und es schaffte, seinen Kugelschreiber fallen zu lassen und sich den Kopf zu stoßen, als er sich wieder aufrichtete.

«Oh, Mijnheer.»

«Ja?» Er hatte den Kugelschreiber schon wieder fallen gelassen und rieb sich den Kopf.

«Da war eine Notiz auf Ihrem Schreibtisch, die Sie wohl noch nicht gesehen haben. Sie wurde aus Grijpstras Zimmer gebracht, weil sie an Sie gerichtet ist. Ein Bericht über den Besuch des Adjudanten bei einem Porträtmaler namens Wertheym?»

«Ja. Und?»

«Es steht nur darin, dass Wertheym zwei identische Porträts von Mevrouw Carnet angefertigt hat. Die ‹zwei› ist unterstrichen.»

«Danke.» Er legte auf. Cardozo starrte ihn dumm an, die Nase gegen das Glas der Zelle gedrückt. Der Commissaris öffnete die Tür und knallte sie gegen Cardozos Arm. «Steh nicht da wie ein Idiot, Cardozo. Habe ich dir wehgetan?»

«Nein, Mijnheer.»

«Dein Freund, der Brigadier, ist heute Nachmittag in die Amstel gefallen, offenbar irgendwie im Zusammenhang mit einer Verfolgungsjagd nach de Aap. Ich wollte, sie hätten angerufen. Ich habe keine Ahnung, wo sie jetzt sind. Es sieht so aus, als müsste ich jetzt meinen eigenen Assistenten nachlaufen. Meine Schuld. Es drängt mir bei diesem Fall zu sehr.»

Sie gingen zum Wagen zurück. Die Gegend erlebte einen kurzen Ausbruch von Lebendigkeit, als Familienoberhäupter heimkehrten, begrüßt von dankbaren Ehefrauen. Überall um sie herum knallten Wagentüren zu, stürzten Kinder aus Haustüren, stellten Väter ihre Aktentasche ab, um ihre Sprösslinge zu umarmen. Die Spätnachmittagssonne warf ein schweres, diffuses Licht auf die lange, von Bäumen gesäumte Straße, sodass jeder Gegenstand einen konischen, klar umrissenen Schatten warf.

Der Commissaris blieb stehen, um ein Rankengewächs zu bewundern, das mit Trauben weißer Blüten übersät war und eine ganze Wand bedeckte und anscheinend dabei war, sie zu überklettern. «Wunderschön. Aber wir stecken immer noch fest, Cardozo. Erinnerst du dich an das Motiv, das man uns hingeworfen hat? Mevrouw Carnets achtzigtausend Gulden? Gestern von der Bank abgehoben, in bar, in knisternden Scheinen? Die jetzt nicht zu finden sind?»

«Ja, Mijnheer, Sie hatten es mir gesagt.»

«Nun, sie sind auf hunderttausend angewachsen und wieder aufgetaucht, und zwar unter der Matratze der Dame. Gabrielle hat das Geld gefunden und war so freundlich, mein Büro anzurufen. Wir sind wieder da, wo wir angefangen haben.»

Cardozo, der hoffnungsvoll genickt hatte, verlor sein Lächeln. Er sah so niedergeschlagen aus, dass der Commissaris wieder fröhlich wurde. «Macht nichts. Das Glück kommt zu jenen, die nicht aufgeben. Der alte Hoofdcommissaris hat das immer gesagt, und damit hatte er Recht. Ich sag dir was, Cardozo, du gehst jetzt zu Gabrielle, sie wohnt hier gleich um die Ecke. Stelle die Einzelheiten des glücklichen Fundes fest und gib den Bericht über Telefon an die Funkzentrale. Anschließend kannst du nach Hause gehen, wo du vielleicht am besten bleibst. Falls ich den Adjudanten und den Brigadier auftreiben kann, setze ich mich mit dir in Verbindung, dann könnten wir den Tag mit einer Besprechung beschließen.»

Cardozo hätte fast strammgestanden, dann drehte er sich um und marschierte die Straße hinunter. Die kleine Gestalt in der schäbigen Kordjacke, stämmig unter einem Lockenschopf, sah aus, als passe sie nicht zu diesen eleganten Häusern. Der Commissaris nickte beifällig. Cardozos Bereitwilligkeit, seinen Teil zu tun, war zu erkennen. Der junge Mann machte sich gut, aber er war noch kein gestandener Polizist. Dem Commissaris fielen Worte seiner ehemaligen Vorgesetzten ein, die inzwischen alt geworden waren und dem Grab entgegenwankten. Ein Polizist ist schlau, aber bescheiden. Listig wie eine Schlange, unschuldig wie eine Taube. Er sagte das Wort laut. «Listig.» Ein gutes Wort. Listig sein ohne Arglist. Er würde seine Listigkeit jetzt benötigen, um das Durcheinander zu klären, das durch unbeherrschte, aber sehr menschliche Gefühle verursacht worden war. Ein vergifteter Hund und ein clowneskes, aufgedonnertes Frauenzimmer, tot in einer Regenpfütze. Er fragte sich, was sie sonst noch finden würden, denn die Gefühle waren noch nicht gezügelt. Er wusste, seine Hauptaufgabe war, weitere derartige Vorfälle zu verhüten; er würde das gegenwärtige Rätsel aber lösen müssen, um das zu können.

Ein großes weißes Motorrad flitzte vorbei. Der Fahrer sah aus wie ein Roboter, ganz in weißes Leder gehüllt, das Gesicht hinter einem Plastikvisier verborgen. Das Emblem der Amsterdamer Polizei, ein nacktes Schwert auf einem offenen Buch, war auf den Sattelkasten gemalt. Es befand sich auch auf dem Helm des Polizisten. Die Gegenwart des Motorrads veranlasste die Autofahrer, in der Reihe zu bleiben. Der

Commissaris betrachtete sein Abbild, das sich in einer Schaufensterscheibe spiegelte. Das Bild gaffte ihn an, einen kleinen, grau gekleideten Mann mit magerem Gesicht und dem Funkeln einer goldgerandeten Brille. Chef der Mordkommission, der beinahe durchsichtig war und ganz unbemerkt durch die Stadt glitt. «Ein Schnüffler», sagte er laut. Was konnte ein Schnüffler schon verhindern? Aber er würde sein Bestes tun, sein Allerbestes, und in Gedanken war er wieder bei dem Fall, als er die Tür des Citroën öffnete.

Elf

Der Commissaris richtete die glatte Schnauze des Citroën weg vom Bürgersteig und wartete auf eine Lücke. Er saß gelassen am Steuer. Die Lücke kam, der Wagen schoss vor und glich sofort die Wucht seines Sprungs aus, indem er sich ruhig niederließ und in den heimwärts fahrenden Verkehrsstrom gedrängt wurde. Der Commissaris grinste über den Erfolg seines Manövers, aber das Grinsen verging ihm, als der Schmerz die Nerven in seinen Schenkeln aktivierte. Er wusste, er sollte zu Hause im Bett liegen, das Medikamentenröhrchen auf dem Nachttisch, seine Frau bei ihm, um beruhigend auf ihn einzureden, seine Kissen aufzuschütteln, ihn zu pflegen. Das Funkgerät knackte.

«Commissaris?»

«Ja.»

«Der Adjudant hat angerufen, Mijnheer. Sie haben den verdächtigen Mijnheer Vleuten gefunden und sind jetzt in seinem Boot auf dem Fluss. Das Verhör wird in Mijnheer Vleutens Haus stattfinden, Amsteldijk eins-sieben-zwo.»

«Danke. Ich fahre gleich hin.»
«Soll Ihre Sekretärin im Büro bleiben, Mijnheer?»
«Nein. Übermittle ihr meinen Dank für ihre Hilfe. Ende.»
Er war schon fast zu Hause, aber er bog in die erste Querstraße links ein und fuhr in Richtung Fluss. Herumzufahren, sich anzustrengen, energisch einen Fall zu verfolgen, den seine Assistenten ebenso gut lösen könnten, war reine Idiotie. Oder gesunder Menschenverstand, falls er die Wahl hatte zwischen Aktivität und der dummen, sinnlosen Existenz einer zarten Pflanze in einem Gewächshaus. Er war seit langem krank, ohne wirkliche Hoffnung auf Gesundung, obwohl er sich bemühte, seine Frau vom Gegenteil zu überzeugen. Aktivität könnte ihn umbringen, aber inzwischen würde sie ihn munter halten.

Der Wagen überfuhr eine gelbe Ampel, bog noch einmal ab und folgte dann dem Fluss. Der Commissaris blickte auf die Hausnummern, einen Häuserblock weiter war es. Er fand den Bootsanleger und parkte unter einer Reihe von Ulmen, die den Sturm überlebt hatten. Der Schmerz in den Schenkeln war jetzt von beständiger Stärke und damit erträglich. Er stieg aus, bereit zu warten. Ein Tanker kam tuckernd den Fluss herauf; er bewunderte die starken, festen Konturen unter den Aufbauten kunstvoll ineinander verschlungener Rohre, die strahlend weiß gestrichen waren. Er lehnte sich an einen Baum und erwiderte den Gruß vom Tanker herüber, einem langsamen, feierlichen Winken des Rudergängers. Ein Reiher, der auf einem teilweise unter Wasser liegenden Baumstamm balancierte, sah die Armbewegung des Commissaris und hob ein langes Bein, aber er entschloss sich, an Ort und Stelle zu bleiben, und richtete seinen Schnabel wieder auf das Wasser. Nur wenige Meter davon entfernt ruderten ein paar dicke Blesshühner emsig auf eine Stelle mit Entengrütze zu, das sich in der Strömung des Flusses kräuselte. Der Commissaris lehnte noch an der Ulme, als de Aaps Boot eintraf und mit einem über das Schanzdeck hängenden Autoreifen die Ufermauer berührte.

Wirklich ein Affenmensch, dachte der Commissaris, als er beobachtete, wie Vleuten die Ruderpinne betätigte. De Gier stand bei dem Verdächtigen; die goldene Mähne de Aaps hob sich deutlich von der Uniform des Brigadiers ab. Der Commissaris fing die Leine auf, die Grijpstra ihm zuwarf, und hielt sie fest, während er auf die drei Männer wartete.

«Das ist Mijnheer Vleuten, Mijnheer. Mijnheer Vleuten, unser Chef.»

Sie gaben einander die Hand und gingen zu zweit quer über die Straße, Grijpstra und de Aap vornan.

«Habt ihr ihn festgenommen, de Gier?»

«Nein, Mijnheer. Er hat sich sehr anständig verhalten.»

«Die Funkzentrale berichtet, dass du in den Fluss gefallen bist. Falls der Verdächtige daran schuld ist, wäre eine Festnahme gerechtfertigt.»

De Gier berichtete, der Commissaris nickte. «Gut. Keine Vergeltung.»

Der Commissaris dachte an zurückliegende Zeiten. Er war wieder ein junger Inspecteur, das war lange her, dreißig Jahre. Ein Verdächtiger hatte ihn zusammengeschlagen, der später gefasst worden war. Als er in der Revierwache war, hatte ein Konstabel ihn mit nach unten zum Zellenblock genommen, wo der Verdächtige an ein Rohr gekettet war und sich duckte. Der Konstabel hatte zu ihm gesagt, jetzt könne er ihn sich vornehmen, dann hatte er sich umgedreht und den Keller verlassen. Der Commissaris war in Versuchung gewesen, hatte aber den Verdächtigen losgemacht, in eine Zelle gesteckt und war nach oben gegangen.

«Keine Vergeltung», sagte er noch einmal. «Das ist sehr gut, de Gier.»

Auf dem Gesicht des Brigadiers lag ein gewisses Erstaunen. «Ich hielt es für besser, ihm nicht die Laune zu verderben, Mijnheer. Dann wird er vermutlich leichter reden.»

«Willst du ihn später anzeigen?»

De Gier machte ein unbehagliches Gesicht. «Das kann ich nicht, Mijnheer. Ich habe seine Entschuldigung mehr oder weniger akzeptiert. Er hat sich einfach in meiner Person geirrt. Er hat mich für einen Gerichtsbeamten gehalten. Wegen falschen Parkens hat er einige Strafzettel bekommen, gegen die er protestiert hat, und die Gerichtskonstabel haben ihn belästigt.»

«Gut. Gehört dies Haus unserem Mann?»

«Ja, Mijnheer, und das ist sein Wagen.»

Der Commissaris nahm sich einen Augenblick Zeit, um das Haus aus dem 17. Jahrhundert und den Rolls-Royce zu betrachten.

«Ein Modell aus dem Jahr sechsunddreißig, würde ich sagen, Brigadier, aber sehr gut erhalten. Der dürfte einige Gulden wert sein. Und das Haus ist selbstverständlich sehr wertvoll. Ihm geht's also gar nicht so schlecht, deinem Aap. Das dürfte erklären, warum er so einfach bei Carnet & Co. aufgehört hat. Außerdem hat er auf Arbeitslosengeld verzichtet, wie Mijnheer Bergen mir sagte. Höchst ungewöhnlich. Es würde ihm zustehen, und es beträgt achtzig Prozent des letzten Gehalts und wird jetzt, wie ich glaube, einige Jahre lang gezahlt. Und er hat es zurückgewiesen. Höchst ungewöhnlich.»

De Aap hatte die Tür geöffnet und war mit Grijpstra hineingegangen. Der Commissaris und der Brigadier stiegen langsam die Treppe hinauf und machten an jedem Absatz eine

Pause. Dennoch war der Commissaris erschöpft, als sie endlich die siebente Etage erreichten. De Aaps Wohnung stand offen, und der Commissaris ließ sich in den ersten Sessel fallen, den er sah. De Aap war an der Frühstücksbar beschäftigt.

Grijpstra schaute den Commissaris an. «Wollen Sie die Fragen stellen, Mijnheer?»

Der Commissaris schüttelte den Kopf. Er hatte die Augen geschlossen und atmete immer noch schwer. «Mach du weiter, Adjudant.»

De Aap servierte Kaffee und setzte sich. «Meine Herren?»

Grijpstra stellte seine Fragen bedächtig und präzise, die Antworten de Aaps kamen prompt.

«Ja, ich habe sie gestern Abend besucht, früh am Abend.»

«Warum, Mijnheer Vleuten?»

«Um einen Kredit zurückzuzahlen. Ich hätte von ihr nicht borgen sollen, aber ich wollte die Hypothek auf meinem Haus nicht erhöhen. Die Bank war mir immer sehr behilflich – mit der Bank arbeitet auch Carnet & Co. zusammen –, und ich kenne den Direktor gut, aber dennoch, Hypotheken erfordern Zeit, aber ich brauchte das Geld sofort. Ich hatte mich bei den Umbaukosten für zwei der unteren Wohnungen verkalkuliert, und die Handwerker erwarteten selbstverständlich ihr Geld. In einem schwachen Moment bat ich Elaine, es mir in bar zu leihen; das war vor sechs Monaten. Danach habe ich ein Boot verkauft und wieder etwas Geld verdient, also habe ich es ihr gestern Abend gebracht.»

«Wie viel?»

«Zwanzigtausend. Sie hat es mir in bar gegeben, ich habe es bar zurückgezahlt. Zinsen hat sie nicht verlangt. Ich habe in ihrem Haus oft etwas repariert und nie etwas dafür genommen; ich nehme an, sie wollte sich für den Gefallen revanchieren.»

«Haben Sie eine Quittung, Mijnheer?»

«Nein, es war ein Kredit unter Freunden.»

«Haben Sie sie regelmäßig besucht?»

«Nein, nicht mehr. Ich hatte sie nicht mehr gesehen, seit sie mir das Geld lieh, und das war vor einem halben Jahr, wie ich schon sagte.»

«Hat sie Sie erwartet?»

«Nein.»

«Hatten Sie den Eindruck, dass sie jemand anders erwartete?»

De Aap stand auf und reckte sich. Die drei Polizisten schauten auf die kurzen Beine, die den Mann klein erscheinen ließen; als er die Arme fallen ließ, schwangen sie locker.

«Ja, sie war sehr gut gekleidet, übermäßig aufgeputzt, würde ich sagen. Zuerst dachte ich, sie wolle ausgehen, und ich fragte, wohin. Sie sagte, sie gehe nirgendwo hin.»

«Schien sie nervös zu sein?»

«Ja. Ich dachte, es liege am Sturm. Es war ein seltsamer Abend, der Sturm hatte bereits eingesetzt. Sie redete viel, aber sie hat mich nicht gerade willkommen geheißen.»

«Hat sie Ihnen etwas angeboten? Etwas zu trinken?»

«Nein.»

«Rauchen Sie, Mijnheer Vleuten?»

«Ich versuche, es mir abzugewöhnen. Ich habe Zigaretten hier, trage sie aber nicht mehr bei mir. Ich rauche nur noch, wenn ich unbedingt muss, etwa zehn Zigaretten am Tag jetzt.»

«Also haben Sie nicht geraucht, als Sie gestern Abend bei Mevrouw Carnet waren?»

«Nein.»

Der Commissaris folgte dem Gespräch, aber die Worte kamen wie aus weiter Ferne. Er atmete jetzt ruhiger und konnte den Schmerz ertragen. Ihm fiel auf, dass de Aap Grijpstra nicht um eine Erklärung für seine Fragen bat. Er zwang sich, aufrecht zu sitzen und den Verdächtigen zu beobachten. Die Blicke de Aaps und des Commissaris trafen sich für einen Moment. In den Augen des Mannes lag ein leichtes Funkeln. Er war anscheinend belustigt, aber auf dem Gesicht lag auch Traurigkeit, vor allem in den Konturen der breiten Lippen.

«Wann sind Sie wieder gegangen?»

«Etwa um acht, ich bin nur eine Viertelstunde geblieben, denke ich.»

Grijpstra lehnte sich zurück. Der Commissaris hob eine Hand. «Ihr Geld ist gefunden worden, Mijnheer Vleuten. Kurz bevor ich hier eingetroffen bin, hatte ich eine Nachricht von Gabrielle Carnet. Sie hat hunderttausend Gulden gefunden, die die Summe von ihren zwanzigtausend und den achtzigtausend sein müssen, die Mevrouw Carnet vor kurzem vom Bankkonto ihrer Firma abgehoben hat. Haben Sie eine Ahnung, was sie mit den achtzigtausend tun wollte?»

«Nein.»

«Die hunderttausend wurden unter ihrer Matratze gefunden, ein seltsames Versteck, meinen Sie nicht auch? Sie hatte schließlich einen Safe.»

De Aap streckte die Hand nach einem Beistelltisch aus und griff nach einem Päckchen Zigaretten. Er lächelte entschuldigend. «Es wird Zeit für ein paar Züge. Unter der Matratze, sagten Sie, das *ist* ein seltsamer Ort. Ich kenne ihren Safe, der eigentlich keiner ist – er ist zwar feuersicher, aber nicht einbruchsicher, er lässt sich mit einem normalen Schlüssel öffnen. Sie hat nie viel Geld darin aufbewahrt. Ich habe in ihrem Schlafzimmer unter einem losen Fußbodenbrett ein Versteck gemacht. Es hat ein Schnappschloss. Man muss auf einen sehr kleinen Knopf an einem der Beine ihres Betts drücken. Falls sie Geld verstecken wollte, hätte sie es dort getan.»

Für eine Weile sagte niemand ein Wort. Der Commissaris schaute sich um. Die Wohnung bestand anscheinend aus einem einzigen Raum, der sich von der Vorder- bis zur Rückseite des Hauses erstreckte. Das Mobiliar war spärlich, aber von guter Qualität, nicht aus den Ausstellungsräumen von Carnet & Co. Gute viktorianische Möbel, nicht zu viele. Ein ruhiges Zimmer, vornehm, mit großen leeren Flächen auf dem Boden und an den Wänden. Der Brigadier war aufgestanden und ging umher.

«Mijnheer?»

Der Commissaris erhob sich ebenfalls. Der Brigadier betrachtete ein Bild. Es zeigte eine realistisch gezeichnete Ratte, jedes lange spröde Haar an seinem Platz, im halb geöffneten Maul spitze, grausame Zähne, das rote Auge funkelte. Sie stand auf spindeldürren Hinterbeinen, der lange Schwanz, von einem obszönen, schreiend nackten Rosa, hing herab.

«Ungewöhnlich, nicht wahr, Mijnheer?»

Der Schwanz ging über das Bild hinaus, lag im Bogen auf dem Rahmen und setzte sich an der Wand fort. Der Teil, der aus der Bildfläche herausragte, war dreidimensional geworden, aus irgendeinem Plastikmaterial geformt, aber so wohlgestaltet, dass er zu leben schien. Das Motiv des Malers wies noch ein seltsames Detail auf. Auf der Ratte ritt ein kleiner Junge, gekleidet in einen niedlichen Anzug aus dunkelrotem Samt.

Das kindliche Gesicht ragte aus einem hohen Kragen aus krauser Klöppelspitze heraus, und die kleinen, dicken Hände des Jungen hielten Zügel, die durch das Maul der Ratte gezogen waren.

«Gefällt es Ihnen?», fragte de Aap von der anderen Seite des Zimmers.

«Es ist nicht gemacht worden, damit es einem gefällt, nehme ich an.» Der Commissaris betrachtete immer noch das Bild. «Ihr Werk, Mijnheer Vleuten?»

«In gewisser Hinsicht. Die Kombination ist von mir. Das Original ist eine Illustration zu einer Kindergeschichte. Ich habe sie vergrößert und einige Details eingearbeitet. Ich habe noch mehr solche Arbeiten gemacht, kompliziertere, aber in der gleichen Art, würde ich sagen.»

De Aap stand auf und drückte auf einen Knopf an der Seite eines großen Schranks. Ein tiefes Summen erfüllte das Zimmer, die Schranktür öffnete sich. Das Gespenst, das aus dem Schrank fuhr, kam direkt auf den Brigadier zu, der zur Seite sprang, aber es änderte die Richtung, sodass er noch einmal springen musste. Der Commissaris konnte die Art des Gespenstes nicht sofort bestimmen, er wusste nur, dass ihm ekelte.

Er folgte ihm, als es sich weiterbewegte und in den Schrank zurückkehrte.

Es war ein Gerüst aus aneinander befestigten Menschenknochen, die durch eine durchsichtige Plastikstange aufrecht gehalten wurden. Der Kopf war anscheinend ein Rinderschädel, sehr alt und morsch mit einem klaffenden Loch in der Stirn, das trockenes Moos einrahmte. Ein Teil des Schädels war mit einer Maske aus fadenscheinigem Purpurkord bedeckt, aber die Augenhöhlen und das lange Maul mit den Reihen blassgelber Zähne waren frei geblieben. Die Schranktür schloss sich, das Summen hörte auf. Der Commissaris schaute auf den Fußboden. Ein Schienenpaar war in die glatt polierten Dielen eingelassen, offenbar war das Gespenst auf einem kleinen, elektrisch angetriebenen Karren gefahren.

«Ein Spielzeug», sagte de Aap.

De Gier stand breitbeinig da und starrte die Schranktür an. Grijpstra stand, leicht vorgebeugt, neben dem Brigadier. Nur der Commissaris hatte sich nicht bewegt, nicht einmal, als ihn die Waffe des Dämons, eine rostige Maschinenpistole, hinten am Ärmel berührte.

Er setzte sich wieder. «Sie sind ein Künstler, Mijnheer Vleuten, und Ihre Kreationen sind spektakulär. Ich bin sicher, das Stedelijk Museum würde interessiert sein und Ihnen Platz für eine Ausstellung einräumen. Auch ich bin interessiert. Was hat Sie veranlasst, diese Konstruktion herzustellen?»

«Eine Vision», sagte de Aap bedächtig, «eine Vision, als ich betrunken war. Normalerweise trinke ich nicht viel, aber vor einigen Jahren habe ich mich mal sehr betrunken und bin ohnmächtig geworden. Mein Körper hörte auf zu funktionieren, aber mein Verstand arbeitete gut, vielleicht zu gut. Die Sinnesempfindung war unangenehm. Ich wollte schlafen gehen, war aber in einem Strudel gefangen. Sie haben diese Erfahrung vermutlich auch schon gemacht. Schwindelgefühl, das zunimmt, bis sich alles dreht, nicht nur, was der Verstand wahrnimmt, sondern der Verstand selbst wird Teil der Reflexionen. Ein verrückter Tanz, der in meinem Fall auch noch makaber war.»

Der Commissaris lächelte. «Wenn ich mich recht erinnere, hält dieses besondere Gefühl nicht lange vor. Einem wird übel, man erbricht sich, und dann gibt es nur noch Schlaf, bis man am nächsten Morgen einen Kater hat.»

«Mir ist nicht übel geworden. Ich war stundenlang ein Teil dieses Strudels und bemühte mich, nicht in den Abgrund gerissen zu werden, der am unteren Ende lauerte. An dem Abend war alles gegen mich. Es gab viel zu sehen, obwohl ich es nicht sehen wollte. Am Rande des Wirbels wurden verschiedene Szenen aufgeführt, und ich war in allen dabei. Die Hauptdarsteller waren außer mir noch ein menschliches Skelett mit einem maskierten Rinderschädel und ein kleiner Junge, der auf seiner Ratte ritt.»

Jetzt stand der Commissaris auf und ging im Zimmer umher, de Aap folgte ihm. Grijpstra lehnte sich aus seinem Sessel, um die beiden Gestalten im Auge zu behalten.

«Wen haben wir uns denn da geschnappt?», flüsterte de Gier.

«Psst!»

«Normalerweise würde ein Mensch versuchen, seinen Ängsten zu entkommen», sagte der Commissaris, «aber Sie haben sich große Mühe gemacht, sie bildnerisch zu gestalten. Mir scheint, Sie tun das Gegenteil von dem, was man von Ihnen erwartet. Geschieht das absichtlich?»

«Ja.»

«Würden Sie mir eine persönliche Frage übel nehmen?»

«Nein.»

«Er ist geduldig, nicht wahr?», sagte de Gier, den Mund nahe an Grijpstras Ohr. Grijpstra reagierte irritiert mit einer verscheuchenden Handbewegung.

«Sie haben einen Spitznamen, Mijnheer Vleuten. Man nennt Sie de Aap. Ich würde meinen, dass Ihnen der Spitzname nicht gefällt. Ich hätte Bilder von Affen in diesem Zimmer erwartet, vielleicht sogar Affenskelette.»

De Aap lachte. «Ich habe hier mehrere Spiegel und kann den Affen immer sehen, wenn ich möchte, und oft, wenn ich es nicht will.» Das Lachen war gelockert und sprang auf die drei Kriminalbeamten über.

«Stimmt. Noch eine Frage, die mich interessiert, sie hat nichts mit dem Grund zu tun, aus dem wir hier sind. Sie bemühen sich, das Gegenteil von dem zu tun, was erwartet wird, das muss Kraft erfordern. Es ist leichter, sich auf ausgefahrenen Geleisen zu bewegen. Sie strengen sich an, um gegen den Strom zu schwimmen, um vielleicht sogar ganz aus den Geleisen auszubrechen. Führen diese Bemühungen zu etwas?»

De Aap war wieder zu seinem Sessel gegangen und hatte sich gesetzt. Seine breiten, starken Hände lagen auf den Knien. «Eine knifflige Frage.»

«Ja. Wollen Sie darauf antworten?»

«Warum nicht? Aber ich glaube, ich kann es nicht. Vielleicht hat die Vision, die ich soeben zu beschreiben versuchte, mich abgelenkt. Damals lief alles so gut, wissen Sie. Ich machte irgendwie Karriere. Ich verkaufte unglaubliche Mengen an Möbeln. Mein Einkommen bekam ich zum Teil auf Kommissionsbasis, sodass ich ziemlich viel Geld verdiente. Darüber hinaus hätte ich die Firma haben können, jedenfalls die Kontrolle darüber. Bergen war so schwach geworden, dass er bereit gewesen wäre, sich abschieben zu lassen. Elaine wollte mich heiraten, und es wäre keine unmögliche Verbindung gewesen; wir sind gleichaltrig, und ich mochte sie. Aber es geschah nichts.»

«Wie meinen Sie das, Mijnheer Vleuten?»

«Ich fuhr nur mit dem Wagen herum, besuchte Kunden, ging abends nach Hause, ruhte mich an den Wochenenden aus. Ich hatte selbstverständlich ein Boot und andere Freizeitbeschäftigungen, Hobbys. Ich las und malte ein wenig. Aber es geschah dennoch nichts. Ich trieb einfach dahin.»

«Und Sie waren gelangweilt?»

«Nein. Die Langeweile kam nach dem Abend, an dem ich mich betrunken hatte. Mir schien, dass es noch etwas anderes gab. Aber was das andere auch sein mochte, es war einfach Furcht erregend. Die Ratte und der kleine Junge, das Skelett, das mich bedrohte. Ich weiß nicht, ob Sie sich vorhin bedroht fühlten, als es aus dem Schrank auf Sie zustürzte. Vielleicht war es für Sie nur eine blödsinnige Erscheinung, wie man sie in einer Geisterbahn auf dem Jahrmarkt sieht, man schreit auf und vergisst es dann wieder. Für mich waren die Erscheinungen viel mehr, weil sie aus meinem Kopf kamen, aus meinem Unterbewusstsein, und sehr stark waren. Ich fürchtete mich während der Vision, aber ich war auch fasziniert, sogar, als ich von dem kleinen Jungen gefoltert wurde – er ist nicht so harmlos, wie er aussieht, wissen Sie – und ich von seiner Ratte gejagt wurde und mich die Kuherscheinung immer wieder angriff, was mir jedes Mal wehtat. Und das war nicht einfach Masochismus. Ich habe keine besondere Freude an Schmerzen, aber dennoch …»

«Sie haben sich bewusst entschlossen, mit Ihrer Furcht zu leben? Sie absichtlich neu zu schaffen?»

«Ich habe mich entschlossen, es zu versuchen. Ich bin nicht originell. Ich bin durchaus zufrieden, bereits erforschten Wegen zu folgen. Ich nehme an, Sie kennen die Werke von Bosch, von Breughel. Es gibt andere, auch jetzt, beispielsweise die Filme von Fellini. Und es gibt Autoren, Dichter, sogar Komponisten …»

«Viele, die solchen Wegen folgen, werden wahnsinnig, Mijnheer Vleuten. Sie verüben Selbstmord, werden erhängt in Gassen, treibend in Grachten, leblos in Gossen gefunden. Wir finden sie, unsere Streifenwagen bringen sie und laden sie im Leichenschauhaus ab.»

De Aaps Brust weitete sich, als er einatmete. «Nein, die Leichen, die Sie finden, haben eine andere Geschichte. Rauschgiftsüchtige und Alkoholiker bewegen sich ebenfalls auf ausgefahrenen Geleisen, sie gleiten in ihre Gewohnheiten ab wie

Durchschnittsbürger. Ich will etwas anderes tun, wirklich etwas *tun*, nicht in eine vorgefertigte Schablone schlüpfen, die bestenfalls einige Augenblicke höchster Wahrnehmungsfähigkeit vermittelt, aber schließlich zur äußersten Entartung führt. Die Idee ist vielleicht gar nicht so schlecht; es ist romantisch, ein Tramp zu sein, an die Möglichkeit habe ich wohl gedacht. Ich habe sogar eine Weile in Paris verbracht und mich mit den Clochards befasst, aber ich bin zu dem Schluss gekommen, dass ihre Lebensweise sowohl unbequem als auch unnötig ist und wie das Leben der meisten anderen Menschen zu einem halbbewussten Traum führt, der sich im Kreise dreht. Die Clochards, bei denen ich mich aufhielt, mussten betteln oder stehlen. Das wollte ich nicht, obwohl mir die Idee gefiel, ein Nichts zu sein, nichts zu besitzen, nicht einmal einen Namen. Aber ich wollte nicht den Wagen eines Touristen aufbrechen, um mir die nächste Flasche oder einen Teelöffel voll Rauschgift kaufen zu können. Warum sollte ich einem anderen Menschen den Urlaub verderben? Auch der Tourist hat seine Rechte. Ich streite mich nicht mit anderen wegen ihrer Ideale oder wegen des Mangels an ihnen. Aber es war interessant, für eine Weile bei den Clochards zu leben. Einige waren so unheimlich, so schrecklich wie meine Vision, aber mir schien, ich hätte durch sie hindurchgehen können. Sie waren Schatten, meine Vision war realer.»

«Sie meinen, die Clochards hatten kein Ziel, kamen nirgendwohin?»

«Oh, sie waren schon irgendwo, nämlich in der Hölle. In der Hölle der Langeweile, die sich nicht sehr von meiner unterschied, als ich noch viele Möbel verkaufte.»

«Und jetzt, sind Sie jetzt gelangweilt?»

«Nein.»

«Glücklich?»

De Aap schüttelte den Kopf. «Glücklich! Ein dummes Wort. Es hat etwas mit Sicherheit zu tun, es *gibt* keine Sicherheit. Das Einzige, dessen wir uns sicher sein können, ist das Wissen, dass wir sterben werden.»

«Meinen Sie, dass Sie irgendwohin gelangen werden?»

«Nein, aber vielleicht nähere ich mich ...»

«Welchem Ziel?»

Der Brigadier hörte mit solcher Konzentration zu, dass seine Augen zu Schlitzen geworden waren. Das Gespräch, intensiv, beinahe unheilvoll, weil es auf das Innere zielte, klang vertraut. Er verstand sowohl die Bedeutung der Fragen als auch das Durchdringende der Antworten. Ihm schien – und die Möglichkeit kam ihm später gar nicht so lächerlich vor, als er darüber nachdachte –, dass die Begegnung zwischen de Aap und dem Commissaris eigens zu seinem persönlichen Nutzen inszeniert worden war. Es bestand eine Übereinstimmung zwischen dem alten Mann und der bizarren Gestalt ihm gegenüber, die nicht hervorgehoben zu werden brauchte; die beiden hätten einander auch ohne das Frage- und Antwortspiel verstanden. Aber einige Gedanken de Giers wurden auf eine Weise klar, die das Spiel als inszeniert erscheinen ließ.

Er warf Grijpstra einen Blick zu, aber die anfängliche Faszination des Adjudanten war abgeklungen. De Gier wusste, Grijpstra war wieder bei seiner Aufgabe, der Festnahme des Mörders von Elaine Carnet. Er nahm an – und die Annahme wurde später erhärtet, als er wieder über das Verhör sprach –, dass Grijpstra meinte, der Commissaris sei nur daran interessiert, den Charakter des Verdächtigen zu bestimmen, um zu erkennen, ob dieser zu den Tatsachen passte, die sie über den Tod Elaines zusammengetragen hatten. Nicht mehr und nicht weniger. Der ideale Polizist.

«Vielleicht einem Geheimnis.» De Aaps Antwort hatte einen spöttischen Unterton. Seine Hand, an der sich jeder Finger einzeln bewegte, spottete der Antwort.

«Ja, einem Geheimnis», sagte der Commissaris freundlich. «Ein nutzloses Wort, ich stimme Ihnen zu. Nun, Mijnheer, wir werden jetzt gehen. Nur noch eine letzte Frage zum Tod von Mevrouw Carnet. Fällt Ihnen jemand ein, dem ihr Tod Freude machen, der Gewinn daraus ziehen würde? Es gibt eine Reihe von Verdächtigen, die wir verhören. Da sind Mijnheer Bergen, der junge Mijnheer Pullini, Gabrielle selbstverständlich auch. Es könnte andere geben, vielleicht Angestellte von Mevrouw Carnet. Wir haben einen Mann gefunden, einen gewissen Mijnheer de Bree, einen Nachbarn, der vor einigen Tagen versucht hat, Gabrielle Carnets Hund zu vergiften.»

De Aap antwortete nicht.

«Haben Sie keine Ideen, die uns helfen könnten?»

«Nur negative Ideen. Mijnheer Bergen ist vor allem Geschäftsmann. Als ich ihn kannte, war er ganz zufrieden damit, der Geschäftsführer zu sein. Ich glaube nicht, dass er die Firma besitzen wollte. Und nach Elaines Tod gehört ihm immer noch ein Viertel der Anteile, das sie ihm vor Jahren gegeben hat, die anderen drei Viertel wird Gabrielle erhalten. Haben Sie Pullini erwähnt?»

«Ja, Francesco Pullini. Er ist jetzt in der Stadt. Wir haben ihn heute kurz gesprochen, er fühlt sich nicht wohl.»

«Ich kenne Francesco. Er hatte mit Bergen zu tun, nicht mit Elaine.»

Der Commissaris setzte sich aufrecht hin und massierte die Schenkel.

«Wirklich? Ich habe gehört, Mevrouw Carnet habe der Verbindung mit Pullini Aufmerksamkeit geschenkt, Ware ausgesucht, die Größe der Bestellungen bestimmt und so weiter.»

De Aap schüttelte den Kopf. «In Wirklichkeit nicht, das war nur Schau. Bergen bearbeitete Francesco gern und holte manchmal Elaine zu Hilfe. Sein Trick war, eine sehr große Bestellung aufzugeben, um einen guten Preis zu bekommen, später halbierte er sie und sagte, Elaine habe die Entscheidung getroffen; oder er schob die Bestellung hinaus, um so ebenfalls einen besseren Preis zu erhalten.»

«Und zwischen Gabrielle und ihrer Mutter hat es wohl Schwierigkeiten gegeben, nicht wahr?»

«Stimmt, sie haben sich manchmal gestritten, aber Gabrielle hat seit langem ihre eigene Wohnung.»

«Wessen Idee war das?»

«Gabrielles. Sie ist klug und hat ihre Mutter bestimmt geliebt. Sie hätte ganz ausziehen können, aber sie ist im Haus geblieben.»

«War Mevrouw Carnet alkoholabhängig?»

De Aap fuhr sich mit der Hand über das Gesicht. «Ja, ich glaube, mit dem Trinken wurde es immer schlimmer. Ist sie nicht vielleicht deshalb die Treppe hinuntergefallen?»

Der Commissaris stand auf. «Ja, schon möglich; das wäre bestimmt die beste Lösung.»

«Wo ist dein Wagen?», fragte der Commissaris, als sie wieder auf der Straße waren.

«Etwas weiter unten, Mijnheer, bei der Berlagebrug.»

«Ich fahre dich hin. Brigadier?»

«Mijnheer.»

«Ich weiß, es ist ein langer Tag gewesen, aber ich möchte, dass du noch einmal zum Hotel *Pulitzer* gehst und Francescos Pass holst. Wenn er ihn nicht herausrücken will, kannst du ihn ins Präsidium bringen und über Nacht einlochen. Ich werde das dann später mit dem Staatsanwalt klären, aber wenn du taktvoll bist, wird das nicht nötig sein. Grijpstra?»

«Mijnheer.»

«Möchtest du jetzt heimgehen?»

«Eigentlich nicht, Mijnheer.»

«Du kannst mit mir kommen. Ich will noch mal zu Mijnheer Bergen. Du kennst ihn noch nicht.»

Er öffnete die Tür des Citroën und nahm das Mikrofon vom Funkgerät heraus.

«Präsidium?»

«Präsidium. Wer ruft?»

«Mordkommission, Fall Carnet. Gibt es eine Nachricht von Cardozo?»

«Ja, Mijnheer. Er hat eine Nachricht hinterlassen und möchte, dass Sie ihn anrufen.»

«Ist es dringend?»

«Nein, Mijnheer.»

Er steckte das Mikrofon zurück. «Ich werde ihn von Bergens Haus aus anrufen.»

«Wir könnten irgendwo zu Abend essen, Mijnheer», sagte Grijpstra hinten im Wagen.

«Später, wenn es dir nichts ausmacht. Ich möchte zuerst Bergen sprechen. Möchtest du mit uns essen, Brigadier?»

«Gern, Mijnheer, aber ich muss zuerst nach Hause und Täbris füttern. Und ich möchte die Uniform ausziehen und duschen.»

«Gut, wie wär's um neun im chinesischen Restaurant neben dem Pornokino in der Altstadt? Wir haben dort schon mal gegessen, es ist eins deiner Lieblingslokale, glaube ich.»

«Cardozo würde vielleicht auch gern mitkommen, Mijnheer. Er hat sich beschwert, dass er immer allein losgeschickt wird und dadurch nicht auf dem Laufenden ist.»

Der Commissaris lächelte. «Ja, und selbstverständlich hat er Recht. Ich habe seine Nummer und werde ihn später anrufen. Vermutlich ist er jetzt beim Abendessen, aber dann kann er ein zweites haben. Bis neun Uhr sollten unsere vorläufigen Ermittlungen abgeschlossen sein. Es ist an der Zeit, unsere Theorien zu vergleichen, falls wir den Mut haben, sie zu äußern, und zur nächsten Phase überzugehen.»

«Fallen aufstellen, Mijnheer?»

Der Commissaris wandte sich um. «Nein, Grijpstra, die Fallen sind bereits aufgestellt worden, jedoch nicht von uns. Diesmal müssen wir das Gegenteil tun, falls wir können. Wir müssen unsere Verdächtigen frei lassen, in der Falle sitzen sie bereits.»

«Das Gegenteil», murmelte de Gier. «Interessant.»

Zwölf

Cardozo marschierte mit schwingenden Armen, bis ihm sein Eifer bewusst wurde und er in ein übertriebenes Latschen zurückfiel. Er hatte die Uniform vor zwei Jahren ausgezogen, aber es sich noch nicht abgewöhnt, während der Arbeitszeit Streife zu gehen. Er prüfte immer noch Fahrräder auf richtige Beleuchtung und schreckte jedes Mal auf, wenn er sah, wie ein Wagen bei Rot über die Kreuzung fuhr. Ihm fehlte auch der Schutz seines Kollegen. Polizisten auf Streife sind selten allein, Kriminalbeamte dagegen oft. Sein geübter Blick registrierte.

Diese Wohngegend war nicht für Verbrechen bekannt, aber es gab doch Spuren davon. Ein junger Mann auf der anderen Straßenseite bewegte sich wie im Tran. Rauschgift? Oder nur müde nach einem langen Tag im Gymnasium? Ein schlecht gekleideter Ausländer, vermutlich ein Türke, ein Mann mit breitem, braunem Gesicht und einem dichten, pechschwarzen Schnurrbart, schien sich für ein Fahrrad zu interessieren, das an einen Zaun geworfen worden war. Ein Dieb? Oder ein ungelernter Arbeiter auf dem Weg zu einem überbelegten Zimmer in einer billigen Pension im nächsten Stadtteil, nur einen Kilometer von hier entfernt? Cardozo zuckte die Achseln. Er sollte den Mann nicht belästigen, selbst wenn er direkt vor seiner Nase ein Fahrrad klauen sollte. Er war Kriminalbeamter in der Mordkommission, ein Spezialist. Aber er überquerte die Straße. Der Türke war stehen geblieben und hatte sich niedergebeugt, um das Fahrradschloss zu prüfen. Cardozos Hand berührte die Schulter des Mannes. Er schüttelte den Kopf und zog seine Jacke zur Seite, sodass der schimmernde Pistolengriff vor dem weißen Hemd zu sehen war.

«Polizei. Weitergehen.»

Der Mann zeigte seine Zähne in einem vor Angst schiefen Grinsen. «Nur geguckt.»

«Klar. Weitergehen.»

Der Mann trat zur Seite und rannte los. Cardozo sah, dass die Schuhsohlen des Mannes durchgelaufen waren. Der Hosenboden war mit einem anderen Stück Tuch schlecht geflickt. Armut, sie kam in Amsterdam selten vor, aber der Türke befand sich vermutlich außerhalb der Wiege sozialer Sicherheit. Falls er verhungerte, dann verhungerte er eben, er konnte sich an niemanden wenden. Cardozo hatte erst einmal mit der Armut Bekanntschaft gemacht, und zwar, als er auf dem Rückweg von einem Urlaub in Frankreich war und seine Brieftasche mit Geld und Eisenbahnfahrkarte durch einen Riss in seinem ungefütterten Sommerjackett verloren hatte. Er hatte den Verlust der Brieftasche bemerkt, als er gerade die Speisekarte in einem Restaurant studieren wollte, und war wieder auf die Straße gegangen. Mittagszeit ohne Essen, in Paris, wo er sich nicht auskannte und kaum nach dem Weg fragen konnte, weil ihm die Worte fehlten. Er hatte den Rest des Tages gebraucht, um zu Fuß aus der Stadt zu kommen und die Schnellstraße zu finden, wo er stundenlang am Rand gesessen hatte, als die Nacht hereinbrach und der Verkehrsstrom Lücken aufwies, lange schwarze Flauten, die länger wurden, während die Nachtstunden dahinschlichen. An einer Tankstelle hatte er Wasser aus einem Hahn getrunken, misstrauisch beäugt von Wärtern in frisch gebügelter Arbeitskleidung. Kein Kaffee, keine Zigaretten. Von einem anderen Tramper hatte er eine Zigarette geschnorrt und sie hungrig geraucht. Der Tramper war ein Profi, ein sonnengebräunter junger Mann mit nagelneuem Rucksack auf einer Rückentrage aus Aluminiumrohren. Ein sportlicher Typ mit muskulösen Beinen, Stiefeln, einem imprägnierten Anorak und einer auf dem Rucksack festgenähten amerikanischen Flagge. Ein tüchtiger Tourist, der seinen Trip durch Europa geplant und sein Geld in Reiseschecks hatte, zusammengehalten von einer Klammer und verstaut in der zugeknöpften Brusttasche. Cardozo hatte einen alten Koffer dabei, verstärkt durch einen abgewetzten Riemen. Er hatte in der Morgenkühle gezittert, eine verlorene kleine Gestalt, die mit einem befehlenden Winken der juwelengeschmückten und manikürten Damenhand abgewiesen wurde, während der Amerikaner im Wagen mitgenommen wurde. Cardozo erinnerte sich an die Einsamkeit und den Hunger der beiden Tage, die er brauchte, um nach Hause zu kommen. Und die Erinnerung stellte sich später wieder ein, wenn er sich mit den Verlorenen und Verirrten in seiner eigenen Stadt befassen musste.

Der Türke verschwand um die Ecke. Cardozo folgte langsam und bog wieder in die Frans van Mierisstraat ein. Er zog am polierten Griff der Türklingel und wartete geduldig, bis er Gabrielles Stimme hinter der schweren Eichentür hörte, die sich langsam öffnete und sie verbarg.

«Entschuldigung, ich wollte gerade duschen, als Sie klingelten. Ich habe Sie durch mein Fenster gesehen.»

«Macht nichts, Juffrouw, ich bin gekommen, um Sie nach dem Geld zu fragen, das Sie gefunden haben. Wir haben von Ihrem Anruf über Funk erfahren, aber Einzelheiten fehlten.»

«Kommen Sie, kommen Sie, wir können das drinnen besprechen.»

Sie ging die Treppe hinauf, als er sich durch die Glastür zur Diele schob. Ihre nackten Füße trippelten am Treppenbogen aus seinem Sichtbereich, sie schienen den dicken Teppich kaum zu berühren. Ihr Hausmantel hatte sich geöffnet, als sie ihn in der Diele begrüßt hatte. Er hatte die Konturen ihres Körpers gesehen, als sie hastig den Gürtel wieder zuknotete. Ein schmächtiger Körper, der Körper eines sehr jungen Mädchens, aber mit den voll entwickelten Brüsten einer Frau. Sie hatte gesagt, sie sei dreißig.

Der Terrier wartete auf sie in Gabrielles Wohnzimmer. Er begrüßte den Besucher. Cardozo bückte sich, kraulte dem Hund den Kopf und rubbelte die festen wolligen Ohren.

«Hat er sich erholt?»

Sie lachte. «Ja, völlig. Wir haben heute Nachmittag einen Spaziergang gemacht. Ich traue mich nicht, ihn in den Garten zu lassen. Arbeiten Sie noch an Pauls Fall? Oder ist das nicht mehr wichtig?»

«Doch, Juffrouw. Wir wissen, wer ihm das Arsen gegeben hat.»

«Wer?» Gabrielles Stimme schnurrte nicht mehr, die grünen Augen bohrten sich in Cardozos Gesicht.

«Das kann ich Ihnen noch nicht sagen, Juffrouw, erst wenn die Vorladung raus ist, aber das wird nicht mehr lange dauern. Der Richter war bei solchen Fällen in jüngster Zeit ziemlich wütend. Unser Mann wird vermutlich eine Geldstrafe sowie Schadensersatz an Sie zahlen müssen und vielleicht zu einigen Wochen Haft mit Bewährung verurteilt werden.»

«Gut. Ich glaube, ich weiß, wer es ist. Der schreckliche Kater war heute Nachmittag wieder im Garten. Ich habe einen Stein nach ihm geworfen, aber nicht getroffen. Ich kann den Kater mit seinen zwei Gesichtern nicht ausstehen. Es war der Besitzer des Katers, stimmt's? Mijnheer de Bree?»

Cardozo schüttelte den Kopf. «Ich kann es Ihnen noch nicht sagen, Juffrouw, aber Sie werden zur rechten Zeit informiert werden. Wir haben ein Geständnis, wissen Sie, aber das allein bedeutet nichts. Es hat schon Leute gegeben, die alle möglichen Verbrechen gestanden haben, aber nichts damit zu tun hatten. Der Staatsanwalt muss den Fall noch bewerten, aber ich glaube, er ist ziemlich klar. Wir haben auch unterzeichnete Zeugenaussagen.»

«Gut.» Sie hob schüchtern die Hand und berührte sein Haar. «Ich bin froh, dass Sie bei der Polizei sind, schon seit unserer ersten Begegnung vertraue ich Ihnen. Wie laufen die Ermittlungen über meine Mutter?»

«Wir arbeiten daran.»

«Kann ich Ihnen etwas zu trinken bringen?»

Cardozo schaute auf seine Uhr. «Lieber nicht, Juffrouw. Ich bin noch im Dienst.»

«Ach, Quatsch, jetzt ist Feierabend. Ich trinke einen mit, und nennen Sie mich bitte Gabrielle. Wir brauchen nicht so förmlich zu sein, schließlich sehen wir uns schon das dritte Mal. Whisky?»

«Haben Sie keinen Wodka, Gabrielle?»

Sie kicherte. «Von Wodka kriegt man keine Fahne, sagt man. Müssen Sie sich heute noch melden?»

Er nickte. Die Stores vor den Fenstern waren zugezogen, das Licht war sanft und friedlich. Er fühlte sich müde, die niedrige Couch lockte ihn, sich zurückzulehnen und zu vergessen. Er sah zu, wie das Mädchen einen Schrank öffnete, und hörte das Gurgeln einer Flasche. Gabrielle ging für einen Augenblick und kam mit einem Kübel voller Eiswürfel zurück.

Cardozos Lippen öffneten sich zu einem glücklichen, sinnlichen Schmunzeln. Dies war für einen Polizisten das wahre Leben, die abenteuerliche Szene, in die er sich so oft hineinversetzt hatte im Kino und in den kurzen, aber lebhaften Vorstellungen, eingeschoben in die Pausen, die sein durchdringend schrillender Wecker machte. Der müde Kriminalbeamte, der die angenehme Unterbrechung genießt. Das Zimmer war genau richtig. Sein Blick ruhte kurz auf einigen zart arrangierten Blumen, auf den Bücherreihen, auf dem sanften Orange und Braun im Rand des Orientteppichs, der den größten Teil des Fußbodens bedeckte. Gabrielle gab ihm das Glas. Der Drink war richtig zubereitet mit einer auf den Glasrand gesteckten frischen Zitronenscheibe und dem Eis, das in der verschwommenen Mischung von Wodka und Soda klingelte. Wieder sah er Gabrielles Brüste nur für einen Augenblick, denn der Morgenrock schloss sich, als sie sich aufrichtete.

Er sah auch den kleinen Gegenstand zwischen ihren Brüsten, einen Rinderschädel, geschnitzt aus einem schimmernden Nussbaumstück. Eine wunderschön geformte Miniatur mit tiefen Augenhöhlen und vorstehendem Maul, der winzige Kiefer komplett mit Zähnen. Zwischen den kleinen Hörnern wies die Stirn eine Höhlung auf, vielleicht ein Fehler im Holz, der ein drittes Auge bildete und das dämonische Drohen des Schädels hervorhob.

Sie hatte sich zu seinen Füßen niedergehockt, ihre Augen funkelten im Halbdunkel. Ein leichtes Aufwallen von Schuld veranlasste ihn zu seiner Frage.

«Sie haben Geld gefunden, wie man mir sagt. Viel Geld? Wie kam es dazu?»

«Ich habe das Schlafzimmer meiner Mutter sauber gemacht und ihr Bett abgezogen. Die Scheine lagen unter der Matratze, sie steckten in einer Zeitschrift. Wollen Sie sie sehen?»

«Ja, bitte.»

Er setzte sich aufrecht hin, während sie fort war. Ein kleines Gemälde fesselte seinen Blick. Es hing in einer dunklen Ecke am Ende der Couch. Er beugte sich hinüber, um es näher zu betrachten. Das Brustbild eines jungen Mannes in mittelalterlicher Kleidung, einem straffen Waffenrock, der an den schmalen Schultern eng anlag. Ein auffallendes Gesicht, umrahmt von langem schwarzem, wallendem Haar. Adlernase, große und glänzende Augen, hohe Stirn. Ein Adliger aus dem Süden, Italiener, Spanier, vielleicht ein spanischer Don aus der Zeit, als Spanien versuchte, die Niederlande zu erobern. Er fragte sich, was Gabrielle veranlasst haben mochte, das Porträt in die Intimität ihres Zimmers, so nahe an ihr Bett zu hängen. Immer wenn sie auf der rechten Seite lag, starrte der junge Mann sie an. Er hörte sie im Korridor und setzte sich wieder mitten auf die Couch. Sie kam mit einer Frauenzeitschrift und schlug sie auf; gemeinsam zählten sie das Geld, hundert Scheine zu je tausend Gulden. Achtzig waren neu, zwanzig leicht abgegriffen.

«Ich nehme an, dass ich das Geld nicht hier aufbewahren sollte. Brauchen Sie es als Beweisstück? Sie könnten mir eine Quittung geben. Ich nehme an, die Polizei wird es später zurückgeben.»

Die kleine Hand auf seinem Handgelenk lenkte ihn ab, aber er konnte noch logisch denken. «Nein. Sie verstecken es einfach bis morgen und deponieren es auf Ihrem Bankkonto. Ich habe das Geld gesehen und werde einen Bericht schreiben und ihn an Eides statt unterzeichnen.»

Ihre schnurrende Stimme lachte. «Ja, Sie sind Beamter, Polizist. Ich kann es gar nicht glauben. Sie müssen sehr gefährlich sein; niemand würde Sie für einen Kriminalbeamten halten. Wie klug von der Polizei, Sie zu beschäftigen. Ich bin sicher, die Leute sagen Ihnen alles, was Sie wissen möchten.»

«Sie meinen, ich sehe aus wie ein harmloser Irrer?»

Ihre Hand streichelte seinen Nacken. «Machen Sie sich nichts daraus, ich ziehe Sie nur auf. Ich mag Sie sehr. Mir gefallen Männer, die nicht groß und überwältigend und stattlich aussehen wie der andere Polizist, der am Abend kam, als Mutter starb, der schöne Mann mit dem großen Schnurrbart. Solche Männer sind unerträglich.»

Cardozo nickte und lächelte, aber das leichte Aufwallen von Schuld hatte sich wieder eingeschlichen, und er ertappte sich, wie er den Brigadier verteidigte. «Aber er ist sehr gut. Ich arbeite seit einer ganzen Weile mit ihm zusammen. Er ist sehr intelligent und zuverlässig.»

«Pff. Er ist ein Angeber!» Sie schaute auf ihre Uhr. «Oh, um Himmels willen. Ich *muss* einfach duschen. Der Tag war so heiß, und ich muss noch arbeiten. Falls ich nicht dusche, werde ich gereizt und verärgert, und dann läuft alles schief. Ich habe Mijnheer Bergen versprochen, seine Papiere über die Lagerbestände zu ordnen. Wir bereiten für die Bank eine

Aufstellung vor, was wir am Lager haben, und sind jedes Mal zu einem anderen Ergebnis gekommen. Ich muss die Rechnungen noch einmal prüfen.»

Sie sprang auf, hielt aber sein Handgelenk fest, sodass er von der Couch gezogen wurde. Er war im Bad, bevor ihm bewusst war, dass sie ihn mitgenommen hatte. Er sah, wie sie den Morgenrock fallen ließ, in die Wanne stieg und die Hähne einstellte. Er stand da, hielt sein Glas und bemühte sich, etwas Harmloses zu finden, das er anschauen konnte. Sie lachte. «Dummerjan! Hast du noch nie eine nackte Frau gesehen? Setz dich doch auf die Toilette und genieße deinen Drink. Ich bin gleich fertig.»

Die Dusche prasselte los. Das Bad hatte zwar Plastikvorhänge, aber sie zog sie nicht zu. Er sah, wie das warme Wasser auf ihre Schultern plätscherte und die Arme hinunterlief, ein kleines Rinnsal rieselte zwischen ihren Brüsten nach unten mit zwei Abzweigungen, die ständig von den Brustwarzen herabtröpfelten.

«Siehst du mich nicht gern so?»

Aber selbstverständlich sah er sie gern so, und er atmete schwer. Er nahm sie bei der Hand, bevor sie die Möglichkeit hatte, nach dem Handtuch zu greifen.

«Aber ich bin noch nass.»

Er zog das Handtuch vom Halter, wickelte sie darin ein, hob sie hoch und trug sie durch den Korridor. Ihr Kopf lag auf seiner Schulter.

Von der Bettcouch aus sah er die arroganten Augen des spanischen Adligen; er schob den breiten Goldrahmen des Porträts zur Seite, sodass es vom Haken fiel und zwischen Couch und Wand stecken blieb. Auch der Terrier schaute zu, die dunklen Knopfaugen auf die ineinander verschlungenen, sich heftig bewegenden Körper gerichtet. Der Hund hatte die struppigen Ohren gespitzt und bebte vor Interesse, sein kurzer Schwanz klopfte an seinen Korb. Cardozo merkte nicht, dass Paul seine Leidenschaft teilte, und als er sich nach einer Weile umdrehte und ins Zimmer schaute, hatte der Hund sich zu einem Knäuel zusammengerollt und schlief fest.

Dreizehn

Der schnittige Citroën glitt durch die Prachtstraßen im Süden des alten Amsterdam wie ein großer Raubfisch, der durch seine Jagdgewässer patrouilliert. Er kreuzte schon seit fünfundzwanzig Minuten und fuhr immer wieder um dieselben Ecken. Grijpstra studierte einen beschmutzten Stadtplan und gab Anweisungen, die der Commissaris kaum befolgen konnte. Jede Abbiegung, die sie ausprobierten, führte zu einer Einbahnstraße, und zwar ständig ans falsche Ende. Wenn Grijpstra mit de Gier zusammen gewesen wäre, wäre er vielleicht sauer geworden und nahezu in blinde Wut geraten, aber die Gegenwart des Commissaris hatte Grijpstra beruhigt, und so versuchte er weiter, einen Weg zu finden, während der Wagen dahinglitt.

«Hier kann es sowieso nicht sein», sagte der Commissaris leise. «Schau dir diese großen Gebäude an, das waren mal Patrizierhäuser. Jetzt sind es Altersheime, Adjudant, und Privatkliniken und vielleicht ein paar teure Sexclubs hier und da versteckt. Die ganze Gegend wird jetzt vom Staat subventioniert.» Er lächelte. «Oder von der Wollust und Spesenkonten, die Wollust ermöglichen. Dennoch sind es hübsche alte Häuser, meinst du nicht auch?»

Grijpstra hob den Blick vom Stadtplan. Die dicht mit Bäumen bepflanzten Gärten entlang der Straße boten tatsächlich den Anblick gelassener Größe. Die Gärten schirmten vier- und fünfstöckige Villen ab, verziert mit Türmchen und vorspringenden Balkons, überwachsen mit Schlingpflanzen, glanzvolle Heimstätten, in denen Kaufleute einst ihre Abenteuer in Übersee geplant und die Vorteile konstruktiver, aber habgieriger Ideen genossen hatten.

«Ja, Mijnheer. Aber wir dürften in der Nähe sein, schon seit einer ganzen Weile. Die Straße hinter dieser muss die sein, die wir suchen, ich bin sicher. Man hat einige Herrenhäuser abgerissen und auf den Grundstücken einen Bungalowpark errichtet. Bergen besitzt vermutlich einen der Bungalows, aber ich weiß nicht, wie ich mit all diesen verdammten Einfahrtverbotsschildern hinkommen soll.»

Der Commissaris versuchte es noch einmal. «Nein. Es hat keinen Zweck. Wir gehen zu Fuß.»

Sie hörten das Abendlied einer Drossel, als sie den Motor abstellten. Der Commissaris zeigte auf den Vogel, eine kleine, klare Silhouette auf einer Freileitung. Die Drossel flog weg, eine Nachtigall übernahm, Grijpstra hatte den Stadtplan zusammengefaltet und verstaut und ging weiter, aber der Commissaris hielt ihn zurück, um auf das Ende der trillernden Kantate zu warten. Die Nachtigall schien zu spüren, dass sie Zuhörer hatte, denn sie schwang sich zu einer so brillanten Leistung reinen Künstlertums auf und sang so laut, dass Grijpstra erwartete, sie würde von ihrem Ast fallen. Als das Lied abbrach und mitten in einer schnell ansteigenden Tonleiter endete, stand der Commissaris auf den Zehenspitzen, den kleinen Kopf erhoben, die Augen geschlossen.

Grijpstra lächelte. Es tat gut, wieder mit dem Alten zusammen zu sein. Sein Wahrnehmungsvermögen war geschärft, ihm wurde bewusst, wie ruhig die Straße war. Das System der Einbahnstraßen hatte den gesamten Durchgangsverkehr wirksam blockiert. Die altmodische Straßenbeleuchtung, umgebaute Gaslaternen, die weit auseinander standen, verbreiteten ein sanftes Licht, das von blühenden Sträuchern und frisch gemähten Rasenflächen festgehalten wurde und zwischen knorrigen Ästen alter Buchen und Eichen hing. Sie gingen weiter – zwei nachdenkliche Fußgänger, die sich über den Abendfrieden freuten – und fanden Bergens Straße an der nächsten Ecke.

Grijpstra schaute auf die Hausnummern. «Hier, Mijnheer.»

Das Garagentor beim Bungalow stand offen. Ein neuer Volvo parkte auf der Zufahrt und konnte nicht in die Garage, weil das Wrack eines kleinen, ziemlich neuen Wagens den Weg versperrte. Dessen Kühler war eingedrückt, die verformte Haube geöffnet. Neben dem Wrack stand ein Kühlschrank mit offener Tür, Teile eines Rasenmähers lagen auf dem Boden verstreut.

«Ich bin sicher, das meiste davon könnte noch repariert werden», sagte Grijpstra, als er in die Garage spähte. Der Commissaris war weitergegangen. «Vielleicht betrachtet man das als Schrott, Adjudant, als Abfälle eines anderen Lebensstils.»

Der Commissaris drückte auf den Klingelknopf. Die Tür öffnete sich, Bergen starrte sie an, das eine Auge groß, rund und drohend, das andere fast geschlossen. Er hielt sich das Gesicht, die Brille hing an einem Ohr. Er war in Hemdsärmeln, die Hosenträger rutschten von den Schultern.

«Haben Sie etwas einzuwenden, wenn wir hereinkommen, Mijnheer Bergen? Es tut uns Leid, dass wir Sie heute noch einmal stören müssen, aber wir werden nicht lange bleiben.»

Bergen trat einen Schritt zurück. Sie gingen durch eine Diele, stolperten über ein Paar Gummistiefel und zwei oder drei auf dem Boden liegende Mäntel und blieben im Korridor stehen. Die Tür zur Küche stand halb offen, Grijpstra sah, dass im Spülstein schmutziges Geschirr aufgestapelt war. Es roch nach verbranntem Fleisch. Bergen ging an ihnen vorbei und öffnete die Tür zum Wohnzimmer. Er hielt sich immer noch die Wange. Seine Stimme klang gedämpft und, nachdem er die Hand heruntergenommen hatte, undeutlich. Grijpstra schnupperte, es roch nicht nach Alkohol.

Bergen nahm einen Stapel Wäsche von der Polsterbank und bedeutete dem Commissaris mit einer Handbewegung, sich zu setzen. Grijpstra hatte einen ledernen Liegesessel gefunden, neben einem Papierkorb, der von zerknüllten Zeitungen und Bananenschalen überquoll.

«Ist Ihre Frau noch nicht zurück, Mijnheer Bergen?»

Bergen hatte ebenfalls einen Sessel gefunden und starrte den Commissaris stumm an.

Der Commissaris wiederholte die Frage.

«Nein. Hier ist alles durcheinander. Ich habe mehr oder weniger draußen kampiert und darauf gewartet, dass sie zurückkommt. Sie will nicht. Heute war ein Brief in der Post, ein Brief vom Anwalt. Sie will die Scheidung.»

«Tut mir Leid, das zu hören.»

Bergen murmelte etwas.

«Wie bitte?»

«Ich kann nicht so gut sprechen, Lähmung, wissen Sie.» Das Sprechen schien ihm beträchtliche Mühe zu machen.

«Schon gut, Mijnheer, wir können Sie verstehen. Ich muss mich wirklich für unsere Zudringlichkeit entschuldigen, aber wir arbeiten immer noch am Todesfall von Mevrouw Carnet, wie Sie verstehen werden.»

Bergens rundes Auge starrte grimmig. «Gibt es Fortschritte, Commissaris?»

«Einige, hoffen wir. Aber was ist mit Ihrem Gesicht? Ihr Büro sagte, Sie hätten sich heute Nachmittag einigen Untersuchungen unterzogen. Sind die Ergebnisse, wie ich hoffe, ermutigend?»

«Nein.»

«Oh.»

«Nein. Ein schrecklicher Tag. Dies hat gestern Abend angefangen, aber bis heute Morgen nahm ich es nicht ernst, und als ich zum Krankenhaus kam, sagten sie, sie hätten zu tun und vorläufig keine Zeit für mich. Ich fand eine Privatklinik, wo der Spezialist sagte, ich müsse meinen Schädel röntgen lassen. Hier.» Er stand auf und stöberte in einem Haufen Papiere auf einem Beistelltisch, wobei er die obersten Bogen ungeduldig auf den Boden warf. «Hier. Dies ist zwar nicht die Aufnahme, aber ein Bericht, der damit zu tun hat. Die haben eine Stelle gefunden, eine weiße Stelle, Kalk, und die sagten, dahinter könne etwas stecken, das sie nicht sehen könnten. Lesen Sie selbst.»

Der Commissaris nahm den Bogen und setzte die Brille auf. Murmelnd folgte er dem Text der schwach gedruckten Fotokopie. «Hmm. Technisches Zeug. Wollen wir mal sehen. ‹*Die Plexus chorioidei sind beidseitig verkalkt, links mehr als rechts. Eine kleine verkalkte Stelle hat anscheinend Verbindung zum rechten vorderen Schädeldach und misst mehr als 175 EMI-Dichte-Einheiten.*› Hm, hm. Und hier haben wir anscheinend so eine Art von Schlußfolgerung. ‹*In Anbetracht dessen kann das Vorhandensein eines zugrunde liegenden Meningioms nicht ganz ausgeschlossen werden.*›»

Über die Brille hinweg blickte er Bergen an. «Ist das so schlimm, Mijnheer Bergen? Ich fürchte, dass ich die Terminologie nicht verstehe. Anscheinend haben sie irgendwo in Ihrem Schädel etwas Kalk entdeckt. Was ist ein Meningiom?»

Bergens Antwort war undeutlich, er wiederholte sie. «Ein Tumor, und ein Tumor würde Krebs bedeuten, Hirnkrebs.»

Der Commissaris las weiter. «‹Weitere Reihenuntersuchungen werden vorgeschlagen.›» Er gab den Bogen zurück und setzte sich. «Ja. Die sagen damit also, der Kalk *könnte* einen Tumor verbergen, und dann dürfen wir vielleicht annehmen, dass der Tumor auf Krebs hinweisen *könnte*. Aber wir brauchen keine voreiligen Schlüsse zu ziehen. Wurden diese weiteren Reihenuntersuchungen schon vorgenommen?»

«Noch nicht alle. Ich muss morgen wieder hin. Der Neurologe sagte, er würde dann Bescheid wissen. Ich habe diese Kopie mitgenommen und meinem Arzt gezeigt, aber er wollte nichts sagen. Die sagen nie etwas, wenn sie Krebs vermuten.»

«Aha.»

Für eine Weile herrschte Schweigen. Bergens Auge, das Lid durch den gelähmten Nerv hochgezogen, bohrte sich in das Gesicht des Commissaris.

«Dies ist wirklich nicht der geeignete Zeitpunkt, Sie zu stören, Mijnheer Bergen, und es tut mir Leid, dass ich gekommen bin, aber was soll ich machen? Haben Sie gehört, dass Gabrielle hunderttausend Gulden unter der Matratze ihrer Mutter gefunden hat?»

«Das hat nichts zu bedeuten», murmelte Bergen. «Sie sagte, sie wolle es wieder auf das Firmenkonto einzahlen. Achtzigtausend, den Rest behält sie selbstverständlich, das Geld gehörte Elaine privat. Aber darüber hinaus kam mit einem Boten noch dieser Brief. Ein Brief von der Bank.»

Er sprang auf und durchsuchte die Papiere auf dem Beistelltisch noch einmal. «Wissen Sie, was das ist?»

«Keine Ahnung, Mijnheer Bergen.»

«Eine Mitteilung, dass die Bank der Firma den Kredit beschränkt. Seit einigen Jahren stellte sie uns eine Million zur

Verfügung, und wir haben den Kredit selbstverständlich ausgenutzt; jetzt haben sie beschlossen, ihn zu halbieren. Alles Geld, das wir von jetzt an einzahlen, wird von unserem Konto abgebucht, bis die halbe Million erreicht ist. Die *mussten* ja heute den Brief schicken. Da Elaine tot ist, sorgen die sich um ihre Cents.»

Der Commissaris richtete sich auf und schob die Brille zurück. «Wirklich? Haben die kein Vertrauen zu Ihnen als Firmenleiter?»

«Es scheint so.» Bergen hatte den Brief zu Boden fallen lassen. «Der Direktor hat Elaine und mich in diesem Jahr mehrmals aufgesucht. Ihm war aufgefallen, dass wir unseren Kredit ständig voll ausnutzten, und er war von meiner letzten Bilanz nicht beeindruckt. Ich habe große Mengen bei minimalen Gewinnspannen verkauft, und wir haben große Lagerbestände. Ich sagte ihm, das sei in Ordnung. Ich strebe Geschäfte mit der Regierung an, und diese Transaktionen bringen Gewinn. Warum sollte er also besorgt sein?»

«Aber offenbar ist er es.»

«Ein Idiot.» Bergen zog den Mund nach einer Seite schief. «Ein vollkommener Idiot. Er hat sogar vorgeschlagen, wir sollten de Aap wieder einstellen. Ich glaube, er ist ein persönlicher Freund von Vleuten. Er gab irgendwie zu verstehen, wir hätten de Aap nicht entlassen sollen, und ich sagte ihm, das hätten wir auch nicht, der Mann sei freiwillig gegangen, er habe gekündigt.»

«War die Gewinnspanne Ihrer Firma besser, als Mijnheer Vleuten noch bei Ihnen angestellt war?»

«Ja, aber seither haben wir auch mehr Konkurrenz bekommen. Die Geschäfte haben immer ihre Höhen und Tiefen. Ich versuche jetzt, von Pullini bessere Preise eingeräumt zu bekommen, und wir haben einen neuen Handelsvertreter unterwegs. Das Pendel wird wieder zurückschlagen. Aber es ist schwierig, einen Bankdirektor zu überzeugen, und nach Elaines Tod ...»

«Ich verstehe, ein neuer Faktor, der zu berücksichtigen ist, oder vielmehr das Fehlen eines alten Faktors. Gabrielle wird an die Stelle ihrer Mutter treten, stelle ich mir vor.»

«Die Bank ist von Gabrielle nicht sonderlich beeindruckt.»

Der Commissaris seufzte. «Ich sehe, Sie haben einige Probleme, Mijnheer, aber die können gelöst werden. Ich bin sicher, Sie werden eine Möglichkeit dazu finden. Nur noch eine Frage, bevor wir gehen. Haben Sie eine Ahnung, warum Mevrouw Carnet an ihrem Todestag die achtzigtausend abgehoben hat?»

Bergen fuhr sich mit der Hand über den Kopf. Das Silberhaar, das während ihres Gesprächs am Morgen noch so ordentlich gelegen hatte, stand jetzt in Büscheln hoch. «Nein.»

«Carnet & Co. schulden Pullini diesen Betrag, ist es nicht so?»

«Ja, aber das hatte mit Elaine nichts zu tun. Sie überließ die tägliche Geschäftsführung mir und hat sich nicht mehr eingemischt. Sie hat jeden Monat die Aufstellung über unsere Kreditgeber gelesen und vielleicht gewusst, dass achtzigtausend an Pullini zu zahlen waren, aber wozu sollte sie sich damit befassen? Und selbst wenn sie diese Schulden bezahlen wollte, warum dann in bar? Sie hätte Pullini einen Scheck geben können, den er einlösen würde. Wir bringen nicht gern Geldscheine in Umlauf, was übrigens keiner gern tut.»

Grijpstra war aufgestanden und schaute durch die Tür zum Garten nach draußen. Ein Haufen plump zersägter Kloben war an der niedrigen Terrassenmauer unordentlich aufgeschichtet. Auf der Terrasse waren zerschmetterte und zerbrochene Dachpfannen und rote Flecken von zerbröselten Ziegeln, die der fallende Baumstamm herausgerissen hatte, Er ging wieder in die Mitte des Zimmers und betrachtete Hose und Hände von Bergen. Nein, die waren sauber. Bergen hatte seinen Baum heute nicht angerührt. Aber trotzdem war sein Alibi nur dürftig. Das mit dem Baum hatte nicht den ganzen Abend gedauert. Er konnte seinen Volvo genommen haben, um Mevrouw Carnet zu besuchen, eine Fahrt von wenigen Minuten.

«Haben Sie jetzt mit allen gesprochen?», fragte Bergen.

«Ja, ich denke. Heute Nachmittag haben wir Ihren Freund Mijnheer Vleuten gesprochen.»

Bergen winkte mit der rechten Hand müde ab. «Er ist nicht mein Freund. Vielleicht hatte de Aap Recht, aus der Firma auszuscheiden. Ihm geht es sehr gut, nicht wahr?»

«Ich dachte, Sie hätten keinen Kontakt mit ihm, seit er fort ist. Das ist schon eine Weile her, nicht wahr?»

«Ich habe es gehört», sagte Bergen. «Wir haben gemeinsame Bekannte. De Aap geht es gut. Er hat sein Haus restauriert, er verkauft Boote. Boote sind heutzutage *die* Sache; alle, denen es gut geht, wollen eins. Alte Boote, ausgediente Barkassen, Segelyachten mit abgeflachtem Boden – ausgezeichnete Statussymbole. De Aap ist immer noch Geschäftsmann und hat nicht vergessen, was er gelernt hat, als er noch unsere Möbel verkauft hat. Und Elaine muss ihm Kapital zur Verfügung gestellt haben, sie hat ihr Einkommen und die Gewinne in den letzten fünf Jahren gespart. Vorher hat sie sie wieder ins Geschäft gesteckt, aber damit hörte sie auf, als wir günstige Bankkredite erhielten. Und sie hat Vleuten immer geliebt. De Aap ist der Schlaue, ich bin der Einfaltspinsel. Ich arbeite, und er tändelt herum.»

«Nun, das ist eine Möglichkeit, es zu sehen, zweifellos gibt es auch noch andere Betrachtungsweisen. Aber wir haben

Mijnheer Vleuten aufgesucht und auch mit Mijnheer Pullini gesprochen.»

Bergen lachte freudlos und hob die Hand wieder an die Wange. «Pullini!»

«Meinen Sie, dass es da keine Verbindung gibt?»

«Genau. Francesco hat Elaine kaum gekannt. Sein Vater hat mit ihr Geschäfte gemacht, und sie ist nach Italien gereist, aber das ist alles lange her. Damals hat sie noch gearbeitet.»

«Wir müssen uns wieder auf den Weg machen, Mijnheer Bergen. Ich wünsche Ihnen mit der Untersuchung morgen viel Glück.»

«Armer Kerl», sagte Grijpstra im Wagen.

«Meinst du, Adjudant?»

Grijpstras rechte Augenbraue hob sich um drei Millimeter. «Sollte mir der Tölpel nicht Leid tun, Mijnheer? Er steckt ungefähr so vollkommen im Dreck wie Hiob. Bergen hat alles verloren, nicht wahr?»

Der Commissaris kicherte plötzlich. Grijpstras Augenbraue blieb oben. «Ein absoluter Narr, Adjudant. Der Mann muss ein besonderes Talent haben, Missverständnisse falsch miteinander zu verbinden. Der Arztbericht weist nicht auf Krebs hin, es steht nur darin, irgendwo könnte irgendetwas sein. Ärzte sind gern Forscher, besonders wenn sie viele teure Geräte haben, die sie für Forschungszwecke verwenden können. Sie brauchen dem Patienten nur etwas Furcht einzuflößen und können dann ihre elektronische Ausrüstung einschalten und eine Rechnung von ein paar tausend Gulden ausstellen. Und die Versicherung zahlt.»

«Aber in Bergens Kopf könnte ein Tumor sein, Mijnheer.»

Der Commissaris zuckte die Achseln. «Gewiss. Und in meinem Kopf und in deinem, aber wir haben an diese Möglichkeit noch nicht gedacht. Aber Bergen wohl.»

«Sie glauben also nicht, dass eine Verbindung besteht zwischen seiner Lähmung und dem, was sie in seinem Kopf suchen?»

«Nicht unbedingt. Was Bergen hat, das habe ich auch schon mal gehabt, die Bell'sche Lähmung, ein harmloses Leiden, das von selbst wieder verschwindet. Ich wollte Bergen das nicht sagen. Ich bin kein Arzt, und vielleicht *ist* er in ernsten Schwierigkeiten. Ich sage nur, dass der Mann sich zu große Sorgen macht, mit allem.»

«Seine Scheidung und der Brief von der Bank?»

«Richtig. Kalamitäten sind nur Kalamitäten, wenn man sie als solche bezeichnet; in Wirklichkeit sind es nur Ereignisse, und die können alle nützlich sein.»

Grijpstras Augenbraue senkte sich.

«Du solltest diese einfache Wahrheit kennen», fuhr der Commissaris fort. «Du bist seit langem bei der Polizei, Adjudant. Wir haben immer mit Menschen zu tun, mit Verdächtigen oder Opfern, die es fertig gebracht haben, ihre Gedanken so zu kanalisieren, dass sie keinen akzeptablen Ausweg mehr sehen. Sie meinen, sie leiden aus allen möglichen Gründen – man hat ihre Rechte nicht respektiert, sie haben etwas verloren, man hat sie beraubt oder verleumdet oder schlecht behandelt, und deshalb empfinden sie es als gerechtfertigt, sich so zu verhalten, dass sie das Gesetz brechen und Bekanntschaft mit uns machen. Aber meistens ertrinken sie in dem Giftpfuhl, für den sie selbst verantwortlich sind. Doch sie geben sich nie die Schuld. Nie.»

Der Citroën wartete vor einer Ampel auf grünes Licht.

«Mijnheer.»

«Ah, danke, Grijpstra. Nein, ich werde unseren Freund Bergen nicht bemitleiden. Mitleid hilft da sowieso nicht. Wir wollen hoffen, daß er aus seinem gegenwärtigen Geisteszustand gerüttelt wird und er einen Kurs steuert, der zu etwas mehr Freiheit führen könnte. Und jetzt ist es Zeit zum Essen. Und Cardozo möchte angerufen werden. Er wird über der Information brüten, die er von seinem Besuch bei Gabrielle mitgebracht hat. »

Der Commissaris parkte den Wagen am Rande der Altstadt. Nachdem er Cardozo von einer Telefonzelle aus angerufen hatte, gingen sie zu Fuß zum Restaurant. Ein hell beleuchtetes Schaufenster zog den Commissaris an. Er blieb stehen, um hineinzuschauen. Er hielt immer noch einen Vortrag über den Mangel an Bewusstheit, der Illusionen und Missdeutungen verursacht, und schien gar nicht zu bemerken, was er da betrachtete.

Grijpstra räusperte sich.

«Ja, Adjudant?»

Grijpstra zeigte auf das Fenster. «Ich glaube nicht, dass die Auslagen von großem Interesse sind.»

Der Commissaris grinste und ging mit ihm weiter. Im Schaufenster befanden sich verschiedene Arten von Vibratoren, arrangiert auf einer Kunstrasenfläche, die durch eine Reihe von Plastikpenissen abgezäunt war.

Vierzehn

Der fette Gott grinste die Töle an, aber der schien das nichts auszumachen. Sie lag auf dem Fußboden des billigen chinesischen Esslokals – halb unter einem Tisch verborgen, den jeder Kenner des Restaurants mied, weil er wackelte – und leckte sich geräuschvoll die geschwollenen Geschlechtsteile. Sie war eine besonders hässliche Töle, klein, haarig und gefleckt, aber sie besaß einige reizende Züge wie große, ausdrucksvolle Augen und einen steifen Ringelschwanz, der mit der Spitze auf die Stelle zeigte, wo eigentlich ihr Hals sein sollte. De Giers Fuß kam hervor und stieß die Hündin leicht an. Sie schaute auf.

«Das darfst du nicht», flüsterte de Gier. «Hier wollen Leute essen. Die Speisen sind ausgezeichnet, aber sie werden ihnen nicht schmecken, wenn du weiterhin das blubbernde, saugende Geräusch machst.» Der Hundeschwanz wedelte. Sie zeigte die Zähne in dem Bemühen, freundlich zu sein, rollte sich auf den Rücken und zeigte den nackten rosa Bauch. De Giers Fuß rieb sanft den Bauch, woraufhin die Hündin dankbar winselte. Das Restaurant war leer. Der Besitzer, ein langer, magerer Kantonese mit dem Gesicht eines Philosophen, lehnte mit dem Rücken an der Theke; er hatte sich seit zehn Minuten nicht bewegt.

Der Hund rollte sich zurück und leckte weiter. De Giers Blick wanderte hinauf zu dem Bild des fetten Gottes, einem behäbigen Herrn, auf dem sieben gut gekleidete, schlitzäugige Kinder herumkrabbelten, alle hatten sie das gleiche Lächeln. Der Gott des Reichtums und der Gesundheit saß auf einem Kissen auf einer Hügelkuppe, von der aus man ein Tal mit dunkelgrünen Pflanzen überblickte, die sich bis an den Horizont erstreckten.

Die Glastür des Restaurants öffnete sich. Herein kam Cardozo, gefolgt von vier Straßennutten, die ein spätes Abendessen wollten. Cardozo hielt ihnen die Tür auf, wofür sie sich höflich bedankten. Sie hatten jetzt dienstfrei und ihr einladendes Lächeln und die paradierende Maniriertheit abgelegt. De Gier kannte sie alle; er hatte ihnen oft zugehört und kannte ihre Lieblingsthemen. Sie sprachen nie über ihre Arbeit, wenn sie gebratenen Reis oder Nudeln aßen. Sie sprachen gern über Strickmuster, über Fehler an ihrem Wagen und über Steuern. Und sie hielten sich lange beim Essen auf, weil sie nur ungern wieder auf die Straße gingen, wo gewöhnlich leicht angetrunkene Touristen ruhelos umherschlenderten und darauf warteten, ihre Dienste zu kaufen.

«'n Abend», sagte Cardozo traurig.

De Gier murmelte seine Antwort und rückte auf den Eckstuhl, damit Cardozo neben ihm sitzen konnte.

«Hast du schon bestellt?»

«Nein, ich warte auf den Commissaris, er sollte in einigen Minuten hier sein. Wir können ein Bier trinken.»

Er winkte dem Philosophen zu und hob zwei Finger. Der Chinese verbeugte sich, stieß sich von der Theke ab, glitt dahinter und griff schon nach dem Bierhahn, ehe er richtig stand. Mit der anderen Hand fegte er zwei Gläser von einem Regal und fing sie geschickt auf; er hatte sie in Stellung, als der erste Strom schaumig goldener Flüssigkeit aus dem glänzenden Hahn floss. Das Bier stand auf ihrem Tisch, ehe de Gier den Arm wieder unten hatte.

«Dein Wohl. Hast du heute irgendwas erlebt?»

Cardozo nickte beim Trinken. «Ja, ich habe soeben Gabrielle Carnet besucht. Der Commissaris wollte wissen, wie sie die hunderttausend gefunden hat. Hast du davon gehört?»

«Nein. Erzähl.»

De Gier hörte zu. «Das ist sehr hübsch. Mit dem offensichtlichen Motiv ist es also auch nichts, wie? Wird es dadurch jetzt leichter oder schwieriger? Ich hatte eine Theorie ausgearbeitet, aber die Tatsachen passen vielleicht noch dazu. Ich muss mit Grijpstra sprechen, vielleicht ist ihm die Theorie zuerst eingefallen, ich hab's vergessen.»

Cardozo bemühte sich zu lächeln. «Spielt das eine Rolle? Du wirst sowieso keine Anerkennung dafür bekommen. Die

Kommission wird den Fall lösen, der Hoofdcommissaris wird dem Commissaris am Ende die Hand geben oder auch nicht. Vielleicht wird der Staatsanwalt den Fall verpfuschen oder der Richter oder irgendein blöder Anwalt.»

Aber de Gier hatte ihn nicht gehört. Die Glastür wurde geöffnet, und er winkte dem Chinesen zu, als der Commissaris und Grijpstra ins Restaurant kamen. Noch zwei Bier kamen und ein zusätzlicher Aschbecher.

«Mijnheer?»

Der Commissaris hatte sein Bier getrunken und wartete auf das nächste. Seine Hände wanderten ruhelos über die nackte Tischplatte. «Nein, Brigadier, Grijpstra kann alles erklären, dann könnt ihr drei euch gegenseitig informieren. Ich werde zur Abwechslung mal zuhören.» Es kam mehr Bier, hinter dem der Commissaris sein Gesicht versteckte.

Cardozo schaute Grijpstra an, aber der Adjudant las die Speisekarte. «Schweinebraten, hmm. Bratnudeln mit Garnelen, hmm. Wonton-Suppe, die ist gut, aber gestrichen. Dünne Nudeln mit Hummer, hmm, etwas glitschig, aber lecker. Ja.»

«Adjudant?»

«Ja. Nudeln mit Brathähnchen, denke ich, wie immer. Ich weiß nicht, warum ich mir überhaupt die Mühe mache, die Karte zu lesen. Und du nimmst das Gleiche, de Gier, weil wir sonst zu lange warten müssen, und auch du, Cardozo. Mijnheer?»

«Ich nehme das Gleiche.»

Wieder kam Bier und dann das Essen, das schweigend verspeist wurde. Sie hörten den Nutten zu. Der kleine Fiat der Platinblonden hatte den Schalldämpfer verloren, worauf sie einen Strafzettel bekam, weil sie übermäßig Lärm verursacht hatte. Der Volkswagen der kleinen Rothaarigen hatte Probleme beim Starten. Die große Schönheit mit dem deutschen Akzent klagte über ein Klappern an der Vordertür ihres Renault. Dem Wagen der Schwarzen schien nichts zu fehlen. De Gier war interessiert. Er beugte sich hinüber. «Entschuldigen Sie, Juffrouw, was für einen Wagen fahren Sie?»

«Einen kleinen Citroën.»

«Aha», sagte der Commissaris.

«Aber er ist nagelneu und noch unter Garantie.»

Der Commissaris drehte sich um. «Sie werden keinen Ärger damit haben, Juffrouw. Citroëns sind gute Wagen, ich habe sie mein Leben lang gefahren. Keine Schwierigkeiten.»

Das schwarze Mädchen lächelte, und der Commissaris wandte sich wieder seinen Bratnudeln zu.

«Nein, Mijnheer?», flüsterte Grijpstra. «Ich dachte, Sie hatten vor einigen Wochen Schwierigkeiten mit der Hydraulik.»

Der Commissaris hob die Gabel und richtete sie auf das Gesicht des Adjudant. «Geringe. Irgendwo ein kleines Leck. Es ist repariert worden.»

«Und fummeln die nicht immer an der Zündung herum? Der Brigadier von der Garage hat es mir gesagt. Er sagte, es macht ihn verrückt.»

«Der Zündung fehlt nichts, der Brigadier wollte nur etwas zu tun haben.»

«Und ...»

«Lass nur. Ich glaube, Cardozo will etwas fragen. Was ist, Cardozo?»

«Ich möchte alles wissen, Mijnheer. Ich habe jetzt nur die Sache mit dem vergifteten Hund bearbeitet. Ich weiß nichts über die Ermittlungen im Mordfall. Wer *sind* unsere Verdächtigen, Mijnheer, und was haben wir herausgefunden?»

«Gut. Adjudant, warum sagst du es ihm nicht? Und dann kann de Gier seinen Teil dazu beitragen. Und Cardozo kann den Schluss machen. Ich habe noch nichts über Gabrielle Carnet und die hunderttausend Gulden gehört, die zum richtigen Zeitpunkt aufgetaucht sind. Nur zu, Adjudant.»

Grijpstra wollte noch Bier, aber er bekam Kaffee, und das Gespräch begann. Es dauerte eine Stunde, in der noch mehr Kaffee getrunken wurde und Grijpstras schwarze Zigarillos verqualmten, was den Restaurantbesitzer höflich husten und einen Ventilator anstellen ließ.

«Wissen wir jetzt alles?», fragte der Commissaris. «Ja, Cardozo?»

Cardozo fühlte sich anscheinend sehr unbehaglich. Seine Lippen zuckten, mit denen er den ihm von Grijpstra aufgezwungenen Zigarillo hielt.

«Äh, Mijnheer, ich würde gern noch einmal hören, wie das mit dem Skelett in de Aaps Wohnung war. Es hatte einen Rinderschädel, stimmt's?»

«Ja.»

«Hatte, äh, der Schädel ein Loch in der Stirn?»

Der Commissaris überlegte. «Vielleicht hatte er eins, ja. Er war maskiert, eine purpurne Kordmaske, die die Augenhöhlen frei ließ, aber da war so ein Riss, der einen Teil der Stirn entblößte, ein Riss oder ein Loch. Erinnerst du dich, Brigadier?»

«Ja, Mijnheer. Da war ein Loch in der Stirn des Schädels. Ich erinnere mich genau, zwischen den Augen, aber etwas höher. Der Schädel muss sehr alt gewesen sein, um das Loch befand sich trockenes, verkrustetes Moos. Aber warum fragst du, Cardozo?» Seine Stimme war honigsüß. «Du warst nicht dabei, Cardozo, woher weißt du das also von dem Loch?»

«Äh ...», piepste Cardozo.

«Erzähl mal, Kleiner.»

«Gabrielle trug einen kleinen Gegenstand an einem Nylonfaden», sagte Cardozo schnell. «Der Gegenstand war ein Rinderschädel, etwa, äh, so groß.» Er zeigte auf einen Knopf an de Giers Jeansjacke. «So groß. Er war aus Nussbaum geschnitzt, denke ich, gute Arbeit, viele Einzelheiten. Die Augenhöhlen waren ziemlich tief, und da war ein drittes Loch, von dem ich glaubte, es sei ein Fehler im Holz.»

«Erstaunlich», sagte de Gier immer noch mit der süßen Stimme. «Und woher weißt du das? Ich habe auch ein Stück Nylon um den Hals der jungen Dame gesehen und einen kleinen Gegenstand, der daran baumelte, aber er steckte tief unten in der Bluse. Ich konnte keine Einzelheiten des Gegenstands erkennen, aber du beschreibst ihn sehr genau.»

«Ich habe sie heute Abend aufgesucht, bevor ich hergekommen bin. Das habe ich dir doch gesagt, oder?»

«Aber wie konntest du etwas sehen, das sie zwischen den Brüsten hat? Sie muss nackt gewesen sein. Warum war sie nackt, Kleiner? Hat sie einen Striptease hingelegt? Oder hast du deine guten Manieren vergessen und die junge Dame vergewaltigt?»

Grijpstra starrte; der Commissaris rührte seinen Kaffee um. Cardozo hatte ein Streichholz genommen und stocherte nach einer Nudel, die in einer Ritze der Tischplatte steckte.

«Vielleicht solltest du uns genau erzählen, was passiert ist», sagte der Commissaris sanft.

«Es tut mir Leid, Mijnheer. Ich hatte, äh, intimen Kontakt mit der Verdächtigen. Es tut mir sehr Leid, Mijnheer.»

«Sie hat dich verführt, nicht wahr?»

«Nein, Mijnheer, es war meine Schuld. Ich war nicht auf der Hut, fürchte ich. Es ist, äh, einfach passiert. Ich bin einfach hineingerutscht.»

«Wo hinein?», fragte Grijpstra und runzelte finster die Stirn.

«Herrschaften!», sagte der Commissaris streng und hob gebieterisch die Hand. «Konstabel, du kannst uns jetzt Einzelheiten berichten. Versuche genau zu beschreiben, was geschehen ist. Die physischen Details kannst du selbstverständlich auslassen. Sie *hat* dich verführt, nicht wahr? Ich kann mir nicht vorstellen, dass du dabei der Aktive gewesen bist.» Die Stimme des Commissaris klang wieder sanft; er rührte seinen Kaffee noch einmal um.

Cardozo sprach eine Weile.

«Aha, na, macht nichts. Ah, ich vergaß zu fragen, hast du Francesco Pullini angetroffen, de Gier? Ich möchte den Pass.» De Gier gab ihm den Pass. Der Commissaris schlug ihn auf und betrachtete das Foto. «Gut. War er aufgeregt?»

«Nicht besonders, Mijnheer, nur ein wenig, aber Italiener erregen sich leicht, glaube ich.»

Cardozo nahm den Pass und starrte auf das Foto. Seine Augen wurden groß. «Mijnheer!»

«Was ist, Cardozo? Sag mir nicht, dass du den Mann kennst, du bist ihm noch nicht begegnet.»

«Aber ich *kenne* ihn, Mijnheer. Über Gabrielles Bettcouch hängt ein kleines Gemälde. Ein Porträt in Öl. Das Gesicht ist diesem sehr ähnlich, Mijnheer.»

Der Commissaris atmete langsam aus. Seine kleine, runzelige Hand kam hervor, streckte sich über den Tisch und klopfte Cardozo auf die Schulter.

«Ausgezeichnet, Eerste Konstabel. Es ist dir gelungen, Gabrielle sowohl mit de Aap als auch mit Francesco Pullini zu verbinden. Drei Verdächtige, eine Frau, zwei Männer, und beide Männer haben eine sexuelle Beziehung zu der Frau. Eine Menge loser Stücke sollten jetzt zusammenpassen, wir müssen nur noch herausfinden wie.» Er winkte nach der Rechnung. «Na, Grijpstra, wie steht's mit deiner Theorie? Ich bin sicher, du hast mit dem Brigadier einen Standpunkt erarbeitet, von dem aus Mevrouw Carnets Tod zu erklären wäre. Hält eure Theorie noch stand?»

Grijpstra berührte de Giers Ärmel. Der Brigadier starrte das schwarze Mädchen am Nebentisch an.

«Ja», sagte de Gier, «ja, Mijnheer. Die Theorie hält noch stand, aber sie ist nicht stark genug, um einen Verdächtigen festzunehmen. Ich denke, ich werde noch etwas daran arbeiten, morgen früh. Heute Abend kann ich es nicht.»

Der Commissaris zahlte die Rechnung und beglückwünschte den Chinesen zur Qualität seiner Speisen. Er stand auf und schob seinen Stuhl energisch zurück, bückte sich dann aber, um seinen Schenkel zu befühlen. Seine dünnen Lippen strafften sich.

«Ich will dich nicht nach deiner Theorie fragen, Brigadier. Ich habe meine eigene, aber sie hält ebenfalls noch nicht sehr gut stand. Ich muss ebenfalls weitermachen. Morgen bin ich möglicherweise fort, vielleicht auch übermorgen. Inzwischen könnt ihr weitermachen, aber ich würde es gern sehen, dass ihr keine Festnahme vornehmt, bis ich zurück bin. Idealerweise sollten unsere Theorien übereinstimmen und zum gleichen Ergebnis kommen, aber wir hatten es bei diesem Fall etwas eilig und sollten vielleicht jetzt etwas langsamer vorgehen.»

Mit seinen blassen Augen sah er die drei Männer nacheinander an.

«Gut.»

Die Hündin leckte wieder an ihren Geschlechtsteilen, als sie das Restaurant verließen. Cardozo stolperte über sie und fiel gegen den Tisch der Nutten. Das schwarze Mädchen fing ihn auf.

«Du bist mir vielleicht ein ungeschickter Kerl, nicht wahr?», fragte de Gier.

Grijpstra grinste. «Beachte ihn nicht, Cardozo. Ich habe mal gesehen, wie der Brigadier hier ein solches Durcheinander angerichtet hat, dass zwei Kellner eine Stunde brauchten, um hinter ihm sauber zu machen.» Cardozo machte ein dankbares Gesicht.

«Damals habe ich jemanden festgenommen», sagte de Gier. «Du erzählst immer nur einen Teil der Geschichte. Wir versuchten einen Burschen zu schnappen, der ein Messer hatte, das so lang wie dein Arm war.»

«Dummes Zeug!»

«Hatte er ein Messer oder nicht?»

«Wir hatten beide eine Pistole.»

«Herrschaften», sagte der Commissaris im offenen Eingang, «es ist spät. Die Tür steht offen, es zieht, die Damen werden sich erkälten.»

«Mijnheer», sagten sie, als sie auf die Straße marschierten.

Fünfzehn

Es war fast elf Uhr, als der Commissaris nach Hause kam, wo seine Frau im Korridor auf ihn wartete.

«Schatz ...»

«Ja?»

«Du solltest nicht so spät noch ausgehen. Ich wollte, du bliebst hier, zumindest abends. Du weißt, was der Arzt gesagt hat.»

«Ja. Ausruhen. Aber ich habe mich ausgeruht.»

«Nur zwei Tage lang, er sagte zwei Wochen. Dein Bad ist gleich fertig.»

«Gut. Irgendwelche Mitteilungen?»

«Nur eine, ein Anruf um neun. Von einem Mijnheer de Bree.»

«Hast du die Nummer?»

Sie zeigte auf den Block neben dem Telefon. Er ging hinüber und begann zu wählen.

«Mijnheer de Bree?»

«Commissaris, ich würde gern kommen und Sie sprechen, falls es möglich ist, da hat sich etwas ergeben.»

«Sie könnten es mir am Telefon sagen.»

Es folgte eine Pause. «Ich würde lieber kommen und Sie sprechen. Ich habe Informationen.»

«Jetzt?»

«Ich kann in fünf Minuten dort sein. Ich habe einen Wagen.»

«Gut.»

Der Commissaris legte auf. Seine Frau stand neben ihm, den Arm um seine Schultern. «Bitte, Schatz, nicht jetzt. Ruf ihn an und sag, er soll morgen kommen. Du hattest einen so langen Tag und siehst so blass aus. Warum nimmst du nicht dein Bad? Diese Angelegenheit kann doch bestimmt bis morgen warten.»

«Nein, Schatz, der Fall ist schlimm, und ich habe gedrängt, es ist meine eigene Schuld. Der Mann wird nicht lange bleiben, das verspreche ich.»

Es klingelte. Der Commissaris spähte hinter einem Vorhang nach draußen, bevor er zur Tür ging, um zu öffnen. Mijnheer de Bree war in einem nagelneuen Mercedes gekommen und hatte den Wagen auf der Zufahrt abgestellt. Er hatte vergessen, die Wagentür zu schließen und die Scheinwerfer auszuschalten.

Es klingelte noch einmal. Der Commissaris beeilte sich

nicht. Er öffnete die Tür und schaute hinab auf de Brees verschwitzte Glatze, die im Licht der Laterne an der Zufahrt glänzte.

«Ja, Mijnheer de Bree?»

«Entschuldigen Sie, dass ich Sie so spät noch belästige, Mijnheer, aber meine Information könnte Sie interessieren, und ich dachte ...»

«Das ist schon in Ordnung, ich war noch nicht zu Bett gegangen. Kommen Sie bitte herein.»

Der Commissaris führte de Bree durch den langen Korridor in sein Arbeitszimmer. Der Abend war heiß, die Türen zum Garten standen noch offen.

«Vielleicht können wir draußen sitzen, im Garten ist es angenehm.»

Sie saßen einander in zwei alten Korbsesseln gegenüber. Der Commissaris bot seinem Besucher aus der flachen Dose einen Zigarillo an und gab ihm Feuer. De Bree paffte nervös.

«Sie sagten, Sie hätten eine Information?»

«Ja. Erinnern Sie sich an Paul, an den Terrier, der den Carnets gehört?»

«Hat die Information mit dem Hund zu tun?»

«Nein, aber ...»

Das Ende von de Brees Zigarillo war rot glühend, und der Commissaris hörte den Tabak knistern, als noch mehr Luft angesogen wurde.

«Sprechen Sie ruhig weiter, Mijnheer de Bree, lassen Sie sich Zeit.»

«Der Hund. Ich bin zu meinem Anwalt gegangen, wie Sie es vorgeschlagen haben, und er sagt, es sei eine schlimme Sache ...»

«Es *ist* eine schlimme Sache, Mijnheer de Bree.»

«Ja. Bestimmt. Aber ich habe eine Information, wie ich schon sagte, und sie hat mit Mevrouw Carnets Tod zu tun. Mein Anwalt sagte, ich solle sie an Sie weitergeben, und ...»

«Vielleicht würde ich die schlimme Sache mit dem Hund vergessen?»

«Ja.» De Bree sah sehr erleichtert aus. Er lächelte breit. Der glühende Zigarillo hing in seiner schlaffen Hand.

Die dünnen Augenbrauen des Commissaris trafen sich über seiner Nasenwurzel. «Nein. Absolut nicht. Das mit Paul werden wir nicht vergessen. Sie kommen vor Gericht, Mijnheer de Bree, und bekommen Ihr Urteil. Und Ihre Information will ich dennoch. Falls Sie sie nicht geben, kommen Sie in noch größere Schwierigkeiten. Es überrascht mich, dass Ihr Anwalt Ihnen das nicht gesagt hat. Ich bin sicher, er *hat* es gesagt, aber vielleicht haben Sie nicht zugehört. Falls Sie Informationen haben, die den Tod der Mevrouw Carnet betreffen, und falls bei dem Tod ein Verbrechen im Spiele war – und das *war* es, Mijnheer de Bree, das versichere ich Ihnen –, und falls Sie diese Information zurückhalten, dann begehen Sie selbst ein Verbrechen.»

De Bree sog wieder am Zigarillo. «Wirklich?»

«Ja. Absolut.»

«Aber wenn ich Ihnen nicht sage, was ich gesehen habe, Commissaris, dann gibt es keine Information. Sie werden nicht erfahren, was ich gesehen habe. Vielleicht habe ich nichts gesehen. Sie können mich nicht wegen einer Sache beschuldigen, die nicht existiert.»

«Ihre Information existiert aber. Sie haben es bereits zweimal gesagt, einmal, als ich Ihnen die Tür öffnete, und jetzt soeben. Verzeihung, Sie haben es mir dreimal gesagt, nämlich einmal auch am Telefon. Ich bin Polizeibeamter und brauche keine Zeugen. Wenn ich einen Bericht schreibe und feststelle, Sie hätten mir dreimal gesagt, Sie verfügten über Informationen zum Todesfall Carnet und lehnten es ab, sie an mich weiterzugeben, dann halten Sie Beweise zurück, und mein an Eides statt unterzeichneter Bericht wird unwiderlegbar sein und vom Gericht akzeptiert werden.»

«Ist das so?», fragte de Bree leise.

Es herrschte ein unbehagliches Schweigen, akzentuiert noch durch ein leises Rascheln, als aus dem Unkraut bei den Füßen des Commissaris eine Schildkröte kam. De Bree schaute nach unten auf das kleine Panzertier, das unaufhaltsam vorwärts trottete. «Eine Schildkröte!»

«Sie lebt hier. Nun, Mijnheer de Bree?»

De Bree atmete scharf aus; seine Nasenlöcher wurden weit und drohend wie die Läufe einer Schrotflinte in Miniatur.

«Also gut. An dem Abend, dem Abend des Sturms, dem Abend von Mevrouw Carnets Tod, war ich in meinem Garten. Ich suchte Tobias. Er war nicht hereingekommen; außerdem machte ich mir Sorgen um die Bäume, viele Bäume sind an dem Abend umgeweht worden. Während ich draußen war, hörte ich von Mevrouw Carnets Veranda schreckliche Schreie und Rufe. Mehrere Leute schrien gleichzeitig, aber ihre Stimme war am lautesten. Ich konnte nicht verstehen, was sie sagte, aber sie war anscheinend hysterisch, ganz außer Kontrolle. Und dann öffnete sich ihre Verandatür, und ich sah sie fallen. Sie trug ein geblümtes Kleid, wodurch ihre Gestalt sich abhob im Licht der Veranda. Mevrouw Carnet fiel mit solcher Wucht, dass sie geschoben worden sein muss, ‹gestoßen› ist vielleicht ein zutreffenderes Wort. Sie stürzte herunter, und ein Mann fiel mit ihr. Wie es schien, rollte er über sie. Er hielt sie fest, also muss er sie zur Tür geschoben haben, und dann muss ihn der Schwung seines Stoßes ebenfalls zu Fall gebracht haben. Ich sah die beiden oben auf der

Treppe. Den ganzen Fall konnte ich nicht verfolgen, denn dazwischen waren Büsche, die Hecke und ein paar kleine Bäume, die der Sturm hin und her wehte. Es passierte selbstverständlich alles sehr schnell. Im Haus der Carnets waren mehr als zwei Menschen, denn ich sah, wie sich ein Schatten, eine Silhouette, hinter den Fenstern der Veranda bewegte, wiederum nicht sehr deutlich, denn die Vorhänge sind so drapiert, dass mehr als die Hälfte jeweils eines Fensters verdunkelt wird.»

«Haben Sie gesehen, ob der Mann, der zusammen mit Mevrouw Carnet fiel, wieder ins Haus ging?»

«Ja. Er hatte Schmerzen. Er schleppte sich hinauf.»

«Ein großer Mann? Ein kleiner? Haben Sie ihn erkannt?»

«Ich kannte ihn nicht. Er kam mir nicht sehr groß vor, aber dazwischen lag eine gewisse Entfernung, und ich konnte nicht sehr gut sehen. Ich hatte sowieso schon genug gesehen. Danach ging ich wieder ins Haus. Tobias war aufgetaucht, und ich wollte mich nicht länger dort aufhalten.»

«War Ihnen nicht klar, dass Sie wertvoller Zeuge eines Verbrechens sind, nachdem Sie das gesehen haben?»

De Bree zuckte die Achseln. «Wer will schon Zeuge sein? Das bringt nur viel Scherereien. Man muss vor Gericht und seine Zeit verschwenden. Und irgendein Winkeladvokat stellt gerissene Fragen und bemüht sich, einen als schwachsinnigen Idioten hinzustellen. Was andere Leute tun, ist deren Sache. Ich kannte die Carnets kaum. Vielleicht feierten die eine Party. Und Sie dürfen nicht vergessen, ich hatte keine Ahnung, dass Mevrouw Carnet tot war. Ich dachte, sie sei gefallen und habe sich vielleicht den Knöchel verstaucht. Die Treppen hier in den Gärten haben nicht viele Stufen. Und wenn sie in Schwierigkeiten gewesen wäre, hätten ihr die anderen Leute, die dabei waren, geholfen.»

«Später wussten Sie, dass ein Verbrechen verübt worden war, als Sie nämlich von der Aufnahme unserer Ermittlungen erfuhren.»

De Bree wischte sich über das Gesicht. «Ja, vielleicht, aber da hatten Sie mich ebenfalls am Wickel, wegen des Hundes. Ich wollte nicht noch mehr Aufmerksamkeit auf mich lenken, bis mein Anwalt vorschlug …»

«Ich verstehe. Wie war der Mann gekleidet, der zusammen mit Mevrouw Carnet gefallen ist?»

«Ich erinnere mich nicht. Ich sah eine dunkle Gestalt, die zusammen mit ihr zu Boden ging. Sie sah wie ein Mann aus. Ich glaube, sie trug eine dunkle Jacke, aber die tragen Damen auch. Dabei fällt mir ein, ich könnte vor Gericht nicht einmal beschwören, dass die Gestalt ein Mann war.»

«Und wer blieb in der Veranda zurück? Mann oder Frau?»

«Eine Frau, glaube ich, aber wiederum kann ich nicht ganz sicher sein, weil ich nur für einen Augenblick sah, dass sich etwas bewegte. Aber an dem Streit war ein Mann beteiligt, denn während des Schreiens hörte ich eine männliche Stimme.»

«Sie sagten, Worte konnten Sie nicht verstehen. Erinnern Sie sich, in welcher Sprache geschrien wurde?»

«Nein. Auf Niederländisch, denke ich, aber ich bin nicht sicher. Mevrouw Carnet ist Französin, nicht wahr? Ursprünglich, meine ich.»

«Belgierin, aber sie sprach französisch.»

De Bree stand auf. Die Schildkröte stand jetzt vor einem großen Stein und knabberte an einem Salatblatt, das auf einer Schale lag.

«Ihr Haustier?»

«Ja. Und sie jagt keine Katzen, sie bemüht sich nur, den Kräutergarten meiner Frau zu vernichten.»

De Bree lächelte reuevoll. «Die Sache mit Paul tut mir wirklich Leid, wissen Sie.»

Der Commissaris erwiderte das Lächeln. «Dessen bin ich mir sicher, Mijnheer de Bree, und ich hoffe, Ihr Bedauern wird sich auch vor Gericht gut machen. Vergessen Sie nicht, Schadensersatz anzubieten, ehe der Richter davon spricht, aber ich nehme an, dass Ihr Anwalt diesen Rat bereits gegeben hat.»

«Dein Bad», sagte seine Frau, als er von der Haustür zurückkam.

«Ja. Aber ich möchte den Flughafen anrufen. Ich werde morgen nach Italien fliegen, Schatz, das ist ein hübscher, bequemer Trip. Ich werde nicht lange wegbleiben, höchstens einen Tag und eine Nacht.»

«Oh ...»

«Hast du das Badewasser eingelassen?» Er stieg die Treppe hinauf. «Hast du übrigens daran gedacht, den Spazierstock zu kaufen?»

«Ja.»

«Darf ich ihn sehen?»

Sie ging ins Wohnzimmer und kam mit einem Bambusstock mit silbernem Knauf zurück.

«Sehr hübsch, genau das, was ich mir vorgestellt habe. Ich nehme ihn mit nach Italien. Das Hinken wird allmählich zur Plage. Im Präsidium, wo der Arzt mich sieht, kann ich es noch kaschieren, aber ich denke, ich werde ihn immer benutzen, wenn er nicht in der Nähe ist. Ich lege den Stock in den Wagen, da ist er sicher.»

Seine Frau fing an zu weinen. «Du bist jetzt Invalide, Schatz, und solltest wirklich in Pension gehen. Ich ertrage es nicht, wie du dich umbringst. Ich gehe überall hin, wohin du willst. Mir macht es nichts aus, Amsterdam zu verlassen. Wir können nach Curaçao ziehen, der Insel, von der du immer sprichst. Sie liegt in den Tropen, nicht wahr? Du wirst dort keine Schmerzen in den Beinen haben.»

Er kam die Treppe herab, nahm ihr den Stock aus der Hand, stützte sich darauf und umarmte sie mit dem freien Arm.

«Ich liebe dich, aber du würdest sehr unglücklich sein, wenn du Amsterdam jetzt verlassen müsstest. Deine Verwandten und Freunde leben alle hier. Vielleicht später, wir sprechen noch darüber. Dieser Stock wird mir eine große Hilfe sein.»

Sie standen für eine Weile eng beieinander, bis er sich freimachte und wieder die Treppe hinaufging.

«Das Bad wird kalt werden», sagte er leise, «und ich hätte gern Tee. Trinken wir zusammen Tee. Ich lasse mich einweichen, und du sitzt dabei und siehst zu.»

Sechzehn

Amsterdam blieb zurück, als das Flugzeug in die Schräglage ging. Der Commissaris bewunderte das blasse Grün und das verblichene Blau der Felder und Teiche, voneinander getrennt durch Autobahnen, die aus der Stadt herauswuchsen. Er hatte in den Vororten die in Parks aufragenden Wohngebäude gesehen, die unter dem Krach der Düsenmaschine dahinglitten. Ihr Verschwinden rief eine gewisse Befriedigung hervor. Er reiste, entfernte sich, selbst wenn es nur für kurze Zeit war. Seine Stirn ruhte am Fenster, als sie über einen großen Sumpf hinwegflogen. Er kannte den Sumpf gut. Einst war er eine geheimnisvolle Welt gewesen, ein endloses Labyrinth seichter Stellen und schilfbestandener krummer Gräben, gefüllt mit dunklem Wasser. Er dachte an die Wasserpflanzen, die sich in der Tiefe wiegten und ineinander verschlungen waren, bewegt von verborgenen Strömungen oder wellenförmig schwimmenden Aalen und Hechten. Der Sumpf war seine erste wirkliche Entdeckung gewesen, ein erstes Zeichen, dass es mehr gab im Leben als die Schule und das Bemühen um Mittel und Wege, sich dem anzupassen, was die Erwachsenen von ihm wollten im langweiligen Grau der kleinen Provinzstadt, in der er aufgewachsen war.

Er verdrehte den Hals, aber der Sumpf war verschwunden, als das Flugzeug an Höhe gewann, die Wolken durchbrach und die große Transparenz des Himmels erreichte. Ihm kam der Gedanke, dass der Himmel eine Leere auf einer Lage Baumwolle ist und keine Grenzen hat, eine unfassbare Manifestation des Geheimnisses, das er schon als zehnjähriger Junge gespürt hatte, wenn er in einem Kanu die stillen Wasser des Sumpfes erforschte. Der Sumpf hatte damals einige seiner Wunder enthüllt, das Gleiche könnte jetzt der Himmel tun. Und darin befand er sich jetzt, zurückgelehnt in einen Sitz erster Klasse, dem obersten Punkt einer Kurve entgegenfliegend, die sich bald wieder senken und ihn zu den verdrehten Schwächen der Menschheit zurückbringen würde. Schwebend im Universum und frei, solange es dauerte. Kein schlechter Gedanke.

Eine Stewardess beugte sich herunter und lächelte professionell. Möchte der Herr etwas trinken? Aber gewiss, einen hübsch kalten, alten holländischen Genever. Er fühlte sich äußerst glücklich, als er an der eisigen, sirupartigen Flüssigkeit nippte, und er grinste, denn ihm war eingefallen, was de Aap am Vortage gesagt hatte. Glücklich sein ist ein dummes Wort, denn es hat etwas mit Sicherheit zu tun, und die gibt es nicht. Das stimmt selbstverständlich. Es gibt keine absolute Sicherheit, und Glücklichsein ist töricht. Äußerst klug von de Aap, das erkannt zu haben. Aber es gibt vorübergehende Sicherheit und deshalb auch vorübergehendes Glücklichsein. In diesem Augenblick war er vorübergehend glücklich und vorübergehend frei von allem, was ihn ärgerte oder bedrohte. Schwebend im Universum. Er murmelte die Worte, kippte den Genever hinunter, schmatzte und schloss die Augen. Er schlief, als die Stewardess seine Schulter berührte.

«Ja?»

«Wir sind gelandet, Mijnheer.»

«Ah.»

Er folgte ihr mit seiner kleinen Reisetasche und dem Bambusstock mit dem Silberknauf.

Giovanni Pullini trat ziemlich wütend gegen eine leere Streichholzschachtel. Er wartete seit einer Weile an der Sicherheitsschranke des Flughafens, die zwei Carabinieri bewachten. Die beiden umklammerten ihre kurzläufigen Maschinenpistolen, und mit ihren dunklen Augen, in denen sich Leidenschaft und Grausamkeit zu gleichen Teilen mischten, prüften sie kritisch die Menge der ankommenden Fluggäste. Einer der Passagiere würde der Commissaris der Stadtpolizei von Amsterdam sein, mit dem Giovanni Pullini vor zwei Stunden gesprochen hatte. Er hatte keine Ahnung, wie der Mann aussah, aber er wusste, dass der ausländische Polizist einen Spazierstock trug. Pullini wusste nicht, was der Commissaris wollte, obwohl er es erraten konnte. Pullini verabscheute Ratereien. Ein schwaches, aber sinnliches Lächeln hob seine Mundwinkel, als ein Schwarm Stewardessen auf hohen Absätzen, mit emporgerecktem Busen und rhythmisch flatternden Wimpern vorbeistolzierte.

Das Schmunzeln verging ihm, als er sich seiner misslichen

Lage wieder bewusst wurde. Seine breiten Schultern schwollen an unter der maßgeschneiderten Haifischlederjacke, die untersetzte Gestalt rückte ein wenig näher an die Schranke. Die langen Brauen hoben sich über den tief liegenden Augen im runden roten Gesicht. Er betastete seinen kahl werdenden Kopf. Sein Kopf nützte ihm jetzt nicht mehr viel. Er sagte ihm nur, dass er in Schwierigkeiten kommen könne, in wirkliche Schwierigkeiten, und er hatte seit langem keine wirklichen Schwierigkeiten gehabt. Im Gegenteil, es war ihm sehr gut gegangen. Und er sollte jetzt nicht am Flughafen stehen, es war mittags, er sollte jetzt in dem Restaurant auf dem Lande sein, das ihm gehörte. Er sollte den Worten Renatas zuhören, der reizenden Frau, die das Restaurant führte und in der hübsch ausgestatteten Wohnung in der Etage darüber wohnte, eine Wohnung, die er allmählich besser kannte als sein eigenes Haus. Ein Commissaris mit einem Spazierstock. Er sah, dass ein alter Mann, ein magerer, kleiner alter Mann auf die Schranke zuhumpelte. Der Teufel selbst, der Teufel im Paradies.

Pullinis Lächeln war sanft und charmant, als er dem Commissaris die Hand gab und ihm die Reisetasche abnahm.

«Hatten Sie einen guten Flug, Commissario?»

«Ja, danke. Ich habe geschlafen.»

Wenige Minuten später saßen sie auf dem Rücksitz eines großen Wagens, eines neuen Wagens von einer Marke, die der Commissaris nicht kannte. Die Limousine fuhr ein verträumter junger Mann im Rollkragenpullover in genau dem gleichen zartblauen Ton wie der des Wagens.

Pullini zog die Armlehne nach unten und presste seine starke, sonnengebräunte Hand, geschmückt mit zwei Solitärringen, in das weiche Polster. Der Commissaris hob schnell den Blick und betrachtete Pullinis Gesicht. Pullinis schwermütige Gedanken erfüllten den Wagen. Auch der Commissaris überlegte. Er hatte seinen Angriff früh am Morgen geplant, als die Schildkröte im Garten neben seinen Füßen herumstöberte und sich seine Frau in der Küche zu schaffen machte und alle zehn Minuten herauskam, um frischen Kaffee einzuschenken. Er hatte sich auf die Begegnung mit Papa Pullini gefreut, aber jetzt, da sein Opfer neben ihm saß und schwer atmete durch Nasenlöcher, in denen sich lange dunkle Haare sträubten, hatte er keine Lust, den Mann zu beunruhigen. Vielleicht war eine gewisse Beziehung zwischen ihnen hergestellt worden, denn Pullini drehte langsam den Kopf und sagte nur ein Wort.

«Nein?»

«Nein.»

Pullinis Griff auf der Armlehne lockerte sich.

«Wir jetzt fahren zum Hotel. In Sesto San Giovanni. Heiliger Johannes. Selber Name wie meiner, aber ich kein Heiliger.» Er lachte, der Commissaris ebenfalls. Ein Scherz.

«Hotel klein. Behaglich. Eine Nacht, ja?»

«Eine Nacht.»

«Sie baden, schlafen bisschen, gehen vielleicht spazieren, dann ich kommen und wir Wein trinken. Später wir essen, wir sprechen.»

Pullinis Lächeln war unschuldig, kindlich und verletzend für den Commissaris. Er war sicher, dass Pullini unmittelbar nach ihrem Gespräch am Morgen versucht hatte, Verbindung mit seinem Sohn aufzunehmen. Aber er hatte nicht viel Zeit gehabt. Es bestand die Möglichkeit, dass Pullini immer noch sehr wenig wusste. Er würde über Mevrouw Carnets Tod informiert sein, denn Francesco würde ein so wichtiges Ereignis in der Verbindung zwischen den Firmen Pullini und Carnet berichtet haben.

«Haben Sie Ihren Sohn heute Morgen gesprochen, Signor Pullini?»

«Ich versuchen. Ich rufen Hotel an. Ich rufen Carnet & Co. an. Francesco nicht da. Ich wollen Francesco fragen, was geschehen, das so wichtig, dass Commissario von Polizei aus Amsterdam nach Milano kommen, um mich zu sprechen. Polizei, sie geben nicht gern Geld aus, ja?»

«Ja.»

Pullini behielt sein Lächeln bei. Es ließ glitzerndes Gold und sehr weiße künstliche Zähne erkennen, gut gemacht und unregelmäßig, wie es sich gehört. Er hob die Hände. «Commissario, ich nichts wissen.»

«Wissen Sie, was Mevrouw Carnet passiert ist?»

Das rote Gesicht erstarrte. «Ja. Sie tot. Francesco mir sagen. Ein Unfall, ja? Oder vielleicht nein? Sie nicht reisen nach Italia wegen Unfall.»

Ein enormer Lastwagen mit einem ebenso enormen Anhänger brummte hupend an ihnen vorbei. Der Fahrer der Limousine schlug das Steuer leicht ein. Der Gleichmut seines Angestellten schien Pullini zu beruhigen.

«Okay.»

Das Wort war zwischen den riesigen Anschlagtafeln, die auf beiden Seiten der Autostrada ihre Werbung in einem poetischen Italienisch hinausschrien, völlig fehl am Platze.

Der Wagen bog von der Hauptverkehrsstraße ab und folgte einem schmalen, kopfsteingepflasterten Weg, der sich durch Felder mit reifendem Mais wand. Die undefinierbaren Büro- und Fabrikgebäude entlang der Autobahn wichen langen Häusern aus brüchigen Ziegeln, die den rustikalen Frieden auf dem Lande beschirmten. Es gab Reihen hoher Bäume, einen Damm mit einem Wasserrad und eine hohe Brücke, die nur sehr langsam befahren werden konnte. Der

Commissaris sah Bauernhäuser – gebaut wie niedrige, viereckige Festungen, die sich hinter abwehrenden Mauern verteidigen –, große Geschäfte, beschattet von schirmartigen Kastanien und hohen Pappeln.

Pullini zeigte auf ein niedriges Haus, das rosa und grau gestrichen war. «Dort ich geboren, nicht Bauernsohn, Arbeitersohn, in Hütte. Sie nicht mehr da. Im Krieg verbrannt.»

Die einfachen Elemente, aus denen sich Pullinis Gesicht zusammensetzte, erwiesen sich als fähig, ziemlich komplizierte Ausdrücke zu gestalten, sogar Kombinationen von Gegensätzen wie Traurigkeit und Triumph.

«Waren Sie glücklich auf dem Bauernhof, Signor Pullini?»

«Nein. Mein Vater arbeiten. Meine Mutter arbeiten. Ich auch arbeiten. Immer. Schweine füttern, Scheiße schaufeln, Schweinescheiße, Kuhscheiße, Pferdescheiße. Auch Hühnerscheiße. Sie am schlimmsten. Hühnerscheiße brennen. Alles in selbe Schiebkarre. Sie schlecht. So schieben.»

Pullini beugte sich vor und stöhnte, bemüht, die Schubkarre zu halten.

«Manchmal sie umkippen. Dann ich schaufeln selbe Scheiße zweimal.» Er hielt zwei Finger hoch. «Aber ich haben Vögel. Fasanen. Rebhühner. Schöne Vögel. Sie laufen herum so: titsch-titsch-titsch. Kleine Küken.»

Mit der Hand machte er auf dem Sitz kurze, trippelnde Bewegungen. «Wenn sie groß, ich verkaufen an Bauer. Er essen meine Vögel. Aber jedes Jahr neue Nester und neue Vögel. Ein Jahr ich kaufen Pfau, aber ich nur Geld haben für einen, also keine Küken. Bauer nehmen Pfau.»

«Hat er Ihnen etwas dafür bezahlt?»

Pullini lachte. Es war ein sanftes, volles Lachen aus dem Bauch heraus, das in seiner Kehle gurgelte. «Nein. Bauer sagen, Pfau fressen zu viel, deshalb er ihn mitnehmen für seinen Hof. Bauer schauen Pfau an, ich hören zu. Pfau schreien: ‹Giovanni! Giovanni!› Ich hören. Dann an ein Tag ich wissen, Pullini müssen arbeiten für Pullini. Das besser.»

Der Wagen bog scharf ab. Sie waren in ein Dorf gekommen. Ein Mann grüßte den Wagen, dann grüßten zwei Frauen, die aus einem Geschäft kamen, dann noch ein Mann aus einem Ladeneingang. Die Grüße waren formvollendet. Die Leute winkten und verbeugten sich ehrerbietig. Pullini hob die Hand, aber er winkte nicht. Er zeigte nur seine Hand. Der Fahrer reagierte ebenfalls, indem er einen Finger der Hand hob, mit der er das Steuer hielt. Der Wagen fuhr auf ein zweistöckiges Ziegelgebäude zu und blieb stehen. In Leuchtbuchstaben stand über der doppelflügeligen Eingangstür Ristorante Pullini.

«Sehr hübsch», sagte der Commissaris und wies auf die Leuchtbuchstaben. «Wie ich höre, haben Sie noch ein Restaurant, irgendwo in den Bergen, glaube ich.»

«Wer erzählen Ihnen?» Pullini kam mit der Brust über die Armlehne; ein Hauch von Knoblauch streifte das Gesicht des Commissaris. «Mein Sohn?»

«Mijnheer Bergen hat es mir gesagt.»

Pullinis Goldplomben blitzten. «Ja, Bergen, er essen viel, aber Küche haben viele Spaghetti, viele Sauce, viele Würstchen. Auch Kalbfleisch, zarte Kalbfleisch aus Holland, viele Lire eine Gramm. Bergen mögen Fleisch gern. Diese Restaurant in Berge das gleiche wie diese hier, gleiche Küche. Diese Koch, er lehren Koch in Berge. Vorher Restaurant schlecht, nur ein Speise, Spaghetti mit Tomatensauce und manchmal Fisch, alte Fisch. Jetzt besser. Wir probieren später, ja?»

Der Wagen setzte sich wieder in Bewegung, folgte einer schmalen Nebenstraße, die an beiden Seiten nur wenige Zentimeter Platz bot, und landete auf einem kleinen, von der

Sonne beschienenen Platz. Ein Polizist in olivgrüner Uniform mit einem riesigen Seitengewehr am Koppel nahm Haltung an. Pullini stieg aus und gab ihm die Hand. Der Fahrer glitt hinter dem Steuer hervor. Der Commissaris stützte sich auf seinen Stock. Der Platz war ruhig, mittelalterlich ruhig, gepflastert mit glänzend gelben Steinen, gesprenkelt vom Licht, das im Laub schützender Eichen aufgefangen und gemildert wurde. Sträucher standen in Beeten, die in das schmale Straßenpflaster eingelassen waren, Singvögel zwitscherten in Käfigen, die unter einem Torbogen hingen.

Pullinis Hand berührte leicht drängend den Ellbogen des Commissaris, der sich wieder auf seine Aufgabe besann.

«Ja, danke, Signor Pullini. Was halten Sie von Mijnheer Bergen?»

«Bergen», sagte Pullini, als schmecke er den Namen mit seinen dicken Lippen. «Bergen in Ordnung. Er Käufer, ich Verkäufer. Er kaufen, er zahlen. Manchmal er zahlen spät, und Francesco rufen an und reden über dies und das, und dann er sagen ‹Geld› und Bergen zahlen. Und manchmal er kommen her.»

«Halten Sie ihn für einen guten Geschäftsmann?»

«Halb.»

«Halb?»

«Halb. Bergen ist Verkäufer. Große Verkäufer, aber nicht große Einkäufer. Er, wie man das nennen?» Pullini versuchte es mit einigen italienischen Ausdrücken, aber der Commissaris hob in bedauernder Verzweiflung die Hände. «Sie nicht verstehen, nein? Hier.» Pullini holte Luft und blähte sich auf. Er hielt den Atem an. Ein törichtes Grinsen breitete sich auf seinem Gesicht aus, die Augen wurden klein.

«Ich verstehe», sagte der Commissaris dankbar. «Ein Angeber. Er bemüht sich, Eindruck zu schinden, meinen Sie das?»

Pullini atmete aus. «Ja. Aber Bergen in Ordnung, solange er zahlen. Der andere Mann besser. Ich vergessen Name von andere Mann.» Pullini beugte sich vor und pendelte mit den Armen. Er warf die Lippen auf und runzelte die Stirn.

«Mijnheer Vleuten?»

«Ja. Affenmensch. Er besser. Aber er jetzt weg. Früher Francesco denken, vielleicht Affenmensch heiraten Mevrouw Carnet und übernehmen Firma. Vleuten gute Geschäftsmann. Bergen verkaufen an jedermann, zu irgendeinem Preis. Wie Francesco. Aber Francesco lernen, er sich ändern. Bergen nie lernen.»

Sie waren jetzt beim Hotel. Pullini hatte sich wieder aufgeblasen, stolzierte um den Stoßdämpfer des Wagens herum und ging zum Hotel voraus. Der Commissaris folgte langsam. Pullini wartete.

«Und Gabrielle Carnet, was halten Sie von ihr, Signor Pullini?»

Pullini machte ein betrübtes Gesicht. «Ich nicht kennen Gabrielle. Francesco sie mögen. Gabrielle schön, ja?»

Der Commissaris nickte heftig. «Ja, das ist sie.»

Pullini stieß einen Pfiff aus. Der Stummel des Zigarillos, den der Commissaris ihm gegeben hatte, rollte auf der Unterlippe. Er kratzte sich an der Nase.

«Jetzt vielleicht Carnet & Co. kaputt.»

«Möglicherweise.»

«Machen nichts. Wir finden andere Firma, in Holland viele Unternehmen. Pullini-Möbel sein gut. Gute Qualität. Gute Preis. Vielleicht ich jetzt gehen nach Holland. Gründen eigene Filiale. Finden gute Holländer, der werden Manager. In Holland viele gute Holländer. Vielleicht Sie mir helfen, ja? Sie und ich machen kleine Geschäft?»

Der Hotelbesitzer kam auf die Straße, um Pullini zu begrüßen, beide Männer umarmten einander. Der Commissaris wurde mit blumenreichen Worten vorgestellt. Der Hotelbesitzer nahm Pullini die Reisetasche ab. Seine Verbeugung vor dem Commissaris drückte Servilität, tiefe Freundschaft, Achtung und große Zuneigung aus. Sein Lächeln blitzte auf, als er sich wieder aufrichtete. Sie wurden unter Zurschaustellung überschwänglicher Vertraulichkeit ins Hotel geführt. Das Zimmer des Commissaris in der ersten Etage war groß. Es hatte einen Fußboden aus Marmorplatten und tiefe Fenster. Auf jeder Fensterbank stand eine Vase mit einem Strauß wild wachsender Blumen, die aufeinander abgestimmt waren. Der Hotelbesitzer zeigte auf das Bett, als wolle er sich entschuldigen, dass es so armselig aussah, aber es war groß und prächtig mit sauberen, frischen Laken und mehreren Daunenkissen. Auf den Pfosten des Messinggestells befanden sich blaue und weiße Keramikkugeln.

«Herrlich», sagte der Commissaris. Pullini übersetzte und klopfte dem Hotelbesitzer auf den Rücken. Der Besitzer zupfte an seinem hängenden Schnurrbart, verbeugte sich und bedankte sich für das Kompliment mit dem Wort: «Glücklich!»

«Ja, glücklich.»

Der Commissaris und der Hotelbesitzer strahlten einander an. Der Besitzer öffnete eine Tür und zeigte das Bad. Noch mehr Marmor, einst weiß, aber zu einem zarten Elfenbeinton nachgedunkelt. Eine Wanne mit Messinghähnen. Ein Wassertank aus Messing, der auf massiver Eiche befestigt war.

«Heiß», sagte der Hotelbesitzer stolz.

Pullini und der Besitzer hakten sich unter und marschierten zur Tür. Zusammen verbeugten sie sich. «Ich kommen wieder um sieben. Gut?»

«Gut, Signor Pullini.»

«Sie baden, schlafen, dann gehen spazieren. Sesto San Giovanni sehr klein, Sie sich nicht verlaufen können.»

«Gewiss. Danke.»

Der Commissaris seufzte, als er sich in die Wanne setzte. In den Beinen hatte er ein Gefühl, als seien es zwei dünne, trockene Stöcke, die man in ein loderndes Feuer geworfen hatte. Das dampfende Wasser würde die Schmerzen wieder einmal lindern. Eine Kellnerin hatte eine Kanne mit starkem Tee gebracht; er hatte sich eine Tasse eingeschenkt, die auf dem gekachelten Rand der Wanne stand. Er zwang sich, nicht an weitere Entwicklungen zu denken, sondern gab vergnügte Laute von sich, als das Wasser die Beine und Hüften umspülte und dann Brust und Schultern erreichte. Er sang sogar ein Lied ohne Worte, es bestand aus summenden Lauten, die länger wurden und ineinander übergingen. Er nippte an seinem Tee und hörte auf zu singen. Der Fall hatte sein Bewusstsein wieder erfasst, und das Bild von Papa Pullini beherrschte die Bühne seines Gehirns.

Hätte Papa Pullini doch Elaine Carnet nur geheiratet. Aber vielleicht hätte man da zu viel verlangt. Ein junger italienischer Geschäftsmann, der eine Liebesaffäre mit einer Nachtclubsängerin in Paris hat. Alles sehr schön. Aber sie wird schwanger. Der junge italienische Geschäftsmann verkrümelt sich. Die Monate vergehen. Die schöne Nachtclubsängerin singt nicht mehr. Sie beobachtet in einem Schlafzimmer in einem Obergeschoss in Amsterdam, wie ihr Bauch dicker wird. Sie schreibt Briefe auf parfümiertem blauen Papier. Es kommt eine Antwort auf einem Geschäftspapierbogen der Möbelfabrik Pullini. Es ist kein Liebesbrief. Er vermeidet das Thema Schwangerschaft und erwähnt auch nichts von einer Heirat. Angeboten wird eine Geschäftsvertretung für Möbel. Der Commissaris schlug mit der Hand auf das

Badewasser. Verdammt! Was für eine Art und Weise, mit dem Problem fertig zu werden. Aber eine Art und Weise, die zu Papa Pullinis Temperament gepasst und funktioniert hatte. Er wusste nicht, wie es funktioniert hatte, und er würde es vermutlich nie erfahren. Hatte Elaine ihr Baby in der Obhut einer Verwandten oder bezahlten Hilfskraft zurückgelassen und war mit dem Zug durch Holland gereist, um die großen Geschäfte zu besuchen? Hatte sie ihren künftigen Kunden einen Katalog und eine Preisliste gezeigt? Oder hatte sie irgendwo einen Ausstellungsraum besorgt und Käufer angelockt, sich ihre Ware anzusehen? Die lächerliche Tatsache war, dass die Firma Carnet & Co. zusammen mit Gabrielle geboren wurde. Er schlug noch einmal mit solcher Kraft auf das Wasser, dass etwas davon in die Teetasse spritzte. Er hob die Tasse in die Wanne und schob sie herum. Papa Pullini war sehr schlau und sehr geschäftstüchtig gewesen, aber es wäre besser gewesen, wenn er Elaine geheiratet hätte, denn dann hätte Francesco seines Vaters frühere Geliebte nicht die Treppe zum Garten ihres Hauses in der Frans van Mierisstraat hinuntergestoßen. Eine lange Kettenreaktion über einen Zeitraum von dreißig Jahren hinweg, aber ausgelöst durch Papa Pullinis strahlenden Egoismus.

Er stellte sich die Schlussszene vor und wusste, er musste der Wahrheit ziemlich nahe sein, es war, als wäre er zusammen mit Gabrielle in dem Zimmer gewesen, die sah, wie ihr Geliebter und Halbbruder ihre Mutter umbrachte. Selbstverständlich war es Totschlag, provozierter Totschlag gewesen, vorsätzlich war das nicht geschehen. Vor sich sah er Elaine Carnet, schlampig und angemalt, um die Linien und Falten zu überdecken, die Folgen von Einsamkeit, bitteren Gedanken und ständigen Enttäuschungen. Höchstwahrscheinlich war sie betrunken. Und zornig, rachsüchtig. Überzeugt von ihrem Recht, siegestrunken. Sie hatte Francesco erwartet, ihn vermutlich in seinem Hotel angerufen. Sie hatte die Situation arrangiert und war endlich Herrin ihrer Lage. Francesco war aus einem ganz einfachen Grund gekommen, wegen seiner achtzigtausend Gulden, die Bergen nicht gezahlt hatte und von denen er Papa Pullini nichts sagen durfte, denn der wusste nicht, dass sein Sohn auf alle Verkäufe an die niederländische Firma eine Privatkommission erhob. Francesco wusste nicht, aus welchem Grund Elaine Carnet und nicht Bergen ihm das Geld geben wollte. Und es kümmerte ihn auch nicht, denn Francesco wollte nur sein Bargeld.

Er war als hilfloser Bittsteller hingegangen und musste in mieser Stimmung gewesen sein. Bergen hatte gedroht, er werde ihm keine Aufträge mehr geben. Das Geschäft könnte jetzt und hier zu Ende sein. Seine Reise nach Amsterdam war zu einem Albtraum geworden. Außerdem fühlte er sich nicht gut, er schniefte und nieste. Und anstatt ihm einen diskreten braunen Umschlag zu übergeben, den er in die Brusttasche stecken konnte, hatte Mevrouw Carnet mit dem Geld vor ihm herumgewedelt, mit einem dicken Stoß von Tausendguldenscheinen, einem kleinen Vermögen, das er verzweifelt brauchte, um seine kostspieligen Privatvergnügungen zu finanzieren. Sie hatte geschrien. Es hatte eine Weile gedauert, bis er verstand, was sie schrie, aber es war ihm bald klar genug geworden. Sie erläuterte ihm auf Französisch und so laut sie konnte, Papa Pullini sei Gabrielles Vater und habe sie, Elaine, nicht geheiratet, sondern sie stattdessen für sich arbeiten lassen, um die Firma Pullini zu vergrößern. Es habe keine andere Wahl gegeben. Sie habe Papa Pullini Aufträge bringen müssen, um Lebensunterhalt und Ausbildung seines eigenen Kindes Gabrielle, Francescos Halbschwester, finanzieren zu können. Sie habe von Anfang an gewusst, dass

Francesco und Gabrielle ein Verhältnis miteinander hätten, die Geschichte habe sich also wiederholt. Sie habe gewusst, dass Francesco in Italien ein reiches Mädchen mit den richtigen Verbindungen geheiratet habe, genauso wie sein Vater vor etwas mehr als zwanzig Jahren.

Francesco hatte ihr nicht geantwortet. Er hatte in seinem Sessel gesessen, den hübschen bärtigen Kopf auf die schlanken Hände gestützt. Er hatte gewünscht, dass sie aufhörte zu schreien. Aber sie hatte immer weitergemacht, sich wiederholt, mit dem Geld gewedelt, einige Scheine fallen lassen und wieder aufgehoben. Sie wollte es ihm nicht geben. Sie zeigte es ihm nur. Sie wollte es als kleine Entschädigung für viel Leid behalten. Es gehörte ihr. Geld aus den Taschen italienischer Liebhaber, die mit ihren Mädchen lange Spaziergänge im Mondschein machten, die Blumen und schön verpackte Geschenke schickten, die zu den Mädchen ins Bett schlüpften und dabei Bewundernswertes leisteten, die sich dann jedoch nachts davonmachten, wenn das Verhältnis mehr Probleme als Vergnügen brachte.

Der Sturm hatte um das Haus geheult, während Francesco zuhörte und die Frau weiterschrie, Gift und Galle auf den schäumenden Lippen. Und wenn sie eine Pause machte, dann nur, um ihm französische und italienische Flüche entgegenzuschleudern, wenn sie ihr einfielen. Sie hatte ihren Ehering abgenommen, ihn vom Finger gezerrt und auf den Boden geworfen. Er war ihm vor die Füße gerollt. Francesco hatte ihn angestarrt. Er hatte Mühe, Mevrouw Carnet zu verstehen. Sein Französisch war schwach, aber er kannte einige Wörter und reimte sich allmählich zusammen, was die verrückte Frau zu ihm sagte. Seine angespannten Nerven wurden noch mehr strapaziert, als ein neuer Schwall von Beschimpfungen losbrach. Mevrouw Carnet hatte die Stimme gesenkt; sie flüsterte, aber ihre Beleidigungen waren scharf wie ein Dolch. Der Dolch bohrte sich in seinen fiebernden, schmerzenden Kopf.

«Aber die Zeiten haben sich geändert», hatte Mevrouw Carnet geflüstert. O ja, die Zeiten seien anders geworden. Mädchen seien nicht mehr hilflos, sondern sich der Härte und Grausamkeit der Männerwelt bewusst geworden, die Frauen benutze, manipuliere und wegwerfe, wenn ihr auch nur eine halbe Chance dazu geboten werde. Papa Pullini benutze nicht gern etwas, wenn er mit einer Frau schlafe, bei Francesco würde es ebenso sein. Männer hätten nicht gern eine Gummihaut zwischen sich und ihrem Vergnügen. Sie wollten ihr ganzes Vergnügen, und wenn dieser Spaß ihren Freundinnen nur Leid bringe, na, was soll's? Sie verschwänden plötzlich und suchten ein neues Opfer. Aber jetzt hätten Mädchen die Pille und würden nur noch schwanger, wenn sie es wollten. Und jetzt hätten die Mädchen viele Liebhaber, so viele sie wollten.

Wisse Francesco eigentlich, dass er nur einer von Gabrielles Liebhabern sei? Dass Gabrielle seine Umarmungen nur hinnehme, weil er ihr im Augenblick zufällig gefalle? Andere Männer würden eingeladen, mit nach oben in Gabrielles Wohnung zu kommen, und sie würden aufgefordert zu gehen, wenn sie sie nicht mehr brauche. Gabrielle mache sich nicht viel aus Francesco. Ihr sei es sogar Wurst, dass er ihr Halbbruder sei. Denn das wisse sie. Sie, Elaine, habe es ihr vor kurzem erzählt, erst vor wenigen Tagen. Francesco könne wieder nach Italien gehen und brauche nicht mehr zurückzukommen, und Gabrielle werde ihn ersetzen, einfach so. Und Mevrouw Carnet war boshaft grinsend auf ihn zu gegangen und hatte ihm mit den Fingern ins Gesicht geschnippt.

Und das war das Letzte gewesen, was sie getan hatte. Francesco war auf sie zugesprungen, hatte ihr das Geld aus der Hand gerissen und sie zur offenen Tür zum Garten gestoßen. Sie waren zusammen gefallen, Francesco war allein wieder hereingekommen und hatte Gabrielle gegenübergestanden, die sich während des letzten Auftritts ihrer Mutter in ihrer Ecke nicht gerührt hatte. Vermutlich waren sie zusammen in den Garten gegangen und hatten Mevrouw Carnets Tod festgestellt. Vielleicht hatte Francesco geweint und Gabrielle ihn getröstet, ihm über das Haar gestrichen. Vielleicht hatte Gabrielle ihre Mutter gehasst und ihren Halbbruder bedauert. Vielleicht hatte sie sich immer einen Bruder gewünscht; möglicherweise hatte sich ihre Liebe zu ihm geändert, aber sie war nicht zu Ende gewesen.

Der Commissaris schob seine Teetasse; sie füllte sich mit Seifenwasser und sank auf seine Beine. Gabrielle hatte in ihrem Zimmer, in der Nähe des Kopfkissens, noch ein Porträt, das Francesco ähnelte. Was wusste er von der Liebe einer Frau? Gabrielle liebte auch de Aap, denn sie trug sein ominöses Symbol zwischen den Brüsten. Möglicherweise hatte sie Francesco aus Liebe geschützt, aber es könnte auch sein, dass sie besonnen genug war, nicht zu wollen, dass sich die Polizei mit jemand befasste, der ihr Geliebter, ihr Halbbruder und ein wichtiger Geschäftskontakt war, der Mann, der die Möbellieferungen kontrollierte, von denen ihre Firma abhängig war. Welches Motiv sie auch hatte, jedenfalls hatte sie das Durcheinander aufgeräumt, Francescos Glas beseitigt, alles abgewischt, was er berührt haben mochte, und ihn zum Hotel zurückgeschickt. Sie hatte nicht die Polizei gerufen, sondern die Ambulanz, in der Hoffnung, der Tod ihrer Mutter werde als Unfall zu den Akten gelegt werden.

Und sie hatte ihm gestattet, das Geld mitzunehmen, aber

sie hatte sich später noch einmal mit ihm in Verbindung gesetzt, höchstwahrscheinlich früh am nächsten Morgen, und es arrangiert, dass er das Geld zurückbrachte, damit sie vorgeben konnte, es zu finden. Und Francesco war ehrlich genug gewesen, den ganzen Betrag von hunderttausend zurückzubringen. Dass Mevrouw Carnet die hundert Scheine vor seiner Nase gewedelt hatte statt die achtzig, die sie ihm schuldete, könnte auf ihren Nervenzustand zurückzuführen sein. Sie hatte einfach die zwanzig Scheine hinzugefügt, die sie kurz zuvor von de Aap bekommen hatte, vielleicht, damit der Stoß dicker und eindrucksvoller war.

Vielleicht war Gabrielle ein mutiges Mädchen, dem man erlauben sollte, sich um das eigene Leben zu kümmern, und das man nicht als Komplizin bei einem schweren Verbrechen anklagen sollte. Aber als Halbschwester des Mörders könnte man sie milde beurteilen, obwohl sie angeklagt werden würde. Der Commissaris sah die untergegangene Tasse und dachte daran, sie wieder schwimmen zu lassen, aber er stieg aus der Wanne. Francesco würde er nicht so davonkommen lassen, denn der hatte eine Dame die Treppe zu ihrem Garten hinuntergestoßen, und sie hatte sich das Genick gebrochen. Der junge Mann hätte so vernünftig sein sollen zu gestehen, aber vielleicht konnte man ihn dazu noch bringen. Es würde seinem Fall helfen und die ihm zu erteilende Lektion mildern. Und diese Reise sollte dazu beitragen, aber bis jetzt war nur eine angenehme Stunde in einer Marmorwanne dabei herausgekommen. Er band seine Uhr um und kleidete sich an. Er hatte noch viel Zeit. Er würde spazieren gehen.

Der Commissaris war erst eine Viertelstunde unterwegs, als er sich auf einer langen, schmalen Straße mit einer niedrigen Mauer auf beiden Seiten befand. Er war am Ende des Dorfes angelangt, die Straße führte zu einer verwirrenden

Vielfalt kleiner Äcker, auf denen sorgsam gehütetes Gemüse wuchs. Er wollte gerade umkehren, als er einen kleinen grünen Lastwagen um die nächste Kurve knattern sah. Es war ein schäbiger Lieferwagen mit verwirrend schiefem Kühlergrill zwischen verrosteten Scheinwerfern auf zerbeulten Schutzblechen. Als der Wagen auf ihn zugerast kam, erkannte er den Fahrer, einen jungen Mann mit hellblauem Rollkragenpullover, es war derselbe unerschütterliche junge Mann, der Pullinis Limousine chauffiert hatte. Er wollte schon die Hand zu einem Gruß heben, als ihm bewusst wurde, dass der Lieferwagen direkt auf ihn zukam, die linken Räder auf dem Fußweg, das Schutzblech rasierte die bröcklige Mauer. Der Lieferwagen ließ die heisere Hupe ertönen, aber der Commissaris hatte keinen Platz, um auszuweichen, und richtete seinen Stock in einer zwecklosen Trotzgeste gegen ihn.

Siebzehn

Brigadier de Gier schaute auf die viereckige elektrische Wanduhr, die, soweit er sich erinnern konnte, schon immer an einem unwahrscheinlich dünnen und krummen Nagel hing, der locker im weichen Putz seiner Bürowand steckte. Die Uhr hatte soeben fünf Minuten vor acht gezeigt und war mit einem unheimlich leisen Knacken auf vier vor acht weitergerückt.

«Es ist morgens», sagte er, und seine Stimme hallte im leeren Zimmer wider. Der hohle, falsche Klang schickte ihm einen Schauer den Rücken hinunter. «Es ist *sehr* frühmorgens», flüsterte er. Die Kaffeemaschine im Waschraum war leer. Der Zigarettenautomat in der Eingangshalle war kaputt. Der Tabakladen öffnete erst nach neun. Cardozo und sein Plastikbeutel mit krümeligem, billigem Shag waren nirgendwo in Sicht. Grijpstra und seine flache Zigarillodose waren noch nicht da. Das Büro des Commissaris war fest verschlossen. Es gab nichts zu tun, als die Uhr anzustarren und den Schreibtischkalender, auf dem nichts eingetragen war.

«Das Nächstliegende zuerst», sagte de Gier und sprang auf. Er hatte im Korridor ein Geräusch gehört. Er riss die Tür auf, sprang hinaus und stieß mit einer uniformierten Sekretärin vom Verkehrsdezernat zusammen. Sie trug auf der blauen Jacke die Streifen eines Konstabels.

«Liebling», murmelte de Gier, umarmte das pummelige Mädchen und atmete gegen die dicken Brillengläser. «Du rauchst, nicht wahr? Sag, dass du rauchst.»

Sie hatte die Schultertasche fallen lassen; die Brille rutschte auf der kurzen, breiten Nase nach unten.

«Ja», sagte sie an de Giers Schulter. «Ja, ich rauche, Brigadier.»

«Ein halbes Päckchen», flüsterte er. «Gib mir ein halbes Päckchen, dann kann ich heute vielleicht arbeiten. Den schrecklichen Mörder schnappen, den heimtückischen Giftmischer erwischen, de Aap in die Falle locken. Bitte. Ja, Liebste?»

Die Brille fiel, aber er schob die Brust vor, sodass sie am obersten Knopf seiner Jacke hängen blieb. Er nahm sie, ließ das Mädchen los, zog sein Taschentuch heraus und putzte die Gläser, bevor er sie ihm sanft wieder auf die Nase setzte und die Bügel hinter die Ohren steckte.

«Das solltest du nicht tun», sagte das Mädchen. «Du bist ein Ferkel, Brigadier.» Sie atmete noch immer etwas unregelmäßig, aber ihr angespanntes schwaches Lächeln hatte einen harten Zug. «Dir sind also die Zigaretten ausgegangen?»

«Ja, Liebling», sagte de Gier, «und ich habe deine Brille aufgefangen. Sie wäre zerbrochen, wenn ich sie nicht aufgefangen hätte, du würdest blind wie ein Maulwurf sein, denn auf dem hässlichen Fußboden wäre sie zersplittert.»

«Ich werde dir keine Zigaretten geben», sagte sie mit fester Stimme, «es sei denn ...»

«Ich werde dich küssen», sagte de Gier. «Wie wäre das?»

«Auf die Knie!»

«Was?»

«Auf die Knie!»

De Gier schaute sich um. Im langen Korridor war niemand zu sehen. Er fiel auf die Knie.

«Sprich mir nach: ‹Ich bin ein männlicher Chauvinist.›»

«Ich bin ein männlicher Chauvinist.»

Sie öffnete die Tasche und nahm ein Päckchen Zigaretten heraus. De Gier warf einen Blick auf die Marke. Es war die falsche. Lang und dünn mit niedrigem Teergehalt und ohne Geschmack und mit durchlöchertem Filter, durch die der Rauch entwich, ehe er seinen Mund erreichte. Er verzog verächtlich den Mund, aber sie beobachtete sein Gesicht, also lächelte er freundlich.

«Ich gebe dir vier, mehr bist du nicht wert.» Sie zählte sie ihm auf die offene Hand.

«Na, na, na», sagte Grijpstra.

Das Mädchen war weitergegangen, die Absätze klapperten hart auf dem dicken Linoleum des Korridors. De Gier war aufgestanden.

«Ja, ja, ja», brummte Grijpstra, als er das Zimmer betrat.

«Na, was, Adjudant? Ich hatte keine Zigaretten mehr.»

Grijpstras Grinsen wurde noch breiter. «Ha!»

«Was heißt hier ha, Adjudant?»

«Schade, dass Cardozo nicht hier war. Da ist er! Wieder mal zu spät, wie immer.»

Cardozo schaute auf seine Uhr. «Fünf vor neun, Adjudant.»

«Schon gut.»

Zusammen gingen sie hinein. Cardozo wurde zum Kaffeeholen geschickt und sollte aus der eigenen Tasche bezahlen. De Gier paffte seine Zigarette, warf sie auf den Boden und stampfte darauf. Cardozo kam wieder.

«Gib mir deinen Beutel, Cardozo, Zigarettenpapier und Feuer.»

Cardozo setzte die Kaffeebecher ab und fischte einen Plastikbeutel mit Shag aus der Tasche. «Rauchen kannst du ja wohl selbst, Brigadier, oder?»

De Gier streckte die Hand nach dem Beutel aus. Die drei Männer rauchten, tranken Kaffee und starrten sich gegenseitig an. Grijpstra seufzte. «Nun …»

«Ja?»

«Mir scheint, der Fall ist gelöst. Ich habe die Sekretärin des Commissaris vorhin gesprochen. Der Alte ist nach Mailand gereist und wird morgen zurückerwartet. Er hat sie gestern Abend angerufen und wollte Papa Pullinis Telefonnummer in Sesto San Giovanni, einem kleinen Ort bei Mailand. Das Rückflugticket muss einen schönen Haufen Geld kosten, das er nicht verschwenden würde, nicht wahr?»

De Gier streckte sich und begann zu husten. Er funkelte Cardozo an. «Ein schreckliches Kraut, du solltest die Marke wechseln.» Cardozo wollte etwas sagen, aber dann unterließ er es.

«Stimmt», sagte de Gier. «Francesco ist also unser Mann, wie wir es uns schon gedacht hatten, aber es besteht noch die Möglichkeit, dass wir uns irren, denn auch der Commissaris könnte sich irren.»

Grijpstra gähnte.

«Die Möglichkeit ist gering, aber dennoch – gehen wir den Fall noch einmal durch: Warum haben wir uns für Francesco entschieden?»

«Aus einer Reihe von Gründen», sagte Grijpstra geduldig, «die alle dürftig und nicht gut genug sind, um vor Gericht bestehen zu können.»

«Nenne uns die Gründe.»

«Gut. Wir waren übereinstimmend der Meinung, wer lange Zigarillos mit Plastikmundstück – das wie Elfenbein aussieht – raucht, muss eitel sein. Wir hatten drei Verdächtige, abgesehen von Gabrielle. Alle drei sind eitel. Bergen ist ein gut gekleideter Herr, wenn er nicht in der Zurückgezogenheit seines Hauses in Lumpen herumläuft. De Aap ist ein seltsam aussehender Mensch, aber er bemüht sich sehr um seine äußere Erscheinung. Und Francesco trocknet und frisiert sein hübsches Haar mit einem Föhn und trägt einen seidenen Morgenrock. Alle drei Verdächtigen sind eitel, aber Francesco gewinnt das Rennen. Ein sehr schwacher Hinweis, aber damit können wir weitermachen, wenn sich andere Hinweise finden lassen, die das bekräftigen.

Ein Mann, der eine Frau die Treppe hinunterstößt, ist gewalttätig. Wir konnten uns nicht vorstellen, dass Bergen Elaine schubst, und es fiel uns schwer, dies von de Aap anzunehmen. De Aap ist gewalttätig, denn er ließ dich in den Fluss stürzen, aber du bist ein Mann und nicht eine hübsch gekleidete Frau in ihrem eigenen Haus. Francesco könnte ein reizbarer junger Bursche sein, der auch ein Motiv hatte. Er meinte, die Firma Carnet schulde ihm achtzigtausend Gulden, und wir wissen, dass Elaine Carnet diesen Betrag in bar vom Bankkonto ihres Unternehmens abgehoben hat. Die Zahlen stimmen überein. Sie hatte das Geld am Abend ihres Todes bei sich, Francesco könnte sie besucht haben. Nehmen wir an, sie hat ihm das Geld gezeigt, wollte es aber nicht herausrücken, deshalb springt er sie an, stimmt's?»

«Hmm.»

«Es war deine Idee», sagte Grijpstra, «und ich habe ihr beigepflichtet. Achtzigtausend Gulden sind ein Motiv. Welche Motive könnten Bergen und de Aap haben?»

«Der Ehering.»

«Ja, Brigadier, ein starker Hinweis. Ein Ehering auf dem Fußboden, und die Dame war nie verheiratet. Dennoch trug sie den Ring. Und sie warf ihn an dem Abend auf den Boden, er ist ihr nicht einfach vom Finger gefallen. Ehe, Liebe, oder Mangel an Liebe.»

«Demütigung», sagte de Gier.

«Genau. Heutzutage demütigen die Frauen die Männer gern. Erst vorhin hast du im Korridor demütig auf dem Boden gekniet. Du wolltest eine Zigarette, glaube ich, und das Mädchen nutzte seine Macht aus.»

«Was?» Cardozo war aufgesprungen. «Der Brigadier auf dem Fußboden? Was ist passiert?»

«Wenn du pünktlich gewesen wärst, hättest du gesehen, was passiert ist. Ein weiblicher Konstabel hatte unseren Brigadier auf den Fußboden, in die Knie gezwungen.»

«Wirklich?»

«Lass gut sein», sagte de Gier. «Ich habe nur mitgespielt. Du hast Recht mit der Demütigung. Du sagst also, Elaine Carnet hat ihren Mörder in eine Lage gebracht, in der er sich dumm vorkam, und seine beklagenswert missliche Situation hatte etwas mit ihrem Ehering zu tun. Aber Francesco ist ein junger Mann, er konnte Elaine Carnet 1945 oder 46 noch nicht schwängern.»

«Aber Papa Pullini hätte es können. Papa Pullini ist Geschäftsmann und war es auch 1945. Er muss gereist sein. Wir wissen, er spricht französisch, Bergen hat es uns gesagt. Vielleicht ist er nach Paris gekommen, hat sich in einen Nachtclub verirrt, die schöne Sängerin gesehen, ihr einen Strauß Rosen geschenkt, sich in sie verliebt.»

«Also wartet sie dreißig Jahre und rächt sich an Papa Pullinis Sohn – willst du das damit sagen?»

Grijpstra stand auf und ging zum Fenster.

«Sehr schwach», sagte de Gier leise. «Was wäre nun, wenn Bergen der verruchte Vater ist? Oder de Aap? Sie sind im richtigen Alter.»

Grijpstra drehte sich um. «Ich weiß. Aber der Commissaris ist nach Mailand geflogen. Ich habe auch an Bergen gedacht, aber warum sollte sie ihn zum Geschäftspartner machen? Und das Gleiche gilt für de Aap. Sie hat mit beiden Männern jahrelang zusammengearbeitet. Warum sollte sie mit einem Mann zusammenarbeiten und ihre Gewinne mit ihm teilen, wenn sie jeden Grund hatte, ihn zu verabscheuen? Und wie passen die achtzigtausend Gulden dazu? Und die zwanzigtausend, die de Aap geborgt und zurückgegeben hat? Das Geld ist da. Hast du das Geld gezählt, das Gabrielle dir gezeigt hat, Cardozo?»

«Ja, Adjudant. Es waren hundert Tausendguldenscheine, achtzig neue, zwanzig leicht abgegriffene.»

Grijpstra hob den Zeigefinger. «Siehst du, Brigadier? Das Geld war da. Francesco hat alles an sich genommen und ist damit aus dem Haus gelaufen. Er hat das Geld im Hotel gezählt und festgestellt, dass er mehr hatte als erwartet. Er hat Gabrielle angerufen. Sie sagt, dass sie seine Fingerabdrücke beseitigt hat und er in Sicherheit sei, aber er müsse ihr das Geld zurückbringen. Vermutlich hat sie versprochen, ihm die achtzigtausend später zu zahlen, offiziell, vom Konto der Firma – sie konnte ihm das versprechen, weil sie die Firma erbt, Bergen gehört nur ein Viertel, sie könnte seine Entscheidungen alle überstimmen. Ich bin sicher, dass Francesco die zwanzigtausend sowieso zurückgegeben hätte. Ich halte ihn nicht für einen Dieb. Er wollte nur, was ihm zustand.»

«Und er hat Elaine im Zorn umgebracht», sagte de Gier bedächtig. «Das wird ihm vor Gericht helfen, wenn er gesteht. Er sollte zu uns kommen und sich stellen, deshalb wollte der Commissaris auch nicht, dass wir während seiner Abwesenheit jemanden festnehmen.»

«Genau.»

«Adjudant?»

«Ja, Cardozo?»

«Aber Elaine war ein ganz schön verkommenes Weibsstück, nicht wahr? Sie wusste, dass ihre Tochter mit Francesco schlief und er Gabrielles Halbbruder ist. Sie hätte dem Verhältnis ein Ende setzen können, nicht wahr?»

Grijpstra zuckte die Achseln. «Vielleicht, aber Gabrielle hätte sich möglicherweise nichts daraus gemacht. Ich würde sagen, Gabrielle empfand wirklich nur etwas für de Aap, dass Francesco nur so nebenbei war, ihr Gefühl für ihn zwar stark genug war, ihn vor uns zu schützen, aber – auf dich ist sie doch auch gleich geflogen, oder? Sie ist vermutlich mit Sex und Gefühlen sehr freigiebig.»

Cardozo errötete.

De Gier stand ebenfalls auf und ging zu Grijpstra ans Fenster. «Ich weiß nicht, Grijpstra. Elaine hatte ein Verhältnis mit de Aap, und er hat damit Schluss gemacht, sogar auf Kosten seiner Stellung in der Firma. Als Nächstes erfahren wir, dass Gabrielle zu ihm ins Bett gekrochen ist. Elaine könnte es gewusst haben. Es könnte eine schreckliche Szene zwischen Mutter und Tochter gegeben haben, was auch den Ehering auf dem Fußboden erklären würde. Gabrielle bringt ihre Mutter um. So hat sie die Firma und de Aap und ist für immer frei.»

«Und wer hat an dem Abend die Zigarillos geraucht?»

De Gier ging wieder an seinen Schreibtisch. «Stimmt. Es wäre gut, wenn wir für diese Seite des Falles Beweise hätten, nicht wahr?»

«Hier», sagte Grijpstra.

Sie schauten alle auf die lange schmale Zigarillodose, die der Adjudant auf de Giers Schreibtisch gelegt hatte. «Zigarillos aus Brasilien, Marke Senhorita. Ich habe diese Blechdose gestern Abend spät gefunden und musste meinen Vetter wecken, dem ein Tabakladen gehört. Teure Zigarillos für erfolgreiche Geschäftsleute, mein Vetter verkauft nicht viele davon. Er sagt, es seien ausgezeichnete Zigarillos. Vielleicht hat er Recht, ich habe einen probiert, sie schmecken, als seien sie ziemlich parfümiert. Cardozo kann die Dose nehmen und sich am Tabakwarenstand im Hotel *Pulitzer* und bei den anderen Tabakhändlern in der Umgebung erkundigen. Es sollte ihm möglich sein, mit einer Aussage zurückzukommen, in der es heißt, ein Mann, auf den die Beschreibung von Francesco passt, hat die Zigarillos am Abend des Todes von Mevrouw Carnet gekauft. Die Aussage wird vor Gericht nicht viel bedeuten, aber sie ist dennoch zu verwerten. Zumindest werden wir beweisen können, dass Francesco gelogen hat, als er sagte, er habe Elaine am Abend ihres Todes nicht besucht.»

Cardozo nahm die Blechdose und ging.

«Können wir noch was tun, solange der Commissaris weg ist?»

Grijpstra grinste. «Klar. Wir können in die Imbissstube um die Ecke gehen, guten Kaffee trinken und uns ruhige zwanzig Minuten gönnen. Und dann könnten wir de Aap noch einmal besuchen.»

«Warum?»

«Warum nicht? Er ist ein interessanter Mensch, oder?»

«Gut. Und Bergen?»

«Er wird heute Morgen wieder untersucht, aber ich denke, wir sollten uns im Laufe des Tages mit ihm in Verbindung setzen. Selbstverständlich haben sie alle gelogen, Tatsachen verschwiegen. Alle haben gehofft, wir würden aufgeben und uns den leichtesten Ausweg überlegen.»

De Gier nickte. «Den Tod als Unfall abschreiben. Gut, wir werden gehen und sie auf Trab bringen, aber ich halte es nicht für nötig. Der Commissaris muss mit überzeugenden Ergebnissen zurückkommen.»

«Ich glaube, ich werde Söldner», sagte de Gier wenig später in der Imbissstube. Er hielt die Zeitung hoch und zeigte Grijpstra das Foto eines dicken, fröhlichen Schwarzen in Generalsuniform. «Dieser Kerl hat einige hunderttausend Menschen in seinem Land umgebracht, warum gehen wir nicht hin und schnappen ihn? Warum müssen wir hinter einem kleinen Italiener her sein, der wirklich keinem etwas Böses will?»

Grijpstra verschluckte sich an einem Fleischbrötchen. De Gier wartete.

«Der Italiener ist hier», sagte Grijpstra schließlich, als er aufgehört hatte zu husten.

«Wir könnten ja hinreisen, nicht wahr?»

«Ich bin ebenfalls hier.»

«Und wenn du dort wärst?»

Grijpstra nahm die Zeitung und betrachtete das Foto. Der dicke General lächelte immer noch. Grijpstra steckte den Rest des Brötchens in den Mund. Er kaute eine Minute lang.

«Nun?»

«Ich würde ihn umbringen», sagte Grijpstra und wischte sich den Mund ab. «Das wäre ein Spaß. Wir könnten es sorgfältig planen, dass es wie ein Unfall aussieht, ihm eine Falle stellen. Dem Commissaris würde das auch gefallen. Er könnte in seiner Badewanne sitzen und hinterlistig eine Falle konstruieren, Schritt für Schritt, einer rutschiger als der andere. Beispielsweise könnte er ein Sicherheitssystem zum Schutze des Generals schaffen, das dann plötzlich versagt und ‹Peng› ...»

Grijpstra tippte dem General mit dem Finger auf die Stirn. Sie gingen zusammen zur Theke. Grijpstra trat einen Schritt zurück, damit de Gier zahlen konnte.

«Ja», sagte de Gier, «das würde dem Commissaris gefallen.»

Achtzehn

«Mir tun sehr, sehr Leid», sagte Pullini. «Ich werden kaufen Eraldo neue Wagen. Alte Wagen Bremse schlecht. Ich oft warnen, aber Eraldo fahren weiter mit Wagen. Eraldo sagen, Ihre Stock zerbrochen, ja?»

Der Commissaris griff in seine Tasche. Er legte den Knauf auf den Tisch. Pullini nahm ihn. Er schüttelte bestürzt schweigend den Kopf.

«Hübsche Griff, schöne Griff. Vielleicht ich kann besorgen Ihnen neue Stock. Mir tun wirklich sehr Leid. Eraldo hätten können umfahren Sie, ja? Er glücklicherweise reißen rechtzeitig Steuer herum, aber wir annehmen, wenn nicht, was dann passieren? Commissario von Stadtpolizei in Amsterdam tot in Sesto San Giovanni. Selbstverständlich Unfall.

Polizei hier sagen Unfall. Eraldo sagen Unfall. Viele Zeugen sagen Unfall. Aber Sie ein tote Commissario.»

Der Commissaris nahm die Brille ab und putzte sie. Seine Augen zwinkerten. Der Wein war ausgezeichnet gewesen, das Essen ebenfalls. Vorzüglich zubereitete Speisen für einen wirklichen Feinschmecker. Ein herrlicher Salat. Sogar das Eis war hervorragend gewesen, und die Bedienung könnte man als persönlich bezeichnen, als sehr persönlich. Renata hatte jede Speise selbst serviert und sich zwischen den Gängen in der Nähe des Tisches aufgehalten, sie hatte es vermocht, gleichzeitig unauffällig und reizend zu sein.

Er konnte ebenso wenig etwas gegen Pullinis guten Geschmack einwenden wie gegen Eraldos kleinen grünen Lieferwagen, der ihn zwar verfehlt, dafür aber seinen Stock erwischt und zerbrochen hatte. Eraldo war wirklich ein guter Fahrer. Pullinis Chauffeur war ein Risiko eingegangen, nur noch wenige Zentimeter, und der Commissaris wäre am Ärmel erfasst, herumgewirbelt und auf das Straßenpflaster geschleudert worden. Tatsächlich war er nur hingefallen, aber der Lieferwagen war, trotz angeblich nicht funktionierender Bremsen, hundert Meter weiter stehen geblieben und zurückgekommen, um ihn abzuholen. Eraldo war äußerst reumütig und besorgt gewesen. Er hatte die Jacke des Commissaris abgeklopft, ihm beim Einsteigen in die Fahrerkabine geholfen und ihn am Ristorante Pullini abgesetzt. Ein prima Schauspiel.

«Jetzt», sagte Pullini und rieb sich die breiten Hände, «wir haben gegessen, jetzt wir sprechen. Etwas ich jetzt verstehen. Francesco dumm gewesen. Elaine auch dumm gewesen. Noch dummer, denn jetzt sie tot.»

«Haben Sie heute Nachmittag mit Ihrem Sohn gesprochen?»

«O ja.» Pullini lächelte gutmütig. Ja, er habe ihn endlich in

Amsterdam erreicht. Francesco sei ganz sicher, die Polizei verdächtige ihn, er habe Signora Carnet die Treppe hinuntergestoßen, und er sei auch ganz sicher, dass die Polizei ihn festnehmen werde. Den Pass habe man ihm bereits abgenommen, bald sei er vielleicht im Gefängnis.

«Und hat er Mevrouw Carnet umgebracht?»

Pullini ballte die rechte Hand und drehte sie um. Nun, vielleicht sei etwas passiert. Aber selbstverständlich sei es ein Unfall gewesen. Francesco sei sehr aufgeregt gewesen, auch am Telefon. Vielleicht hätte Papa Pullini seinem Sohn erzählen sollen von dem Liebesabenteuer vor so langer Zeit und so weit entfernt, nämlich in Paris.

Pullini goss noch Wein ein, einen schweren Wein. Er vergoss einige Tropfen, woraufhin Renata schnell und geschmeidig an den Tisch trat und Salz auf den Fleck streute. Pullini sprach unaufhörlich. Er sei damals in Paris gewesen, um Luxusgüter zu kaufen, die er amerikanischen Offizieren in Mailand verkaufen konnte. Er habe eine schöne Zeit erlebt, wenn sie auch schwierig gewesen sei, weil er so viel zu lernen hatte. Glücklicherweise hätten einige amerikanische Offiziere italienisch gesprochen. Sie seien ihm eine Hilfe gewesen, aber dennoch. Er gestikulierte wild. Dennoch sei es ein Kampf gewesen, ja. Aber er habe das nötige Kapital verdient, um seine Möbelfabrik zu kaufen. Und er habe sich in Paris amüsiert.

«Wo Sie Elaine Carnet kennen gelernt haben?»

«O ja.»

«Aber Sie haben sie nicht geheiratet. Warum nicht, Signor Pullini?»

Erstaunen breitete sich über Pullinis glänzende Wangen aus. Eine Nachtclubsängerin heiraten? Eine Ausländerin? Nachdem er soeben sein ganzes Kapital in eine Möbelfabrik investiert habe? Damals habe er Verbindungen gebraucht. Er habe Textilien gebraucht, um seine Möbel zu polstern, nicht wahr? Und die junge Dame, die er geheiratet habe, sei die Tochter eines Textilienherstellers gewesen.

«Francesco glaubt also, wir würden ihn ins Gefängnis stecken?» Der Commissaris fragte ganz sanft, wobei er die Lippen mit einer schneeweißen Serviette abtupfte, die Renata ihm gereicht hatte.

Er hatte sich einige Sekunden Zeit gelassen, um Renata zu bewundern. Sie hatte es gesehen und die kohlrabenschwarzen Augen aufblitzen lassen. Pullini hatte es ebenfalls bemerkt. Er grinste.

«Sie Ihnen gefallen, ja?»

«Sie ist schön», bestätigte der Commissaris.

«Renata oben wohnen. Vielleicht wir später trinken eine kleine Glas mit ihr, ja? Restaurant bald schließen.»

«Gefängnis», erinnerte der Commissaris seinen Gastgeber.

Pullini lachte. Ja. Francesco sei ein so lieber Junge, er bilde sich alles Mögliche ein. Pullini sah plötzlich traurig aus. Er setzte zu einem neuen Monolog an. Polizisten würden in Italien sehr schlecht bezahlt, was sehr gedankenlos von der Regierung sei, zweifellos sei es in Holland das Gleiche. Polizisten seien schwer arbeitende Beamte, aber wer denke an sie, wenn sie mitten in der Nacht bei der Verfolgung böser Menschen ihr Leben riskierten? Oder in einem fremden Land beinahe von einem Lastwagen überfahren werden? Deshalb dächten viele Polizisten manchmal auch an sich und arrangierten dieses oder jenes ein wenig. Pullini drehte die geballte Faust wieder, als wolle er ein Loch in eine Wand bohren. Polizisten seien mit vielen Menschen bekannt. Vielleicht wünschten einige dieser Leute eine Verbindung zum Möbelhandel. Es könnte möglich sein, dass ein gewisser Commissario gern eine Verbindung zu einem gewissen Möbelunternehmen hätte, sagen wir auf monatlicher Basis. Oder jährlicher. Einen Anteil am Gewinn. Vielleicht noch ein wenig Wein?

«Ja», sagte der Commissaris und lächelte wohlwollend. Noch ein Glas von diesem majestätischen Wein.

«Na?», fragte Pullini.

«Nein, Signore. Vielleicht werden italienische Polizeibeamte schlecht bezahlt, aber die niederländische Polizei kann nicht klagen. Ihre Gehälter sind durchaus angemessen. Und sie ist an Geschäften nicht interessiert. Geschäfte haben etwas zu tun mit Kaufen und Verkaufen und Verteilen und so weiter; niederländische Polizisten verdienen sich ihren Lebensunterhalt auf andere Weise, Signor Pullini, auf ganz andere.»

Pullini wischte sich über das Gesicht. Seine Augen, leicht blutunterlaufen, wurden ruhig. Er hob sein Glas, aber es war leer, und Renata kam näher. Er winkte ab.

«Ihr Bein», sagte Pullini sanft, «es schmerzen, ja?»

«Ja, ich leide an Rheuma.»

Ah. Pullinis Augen glänzten wieder. Über Rheuma wisse er Bescheid. Seine Mutter, die alte Signora Pullini, sie ruhe in Frieden, habe auch an Rheuma gelitten, aber sie sei in die Berge gegangen und habe keine Schmerzen mehr gehabt. Sie sei jetzt tot, aber ihre letzten Jahre seien friedlich gewesen. Keine Schmerzen, überhaupt keine. Die Gebirgsluft sei rein und ruhig und dafür bekannt, dass sie viele Leiden heile. Und zufällig habe er, Pullini, ein kleines Sommerhäuschen zu verkaufen, ein wunderschönes Sommerhäuschen. Einem Freund würde er einen sehr annehmbaren Preis machen, es würde fast nichts kosten, vielleicht gar nichts. Ein symbolischer Betrag, damit die Eigentumsurkunde übergeben und auf den Namen des Freundes registriert werden könne.

Der Commissaris hob sein Glas, das Renata füllte.

Die kohlrabenschwarzen Augen blitzten, die Hüften bewegten sich geschmeidig, ein Schlitz des engen Rockes öffnete sich, ein strammer weißer Schenkel schimmerte.

«Vielleicht», sagte Pullini sanft, «vielleicht wir jetzt nach oben gehen und über Sommerhäuschen sprechen, ja?»

Aber der Commissaris schüttelte den Kopf. «Nein.»

Pullini atmete aus. Das Ausatmen dauerte einige Sekunden und schien alle Luft aus seinem Körper entweichen zu lassen. Er sank in seinen Sessel zurück. Als er wieder sprach, war seine Stimme leise und präzise.

«Commissario, was Sie können beweisen meine Sohn?»

Der Commissaris setzte sein Glas ab. «Genug, Signore. Es gibt Zeugenaussagen. Ihr Sohn hat uns belogen, was wir ihm nachweisen können. Meine Beamten arbeiten jetzt daran, aber eigentlich brauchen wir keine neuen Beweise mehr. Der Richter wird Ihren Sohn verurteilen.»

Pullini schaute Renata an. Er lächelte hilflos.

Sie hob die Flasche, er nickte.

«Warum, Commissario, Sie dann nicht festnehmen meine Sohn? Er in Hotel, ja? Nicht in Gefängnis.»

«Ihr Sohn muss gestehen, Signore. Er muss zu uns kommen und sagen, was und wie und warum er es getan hat. Er muss alles genau beschreiben, was geschehen ist.»

«Warum, Commissario?»

«Es wird besser für ihn sein. Ihr Sohn hat Elaine Carnet nicht ermordet, er hat sie nur getötet. Er wollte nicht vorsätzlich ihren Tod. Er ist zornig geworden und hat sie gestoßen, mehr nicht.»

Pullinis schwerer Körper hatte sich aufgerichtet. Er starrte seinen Gegner an. Mit der Hand knüllte und verrückte er die Tischdecke.

«Ja? Also gut, Francesco gestehen, dann Richter schicken ihn in Gefängnis. Für wie lange?»

«Für nicht sehr lange.»

«Für Jahre?»

«Für Monate, es gibt mildernde Umstände. Wir werden mit unserer Anschuldigung zurückhaltend sein. Aber er muss zu uns kommen, er muss sagen, was er getan hat.»

Ein kalter, berechnender Glanz hatte sich in Pullinis Augen geschlichen. «Er also gestehen, dann sehr leicht für Stadtpolizei von Amsterdam, ist nicht so? Polizei vielleicht nichts wissen, vielleicht nur vermuten, und hier kommen dumme italienische Junge und sagen: ‹Ich schuldig, bitte mich festnehmen.›»

«Nein, wir wissen, was er getan hat. Wenn er nicht von sich aus kommt, müssen wir ihn aus dem Hotel holen. Der Fall würde dann viel schlimmer sein für ihn.»

Pullinis Mund bemühte sich um ein höhnisches Lächeln, aber der Ausdruck verging bebend, bevor er überhaupt die Möglichkeit hatte, sich klar auszubilden. Das höhnische Lächeln wurde zu einem freudlosen Lächeln, bei dem kaum mehr herauskam, als dass Pullini sein teures Gebiss zeigte.

«Sie stellen mir Falle, ja? Ich sagen Ihnen, dass Francesco umgestoßen haben Elaine. Ich wissen, weil Francesco mir erzählen. Er mir auch berichten von achtzigtausend Gulden. Er schon gestehen Unfall und Stehlen von Vater. Ich schon wissen, er stehlen, nicht wie viel, aber das unwichtig. Seine Leben anders als meine, für Francesco von Anfang an alles leicht, zu leicht. Vielleicht besser, wenn anfangen mit Küken und eine Pfau. Na …»

Er hob die Hände langsam von der Tischdecke und ließ sie dann wieder fallen. «Sie stellen mir Falle, ja. Aber woher Sie das alles wissen? Woher wissen, dass Gabrielle Tochter von Pullini?»

Nachdem Pullini seine Schläue abgelegt hatte, veränderte

sein Gesicht sich eigenartig, vielleicht zu seinem echtesten Ausdruck. Die kräftigen Kiefer glätteten sich zu runden, unschuldigen Konturen, die sich fortsetzten und auch den kahlen Schädel erfassten, und die Augen, ihres verschmitzten Glanzes beraubt, wurden sanft und beinahe durchsichtig.

Der Commissaris zeigte mit seiner kleinen, mageren Hand zur Wand, und Pullini drehte sich um, damit er sehen konnte, was es dort gab. Das Porträt einer singenden jungen Frau, deren weicher Arm auf einem Piano lag.

«Elaine», sagte Pullini. «Ja, das sein Elaine. *War* Elaine, vor dreißig Jahre in Paris. Aber sie muss haben geändert sich in dreißig Jahre, Francesco sie so nicht kennen. Sie überhaupt nicht kennen. Woher Sie wissen, das Elaine. Sie wieder vermuten, ja?»

«Es gibt eine Kopie von dem Porträt.» Der Commissaris erzählte ihm, wo er sie gesehen hatte.

Pullini nickte. «Zwei Porträt, eh? Elaine eine behalten und eine mir schicken. In Paket; keine Brief, nichts. Nur Porträt. Mir gefallen und hier aufhängen, in meine Ristorante, wo ich essen jeden Tag. Ich nicht oft heimgehen. Aber für Sie keine Beweis, Commissario. Sie nicht wissen, dass Elaine mir Porträt schicken. Sie Porträt erst sehen, als Sie herkommen.»

«Jetzt ist es ein Beweis», sagte der Commissaris und hob sein Glas. Renata brachte eine neue Flasche Wein. Die anderen Gäste waren gegangen, die beiden Männer hatten das Restaurant und die Frau ganz für sich. Renata verschloss die Tür und knipste die meisten Lampen aus. Das Gespräch wurde nicht mehr fortgesetzt, bis Renata die Tür öffnete und die beiden Männer auf die Straße traten und sich auf den kurzen Weg zum Hotel machten, gegenseitig die Arme um die Schultern gelegt und einträchtig schwankend.

«Sie morgen abreisen, ja?»

«Ja.»
«Ich mitkommen. Wann Ihr Flugzeug starten?»
«Um zehn Uhr morgens.»
«Gut, wir zusammen frühstücken, ja?»
«Ja.»
Der Wein war gut. Mit ihm versickerten Aggression und Widerstand. Ihre Umarmung war friedlich und würdevoll.
«Es tun mir Leid wegen Lieferwagen von Eraldo. Aber ich versuchen, ja? Eraldo gute Fahrer. Wenn man ihm sagen, nicht überfahren, er nicht überfahren.»
«Ja», sagte der Commissaris.
«Morgen ich kaufen neue Stock. Ich haben Griff. Selbe Griff, neue Stock.»
Sie starrten einander ins Gesicht. Der Halbmond hatte den kleinen, stillen Platz in ein unheimlich sanftes, milchigweißes Licht getaucht, das die große dunkle Masse einer breitästigen Eiche umgab, ein tröstendes zentrales Ornament, das die Pflastersteine mit seinen tiefpurpurnen, sich fast unmerklich bewegenden Schatten streichelte. Der Commissaris beobachtete, wie sich Pullinis untersetzte Gestalt schwerfällig umdrehte. Pullini konnte noch allein gehen, aber er musste seinen Weg auf dem stillen Platz suchen und immer wieder nach wenigen Schritten stehen bleiben, um sich über die Richtung klar zu werden. Drei kleine Fiat vom gleichen Modell, die ihre Nase bis auf den Bürgersteig geschoben hatten, boten ihm nacheinander Halt, bis er zuletzt mit fester Entschlossenheit vorwärts stürzte und den gähnend dunklen Mund der kleinen Gasse entdeckte, die ihn wieder zu seinem Restaurant und den Tröstungen Renatas zurückbringen würde.
Der Commissaris schüttelte den Kopf und ging in Richtung Hoteleingang. Überrascht stellte er fest, dass er wieder nüch-

tern geworden und nicht einmal müde war. Es schien schade zu sein, sich von der Stille des Platzes abzuwenden. Er kehrte deshalb um und spürte die glatte Oberfläche der Pflastersteine durch die dünnen Schuhsohlen. Er lehnte sich eine Weile an den Eichenstamm, bis ihm kalt wurde und er sich widerwillig vom Baum löste.

Der Fall war gelöst. Er war sehr schlau vorgegangen, hatte seinen Angriff auf wacklige Beweise und ein Netz von Deduktionen gegründet, das zwar schlüssig war, aber von jedem Verteidiger zerrissen werden könnte. Hätte er sich mehr Zeit gelassen, würde er die Beweise ausreichend erhärtet haben, damit sie vor Gericht standhielten, aber er hatte den Fall mit halsbrecherischer Geschwindigkeit beschleunigt. Jetzt würde Francesco jedoch zweifellos gestehen und jede weitere Arbeit überflüssig machen. Die Staatsanwaltschaft würde nicht zu hart mit dem Verdächtigen umspringen und die Strafe milde sein. Das war irgendwie eine erfreuliche Konsequenz der Methode, die er angewendet hatte.

Aber warum hatte er es so höllisch eilig gehabt? Ja. Er nickte mit seinem kleinen Kopf dem polierten Messingknopf an der Hoteltür kräftig zu. An dem Fall war noch mehr dran, und es war besser, wenn er schnell zurückreiste, um zu sehen, wie der Eiter, der aus der Wunde schwärte, die Pullini geschlagen hatte, als er Elaine die Ehe verweigerte, sich weiter ausbreitete. Vielleicht hätte er die anderen Akteure, de Aap, Bergen, Gabrielle und auch Francesco, einsperren lassen sollen. Aber die Polizei hat nicht die Aufgabe, Bürger einzusperren, die sich potenziell gegenseitig gefährden. Der Platz in den Gefängnissen ist beschränkt und für jene reserviert, die ihr falsches Denken in böse Taten umgesetzt haben. Es war besser, wenn er sich schnell auf den Heimweg machte. Aber er würde bis zur Vormittagsmaschine warten müssen.

Inzwischen konnte er noch ein Bad nehmen. Wenn man nichts tun kann, ist es kein schlechter Gedanke, eben nichts zu tun. Die Tiefgründigkeit dieses Gedankens half ihm, die Treppe im Hotel hinaufzusteigen.

Neunzehn

Als Grijpstra in der Garage des Präsidiums den Zündschlüssel des Volkswagen drehte, krächzte eine Stimme aus dem Lautsprecher an der Decke direkt über dem Wagen.

«Adjudant Grijpstra.»

«Nein», sagte Grijpstra, aber er stieg aus und trottete gehorsam zum Telefon, dessen Hörer der für die Garage zuständige Brigadier für ihn hielt.

«Ja?»

«Da ist eine Nachricht für eure Kommission gekommen, Adjudant», sagte ein Konstabel in der Funkzentrale. «Ein gewisser Dr. Havink hat angerufen, und zwar wegen eines Mijnheer Bergen. Dr. Havink wollte nicht speziell dich sprechen, aber er erwähnte Mijnheer Bergen, und einer von der Kripo sagte, er hätte den Namen in der Akte über den Fall Carnet gelesen.»

«Ja, ja, sehr nett von dir, danke, Konstabel. Was war das für eine Nachricht?»

«Dieser Mijnheer Bergen ist verschwunden oder so was. Ich habe das nicht ganz mitgekriegt, aber ich habe Dr. Havinks Nummer hier. Würdest du ihn bitte anrufen, Adjudant?»

«Ja.» Grijpstra notierte die Nummer, winkte de Gier heran und wählte. De Gier hob den Hörer des Nebenanschlusses ab und drückte auf den Knopf.

«Dr. Havink? Kriminalpolizei. Ich glaube, Sie haben soeben angerufen.»

Die Stimme des Arztes war ruhig, unverbindlich. «Ja. Ich mache mir Sorgen um einen Patienten, einen Mijnheer Bergen, Mijnheer Frans Bergen. Sagt Ihnen der Name was?»

«Durchaus, Doktor.»

«Gut, oder vielleicht auch schlecht, ich weiß es nicht. Der springende Punkt ist, Mijnheer Bergen hatte heute Vormittag in meiner Praxis einen Nervenzusammenbruch und ist gegangen, bevor ich die Möglichkeit hatte, ihn zurückzuhalten. Meine Sprechstundenhilfe sagte, er habe Selbstgespräche geführt und immer wieder die Wörter ‹Polizei› und ‹umbringen› erwähnt. Wollen Sie in meine Praxis kommen, oder kann ich es am Telefon erklären?»

«Sie sagen, Mijnheer Bergen sei weggegangen, Doktor? Hat er gesagt, wohin er wollte?»

«Nein, er hat nicht gesagt, wohin er wollte, und er schien sehr bestürzt zu sein. Meine Sprechstundenhilfe sagt, der Patient habe immer wieder auf seine Tasche geklopft, und es sei möglich, dass er eine Schusswaffe bei sich habe.»

«Erzählen Sie weiter, Doktor.»

Der Bericht des Arztes war klar. Bergen war morgens um halb neun zu seiner Abschlussuntersuchung gekommen. Mit ihr sollte festgestellt werden, ob der Patient einen Tumor im Kopf hatte oder nicht. Das Blut des Patienten war gefärbt und die Durchblutung des Gehirns geprüft worden. Der Befund war negativ, kein Tumor. Der Patient war gebeten worden, in einem kleinen Raum neben dem Sprechzimmer zu warten. Die Tür zwischen beiden Zimmern war halb offen gewesen, sodass Bergen sehen konnte, was der Arzt tat. Dr. Havink hatte sich die Ergebnisse einer anderen Untersuchung angesehen, die nichts mit Bergen zu tun hatte. Der Befund dieser anderen Untersuchung war positiv gewesen, ein Fall von Gehirnkrebs im fortgeschrittenen Stadium. Während Bergen wartete, hatte Dr. Havink einen Kollegen angerufen, um mit ihm die Ergebnisse der Untersuchung des anderen Patienten zu erörtern.

«Ah», sagte Grijpstra. «Ich verstehe, und Bergen konnte hören, was Sie am Telefon sagten.»

«Ja, leider. Ich hätte mich vergewissern müssen, dass die Tür geschlossen ist. Gewöhnlich ist sie zu, aber heute Morgen nicht.»

«Erzählen Sie, Doktor, was haben Sie zu Ihrem Kollegen gesagt?»

Dr. Havink schilderte peinlich genau den Ablauf der Ereignisse. Er habe seinem Kollegen gesagt, der Untersuchungsbefund sei so eindeutig, dass er dem Patienten kaum mehr als eine Woche zu leben gebe und eine Operation sinnlos sein würde. Das Gespräch habe etwa fünf Minuten gedauert, und während dieser Zeit müsse Bergen aus dem kleinen Wartezimmer wieder in das große gegangen sein, wo er, der Sprechstundenhilfe zufolge, umhergegangen sei und laute Selbstgespräche geführt habe.

«Und auf seine Tasche geklopft hat», sagte Grijpstra.

Ja, das auch. Mijnheer Bergen habe von der Polizei, von Geld und vom Umbringen gesprochen. Dann sei er gegangen. Die Sprechstundenhilfe habe versucht, ihn aufzuhalten, aber er habe sie zur Seite geschoben. Und dann habe Dr. Havink die Polizei angerufen.

«Aha, ich verstehe. Wir dürfen also annehmen, Mijnheer Bergen hat Ihr Urteil auf sich bezogen. Ihm war nicht bewusst, dass Sie von einem anderen Patienten sprachen.»

«Ja. Mir tut das sehr Leid. So etwas ist noch nie vorgekommen, aber möglich wäre es gewesen, denn jetzt ist es ja passiert. Mein Arrangement hier ist fehlerhaft. Die Tür zwischen meinem Sprechzimmer und dem kleinen Warteraum hätte geschlossen sein müssen, und ich hätte Mijnheer Bergen unterrichten sollen, dass ich mit ihm über seinen Fall in einer Minute sprechen werde, ich mich jedoch vorher noch um etwas anderes kümmern müsse. Die ganze Angelegenheit ist wirklich scheußlich. Mijnheer Bergen fehlt nichts. Wir haben drei Untersuchungen an ihm vorgenommen, alle mit negativem Befund, obwohl die Röntgenaufnahme eine kleine Verkalkung zeigte, aber das ist nicht ungewöhnlich. Dennoch untersuchen wir in einem solchen Fall weiter, das ist Routine, reine Routine. Mijnheer Bergen hat nur eine Entzündung des Gesichtsnervs, die von selbst heilt; er dürfte sein Gesicht in einigen Tagen wieder bewegen können, würde ich sagen. Aber ich hatte keine Möglichkeit, es ihm mitzuteilen.»

Grijpstra seufzte und schaute de Gier an. De Gier schüttelte den Kopf.

«Ja, Doktor. Vielen Dank, dass Sie uns unterrichtet haben. Wir wollen mal sehen, ob wir Mijnheer Bergen finden können. Können Sie sich zufällig daran erinnern, was er anhatte?»

«Einen dunklen Anzug, zerknittert, als hätte er darin geschlafen, keine Krawatte, offenes Hemd. Er hatte sich nicht rasiert.»

«Vielen Dank.»

De Gier hatte seinen Hörer aufgelegt und sich neben Grijpstra gestellt. «Fahndung auslösen, meinst du nicht auch? Eine Großfahndung. Bergen wird irgendwo herumlaufen. Zu seinem Haus oder ins Büro wird er nicht gegangen sein, aber das werde ich prüfen.»

Am Telefon in Bergens Wohnung meldete sich keiner. Eine

Sekretärin in seinem Büro sagte, er sei nicht da. «Ist Juffrouw Gabrielle Carnet da?» Gabrielle sei noch nicht gekommen. De Gier rief bei ihr zu Hause an. Keine Antwort.

«Gut. Eine Fahndung, was auch dabei herauskommen mag. Die Streifenwagen sehen nie viel, ihre Scheiben sind immer ganz beschlagen.»

Grijpstra rief die Funkzentrale an. Er beschrieb Bergen und fügte hinzu, dieser sei geistig verwirrt und vermutlich bewaffnet. Als er den Hörer auflegte, lächelte er.

«Was ist?»

Grijpstra stieß de Gier mit einem Finger in den Magen. «Verrückte Situation, meinst du nicht auch? Wie der Commissaris bereits sagte, Bergen fehlt nichts, aber er hat sich eingebildet, er sei am Ende, er scheide dahin oder erleide einen völligen Zusammenbruch, von dem er hofft, dass er danach besinnungslos bleibt. Er muss eine Pistole in die Tasche gesteckt haben, bevor er heute Morgen zu Dr. Havinks Klinik ging. Eine Pistole ist ein sehr gewalttätiges Instrument. Er hätte Schlaftabletten kaufen können – er hat sein eigenes Haus und ein Bett.»

De Gier kratzte sich am Hintern. «Schlaftabletten sind nie sehr dramatisch.»

«Stimmt.» Grijpstra lächelte immer noch.

«Aber was ist so komisch?»

«Siehst du das nicht? Der Kerl hat sich geirrt, wie er nur konnte. Er bekommt einen Brief von der Bank, über den man irgendwie verhandeln kann. Banken drohen immer; sie können es sich nicht leisten, eine Firma kaputtzumachen, weil sie sonst ihr Geld nicht wiederbekommen. Aber Bergen beharrt darauf, dass sein Unternehmen erledigt ist. Seine Frau schickt ihm über den Anwalt einen Brief, und er dreht durch. Kann er sich nicht hinsetzen und darüber nachdenken, ob er sie wirklich noch liebt. Falls nicht, gibt es überhaupt keine Probleme; er kann sein Haus verkaufen und sich irgendwo eine schöne Eigentumswohnung oder auch nur ein paar hübsche Zimmer suchen. Bei seinem Einkommen kann er zu den Zimmern noch eine Frau finden und seine Bedingungen stellen. Aber falls er wirklich möchte, dass seine Frau zurückkommt, dann kann er sie suchen und mit ihr reden, oder? Es könnte ja noch die Möglichkeit einer Versöhnung geben, aber nein, er zieht es vor, herumzusausen, sein Haus in einen Schweinestall zu verwandeln, einen seiner Wagen zu ruinieren und Löcher in den Teppich zu brennen.»

«Sehr komisch. Was noch?»

«Nun, diese Lähmung. Du hast gehört, was Dr. Havink gesagt hat. Es ist ein leichtes Leiden, ein Nichts. Es vergeht, wenn er die Geduld hat, einige Tage zu warten. Aber er hat nicht einmal die Geduld zu warten, bis der Arzt aus seinem Sprechzimmer kommt, denn er hat sich bereits überzeugt, dass er an Gehirnkrebs leidet und noch eine Woche zu leben hat, und dann ist er schreiend auf die Straße gelaufen.»

«Sehr lustig. Und jetzt streift er durch die Gegend, ein Tobsüchtiger mit einer tödlichen Waffe. Ist er mit dem Wagen unterwegs?»

«Vermutlich. Wir haben gestern Abend auf seiner Zufahrt einen neuen Volvo gesehen.»

«Er könnte jetzt also Gott weiß wo sein.»

Der Lautsprecher an der Garagendecke quäkte wieder. «Adjudant Grijpstra.»

«Oh, um Himmels willen!» Aber der Adjudant machte kehrt und marschierte wieder zum Telefon.

Der Konstabel von der Funkzentrale entschuldigte sich. «Wir wissen, dass ihr zu tun habt, aber der Commissaris ist nicht hier und der Inspecteur dringend gerufen worden und nicht zu erreichen. Wir hatten einen Anruf von einer Streife. Sie war aufgefordert worden, eine Adresse am Amsteldijk aufzusuchen, Nummer eins-sieben-zwo. Nachbarn hatten einen Schuss in der obersten Wohnung gehört, zuerst eine zornige männliche Stimme, dann einen Schuss. Die Konstabel brachen die Wohnungstür auf und fanden Blut auf dem Fußboden, aber es war niemand dort. Die Wohnung gehört einem Mijnheer Vleuten. Ich habe versucht, Adjudant Geurts zu finden, aber der trinkt wahrscheinlich irgendwo Kaffee. Soll ich ihn bitten, zum Amsteldijk zu fahren, wenn er zurückkommt?»

«Nein, wir werden hinfahren.»

«Sirene?», fragte de Gier.

«Nein.»

Grijpstra saß hinter dem Steuer, der Motor drehte sich im Leerlauf.

«Krankenhäuser?», fragte de Gier. «De Aap ist verletzt. Er ist nicht der Mann, der herumläuft. Er hat einen Wagen, vielleicht kann er noch fahren.»

«Universitätskrankenhaus», sagte Grijpstra. «Das würde ich aufsuchen, wenn ich am Amsteldijk wohnte und angeschossen worden wäre. Das Wilhelminaspital ist vielleicht näher, aber man bleibt im Verkehr stecken. Stell die Sirene an.»

Der kleine Wagen schob sich unter wütendem Heulen in den dichten Vormittagsverkehr. Eine große weiße Moto Guzzi kam heran, de Gier rief dem Konstabel, der sie fuhr, zu: «Zum Universitätskrankenhaus, fahr voraus.»

Der Konstabel salutierte. Die Motorradsirene fiel in das Heulen ein. Die Moto Guzzi bäumte sich auf und schoss davon, der Volkswagen folgte der schimmernden, formschönen Maschine, während Autos anhielten und Fahrräder an den Straßenrand flüchteten.

«Langsam, langsam», rief de Gier, als der Kotflügel des Volkswagen die Stoßstange einer Straßenbahn streifte, aber Grijpstra reagierte nicht. Er hockte hinter dem Steuer und kurvte wie wild, damit der Wagen dem Motorrad folgte. Der Wagenmotor quengelte, die Sirenen heulten fröhlich.

Der zerbeulte Volkswagen bog auf den Parkplatz des Krankenhauses ein und blieb neben de Aaps Rolls-Royce stehen, der glänzend und prächtig in seiner Einmaligkeit zwischen schlammbespritzten Mittelklassewagen stand. Der Polizist auf dem Motorrad winkte und fuhr davon, als Grijpstra und de Gier aus dem Wagen stiegen und zum Notaufnahmeeingang liefen. Eine Schwester zeigte ihnen den Weg, und sie fanden das Opfer auf einem Plastikstuhl in einem kleinen weißen Zimmer. Gabrielle saß auf dem Bett und baumelte mit den Beinen.

«Sehr gut», sagte de Aap und schaute auf seine Uhr. «Vor einer Stunde wurde ich angeschossen, und jetzt seid ihr schon hier. Die unfehlbare Kripo.»

Grijpstra grinste.

«Aber mir geht es ganz gut», sagte de Aap und zeigte auf den Verband, der seinen kurzen Hals und das linke Ohr einhüllte. «Eine unbedeutende Wunde. Wenn Gabrielle nicht so hartnäckig gewesen wäre, hätte ich ein Heftpflaster genommen.»

«Und er wäre verblutet, hat der Arzt gesagt.»

«Und ich wäre verblutet.»

«Wer war es?», fragte de Gier.

De Aap drehte sich eine Zigarette.

«Wer?»

De Aap schaute auf. «Ein mieser Mensch. Seinen Namen sage ich nicht. Er hat schon genug Schwierigkeiten, ohne dass ihr ihm neue macht.»

«Oh», sagte Gabrielle, «du *bist* aber auch ein Narr, Aap. Manchmal übertreibst du es, weißt du. Wenn du es nicht tust, dann nenne ich ihn.»

«Wer war es?» De Giers Stimme war unverändert. Er kam sich sehr geduldig vor.

«Selbstverständlich Bergen. Er kam in die Wohnung gestürzt, wedelte mit einer Kanone und hielt sich das Gesicht. Er war unglaublich schmutzig.»

«Aber warum diese Aggression? Was hat Mijnheer Bergen gegen de Aap?»

«Dass Gabrielle bei mir war, machte die Sache nicht gerade besser», sagte de Aap und betastete den Verband. «Dieser Kratzer schmerzt, wisst ihr. Habt ihr gewusst, dass mich das Kuhgerippe gerettet hat?» De Aap lachte, freundlich, polternd. «Ihr hättet dabei sein sollen. Gabrielle hatte nichts an und ich nur ein Handtuch umgebunden, Bergen stand da und schrie los. Ich drückte auf den Knopf, und die Kuh kam aus dem Schrank direkt auf ihn zu, sodass er zur Seite springen musste und nicht zielen konnte, aber die Kugel hat mich getroffen, und ich ging zu Boden. Vermutlich hat er gedacht, er hätte mich erledigt, und ist weggerannt. Und inzwischen hatte die Kuh ihren Kreis gedreht und war wieder in den Schrank gefahren. Und Gabrielle hielt sich die Brüste und schrie.» De Aap wischte sich die Augen.

«Ja», sagte Gabrielle, «sehr komisch. Und selbstverständlich ist es meine Schuld. Francesco hat mich gestern Abend angerufen und ebenfalls beschimpft. Als wäre es meine Schuld, dass ich seine Halbschwester bin. Er hat vergessen, dass ich ihm geholfen habe, aber ich helfe keinem mehr.»

«Sie werden also jetzt aussagen, Juffrouw Carnet?»

«Was aussagen?»

«Dass Mijnheer Pullini Ihre Mutter die Treppe hinuntergestoßen hat. Wir haben eine gewisse Zeugenaussage, aber sie reicht nicht aus.»

«Alles», sagte Gabrielle, «was Sie wollen. Ich habe von diesem Wirrwarr die Nase voll. Dieser Idiot Bergen glaubt, auch er könne eifersüchtig sein und mich benutzen. *Niemand* kann mich benutzen.» Ihre Stimme schnurrte nicht mehr, ihre Augen waren wie eingefallen und funkelten vor Zorn. De Gier nahm seine Chance wahr.

«Haben Sie mit Mijnheer Bergen etwas gehabt, Juffrouw Carnet?»

«Etwas? Was heißt hier ‹etwas›? Wir waren zusammen auf Geschäftsreisen und haben vielleicht ein bisschen zu viel getrunken; möglicherweise ließ ich es ihm durchgehen, dass er ein so starker Mann sei. Das ist lange her, vielleicht ein Jahr. Aber er gab an. Er machte so viel Aufhebens davon, dass seine Frau davon gehört und ihn schließlich verlassen hat.»

«Hat er geglaubt, dass er Sie liebt?»

«Liebe.» Ihre Augen wurden klein, die Lippen schmollten.

«Sie haben ihn nicht geliebt?»

«Selbstverständlich nicht.»

De Aap stand auf und ging auf die Tür zu.

«Gehst du, Vleuten?»

«Ich kann wohl ebenso gut gehen. Ich habe auf die Schwester gewartet, aber sie kommt anscheinend nicht mehr. Ich habe noch einiges zu tun. Ihr wohl auch, denke ich.»

«Wir müssen Mijnheer Bergen finden.»

De Aap blieb an der Tür stehen. «Wo?»

«Genau. Wo könnte er sein?»

De Aap drehte sich um und lehnte sich an die Wand. «Eine gute Frage. Habt ihr ihn kürzlich gesehen? Ich frage mich, was ihn zu diesem plötzlichen Angriff veranlasst hat. Er hat eine Menge geschrien, aber ich habe ihn nicht verstanden.»

Grijpstra erläuterte es ihm.

«Krebs?»

«Er glaubt, er hat Krebs, dass er noch eine Woche zu leben hat.»

De Aap befühlte seinen Verband. «Ich verstehe. Also wurde ich der Feind. Ich war schon früher der Feind, als er glaubte, ich wolle Elaine heiraten und ihm die Firma wegnehmen. Aber ich tat es nicht und dachte, das Hindernis sei weggeräumt. Anscheinend nicht, vielleicht hat er mir weiter gegrollt.»

Grijpstra lehnte seinen massigen Körper an die Wand des sterilen kleinen Zimmers und rauchte ruhig. «Weil du ihm Juffrouw Carnet ausgespannt hast?»

«Möglicherweise. Aber es gab andere Gründe. Er hat immer Gründe fabriziert, seit wir uns kennen, glaube ich. Vielleicht hat es angefangen, als ich viele Aufträge hereinbrachte.»

«Eifersucht?»

De Aap strich immer noch über den Verband. «Mehr als das, glaube ich. Bergen fühlte sich nie sicher. Er wollte sich nicht selbst tadeln, also hat er mich gefunden. Die Tatsache, dass er vorhin auf mich geschossen hat, könnte diese Theorie bestätigen.»

Grijpstra betrachtete den Rauch, der sich aus seinem Zigarillo kräuselte. «Du hast gewonnen, er hat verloren. Durchaus.»

«Durchaus nicht. Es sei denn, du könntest definieren, was die Ideen von ‹gewinnen› und ‹verlieren› ausmacht.» De Aap zwinkerte mit den Augen.

«Ja, Vleuten?»

«Ihr hättet die verdammte Kuh sehen sollen. Sie kam auf ihn zu, machte einen Bogen und verschwand wieder. Ich hätte nie gedacht, dass mich das Ding schützen würde. Ich hatte es konstruiert, um das absolute Gegenteil zu bewirken. Es sollte mir Angst einflößen.»

«Oh, du bist so *verrückt*.» Gabrielle hatte sich in die Arme de Aaps geschmiegt. Sie schaute ihm ins Gesicht und berührte seine Wange sanft mit spitzen Fingernägeln.

«Ich bin nicht so verrückt», sagte de Aap. «Ich versuche nur, die Dinge von einer anderen Seite anzugehen. Ich versuche es nur. Es ist schwer, gegen den Strom zu schwimmen, vielleicht ist es unmöglich. Was heute Morgen passiert ist, unterstreicht das in etwa, nicht wahr? Ich erschaffe ein Schreckensbild, das anderen lächerlich vorkommen mag, aber für mich furchtbar ist, und es rettet mir das Leben. Aber ich werde nicht aufgeben.»

«Mijnheer Bergen», sagte de Gier bestimmt, «wir müssen ihn finden. Hast du eine Ahnung, wo er ist, Aap?»

«Bergen steht unter schwerem Schock. Er rast ziellos durch die Gegend», fügte Grijpstra hinzu. «Du musst den Mann ziemlich gut kennen gelernt haben. Kannst du dir denken, wohin Bergen gehen würde, wenn er in ernsten Schwierigkeiten ist?»

De Aap schaute zum Fenster hinaus. «Ja», sagte er bedächtig, «ja, vielleicht weiß ich es.»

«Wo?»

«Er hat mich mal überrascht. Ich hatte immer geglaubt, der Mann habe keine Seele, ihn beschäftige nur der Verkauf von Möbeln. Aber wir kamen mal von einer Fahrt mit seinem Wagen zurück und hatten uns verspätet; wir waren schnell gefahren, weil er pünktlich zum Abendessen zu Hause sein wollte. Als wir uns der Stadt näherten, war es schon nach sieben. Er sagte, seine Frau würde nicht auf ihn warten, und bog von der Fernstraße ab. Wir fuhren zu einem kleinen Dorf am

Fluss, aßen dort zu Abend, tranken danach einen Weinbrand und machten später einen Spaziergang.»

«Er ist eigens deshalb zu dem Dorf gefahren? Ihr habt es nicht zufällig auf dem Weg gefunden?»

«Nein, er kannte den Ort, er war früher schon dort gewesen. Er erzählte, sein Vater habe ihn manchmal in das Dorf mitgenommen; sie hätten dann immer in der kleinen Kneipe zu Abend gegessen und anschließend einen Spaziergang gemacht. Wir kamen schließlich auf einen kleinen Friedhof, sehr alt, moosbewachsene Grabsteine, wo wir umhergingen. Er schien an dem Abend sehr ruhig zu sein. So hatte ich ihn noch nie erlebt.»

«Wie heißt das Dorf?»

«Nes. Ich kann euch hinführen. Nes an der Amstel. Nur ein paar Häuser, eine Kirche und die Kneipe. Wir mussten den Fluss mit einer kleinen Fähre überqueren, um dahinzukommen.»

De Gier hatte die Tür geöffnet. «Soll ich die Wasserschutzpolizei rufen?», fragte er Grijpstra.

«Nein. Du kannst mit de Aap fahren und Juffrouw Carnet mit mir. Ich werde dem Rolls folgen. Nes ist nur eine Viertelstunde von hier entfernt. Vielleicht kommen wir noch zur rechten Zeit. Wenn wir Unterstützung anfordern, halten wir uns nur unnötig auf. Was für eine Waffe hat Bergen benutzt, Aap?»

«Einen Revolver.»

«Hat er nur einen Schuss auf dich abgegeben?»

«Ja.»

«Also hat er noch fünf Patronen.» Grijpstra stieß einen tiefen Seufzer aus. «Ein feiner Job. Dann wollen wir mal los.»

Zwanzig

Es dauerte eine Weile, ehe Grijpstra Zeit hatte, mit Gabrielle zu sprechen. Er war mit seinem Funkgerät beschäftigt, während der Volkswagen, grau und unauffällig, dem stattlichen Hinterteil des Rolls auf der Straße am Fluss entlang folgte. Die Funkzentrale hatte ihn mit dem Commissaris verbunden, und ihr Gespräch drehte sich um ihre unterschiedlichen Abenteuer.

«Sehr gut, Mijnheer, also Papa Pullini ist jetzt im Hotel und spricht mit seinem Sohn?» Grijpstra schaute auf das Mikrofon. Er hatte den Knopf noch nicht losgelassen, sodass der Commissaris nicht antworten konnte. «Und Sie erwarten, dass Francesco im Laufe des Tages kommt, um seinen Frieden mit uns zu machen?»

Der Knopf sprang heraus, und die leise Stimme des Commissaris mischte sich mit dem hohen Surren des Motors und dem Knarren der ausgeleierten Stoßdämpfer.

«Ja, Adjudant, diese Seite des Falles dürfte erledigt sein. Cardozo wird hier sein, um die Aussagen festzuhalten. Ich glaube, er wird Francescos Englisch folgen können. Cardozo sagt, er habe den Tabakhändler gefunden, der die Zigarillos verkauft hat, die Francesco geraucht hat, als er Mevrouw Carnet besuchte. Ich denke, ich werde bald bei dir und dem Brigadier sein, aber vermutlich werde ich zu spät eintreffen. Ihr seid schon fast in Nes, sagst du?»

«Beinahe, Mijnheer, ich sehe schon den Wegweiser zur Fähre, sie dürfte gleich um die Ecke liegen, und das Dorf sollte ein paar hundert Meter weiter entfernt sein.»

«Verstanden. Ich werde mich beeilen. Ende.»

Grijpstra legte das Mikrofon an seinen Platz und wandte sich Gabrielle zu. «Das war ein aufregender Morgen für Sie, Juffrouw Carnet.»

«Er ist noch nicht zu Ende.» Sie hatte die Zeit genutzt, um ihr Make-up zu erneuern und die Haare zu kämmen; anscheinend hatte sie ihre Fassung wiedergewonnen. «Eine echte Krise, nicht wahr? Ich hätte nie gedacht, dass Bergen so völlig außer sich geraten könnte. Er war tollwütig, als er de Aap angriff. Ich war ins Badezimmer gegangen, als die Türklingel ging, aber als ich den Schuss hörte ...»

Grijpstra dachte nach. Ihm fiel die junge Frau ein, die ihren Mann erschossen hatte. Es war vor wenigen Wochen passiert, frühmorgens. Kurz nach neun. Er und de Gier hatten sich gerade zu einer Streife aufgemacht und warteten an einer Ampel. Das Paar stand vor der Scheidung. Der Mann wollte zur Arbeit, als die Frau ihrem Mann ins Gesicht schoss, einfach so, mit nicht mehr als dreißig Zentimetern zwischen Pistolenmündung und der Stirn des Mannes. Sie hatte selbst die Polizei gerufen, und die Kriminalbeamten waren innerhalb von Minuten bei ihr eingetroffen. Die Frau weinte, als de Gier ihr die Waffe aus der Hand nahm. Ein hoffnungsloser Fall. Das Paar hatte einen kleinen Sohn, vier Jahre alt, der in der Wohnung herumlief. Vater tot, Mutter im Gefängnis. Sie hatten den Jungen zum Krisenzentrum gebracht; er hatte sich nicht getraut, sich zu erkundigen, was sie mit ihm gemacht hatten. Im Krisenzentrum fragte man besser nicht nach, das Personal war andauernd überarbeitet. Er hoffte, dass das Krisenzentrum gute Pflegeeltern gefunden hatte und der Junge nicht von einer Stelle zur andern abgeschoben wurde.

Gabrielle sprach immer noch. Er zwang sich, ihr zuzuhören.

«Hat ihn diese verrückte Erfindung tatsächlich gerettet, Juffrouw?»

Gabrielle hatte den Blick auf die hintere Stoßstange des

Rolls gerichtet. «Ja, muss ja wohl. Das verrückte Gerippe. Ich wusste, dass es da war. Er hat es mir nie gezeigt, aber ich habe mal auf den Knopf am Schrank gedrückt, weil ich ihn für einen Lichtschalter hielt, und wurde ganz hysterisch, als das Scheusal auf mich zustürzte. Verrückt wie de Aap selbst. Schauen Sie sich nur den Wagen an. Nach Abzug der Zahlungen für die Hypotheken von den Mieteinnahmen bleibt kaum Geld übrig, und er muss für die Instandhaltung aufkommen, es gibt immer etwas zu reparieren. Er lebt von ein paar hundert Gulden im Monat, aber wenn er mit mir ausgeht, lässt er mich nicht bezahlen, sondern wir gehen in eine Imbissstube und sitzen im Kino in der ersten Reihe. Aber er fährt so einen Wagen. Wenn er kein Geld für Benzin hat, nimmt er die Straßenbahn; oft geht er zu Fuß.»

«Verkauft er keine Boote?»

Sie zuckte die Achseln. «Da liegt auch nicht viel Gewinn drin. Ich wollte, er arbeitete wieder für uns, er hätte sein gutes Einkommen und wäre es wert.»

Der Rolls stand neben einer verfallenen Mühle. De Aap und de Gier gingen auf einen kleinen Ziegelbau zu, der fast ganz unter einem geflickten Strohdach verschwand. Grijpstra zwängte den Volkswagen zwischen den Rolls und einen Baum.

Ein Buckliger stand hinter der Theke und zapfte vier Bier, gleichzeitig hörte er de Gier zu.

«Ja», sagte er und strich geschickt den Schaum in das kleine Gläserspülbecken ab, «er war hier. Vor ungefähr einer Stunde. Er hatte einige Biere mit einem Strohhalm getrunken. Das erste Mal, dass ich gesehen hab, wie jemand Bier mit dem Strohhalm trinkt.»

«Hat er Selbstgespräche geführt?»

«Nein. Er war still. Ich habe ihn früher schon mal gesehen.

Ein anständiger Herr, aber heute sah er etwas unordentlich aus. Der ist wohl auf einer Sauftour, wie?»

«Ja. Wo könnte er jetzt sein?»

«Muss ich Ihnen das sagen?»

De Gier zeigte seinen Polizeiausweis. Der Mann nahm eine Hornbrille aus einer Schublade. Er musterte den Ausweis und zupfte am Ende seines dünnen Schnurrbarts. «Polizei, hmm. Die Polizei sehe ich hier nie, bis auf den Ortspolizisten, und der ist mein Bruder. Angenehme Arbeit, wenn man den Schmugglern ausweichen kann, aber er kann das. Sie sind anders, nehme ich an.»

Grijpstra trank sein Bier. Der Bucklige kam hinter der Theke hervor und spähte durch ein Seitenfenster. «Da steht sein Wagen, glaube ich, also kann er nicht weit sein. Anscheinend wollte er ihn verstecken, von der Straße aus ist er nicht zu sehen.»

Am anderen Ende der Theke wurde de Aap munter. «Ich erinnere mich, dass hier in der Nähe ein Friedhof ist. Wo ist er noch mal, nicht weit, wie?»

«Zur Tür raus, nach rechts, den ersten Weg wieder nach rechts, dann laufen Sie direkt darauf zu.»

De Gier zahlte, sie gingen hinaus, aber Grijpstra blieb an der Tür stehen. «Es ist besser, wenn Sie hier bleiben, Juffrouw.»

«Nein.»

«Bleib hier», sagte de Aap. Gabrielle holte tief Atem, aber die Männer machten ihr die Tür vor der Nase zu und gingen auf den Deich.

Die Sonne hing unter dem zerfetzten Rand schwerer Wolken, ihr gefiltertes Licht schien das Grün der Wiesen ringsherum zu vertiefen. Eine Herde buntscheckiger Kühe graste in der Nähe des Zauns; eine Herde ungewöhnlich sauber aussehender Schafe entfernte sich auf der anderen Seite des Weges.

«Ein staatliches Versuchsgut», sagte de Aap. «Ich erinnere mich, dass Bergen mir davon erzählt hat. Sie haben hier verschiedene Viecharten eingeführt, besondere Rassen. Bergen schien alles über das Gut zu wissen. Ich erinnere mich, weil er sich nie für etwas anderes als für Möbel interessiert gezeigt hat. Hier draußen war er ein ganz anderer Mensch.»

Ein Falke hing über den Wiesen und rüttelte, die starren, weißen Schwanzfedern hoben sich ab wie ein Miniaturfächer.

De Aap zeigte nach vorn. «Der Friedhof. Hier haben wir keine Deckung, er kann sehen, dass wir kommen.»

Patronen fuhren mit einem Knacken in die Kammer der Polizeipistolen. De Gier übernahm die Führung und sprintete auf einen hohen Grabstein zu, der so alt war, dass er mit dicken, borstigen Flechten bewachsen und die Inschrift ganz verwittert war. Der erste Schuss krachte, als er den Grabstein erreichte; Grijpstra und de Aap warfen sich ins Gras neben dem Weg.

«Bergen!» Grijpstras dröhnende Stimme reichte bis in die Tiefen des stillen Friedhofs, der sich vor ihnen erstreckte und ihr Eindringen gleichmütig duldete.

«Bergen! Kommen Sie da heraus! Wir sind hier, um Ihnen zu helfen. Sie haben Dr. Havink falsch verstanden. Ihnen fehlt nichts, Bergen. Kommen Sie heraus, damit wir darüber sprechen.» Obwohl Grijpstra aus voller Lunge rief, klang seine Stimme ruhig und beruhigend, aber die Kühe, die sich hinter einem mit Entengrütze bedeckten Graben drängten, brüllten traurig und machten seine Botschaft unverständlich. Grijpstra winkte de Aap zu. Der stützte sich auf dem Boden auf.

«Runter! Bleib unten. Du wirst uns nur im Wege sein und bist bereits verletzt. Bring die Kühe zum Schweigen.»

De Aap kroch zurück und sprang über den Graben. Die Kühe rempelten sich immer noch gegenseitig an und versuchten zu sehen, was da passierte. Er ergriff die Größte bei den Hörnern und schob. Die Kuh rührte sich nicht von der Stelle. Seine Bemühungen scheuchten ein Kiebitzpärchen auf, das hinter einem Schilfbüschel gesessen hatte und laut schimpfend davonflog.

Grijpstra stand auf, rannte und warf sich hinter einen Grabstein, gekrönt von drei Miniaturengeln, die einmal Trompete geblasen hatten, aber jetzt traurig ihre abgebrochenen Arme anstarrten. Der Engel, der am nächsten bei ihm stand, hatte Nase und Kinn verloren, Unkraut kroch an den dicken Beinen hoch. Grijpstra spähte um die Beine herum.

«Bergen! Mit Ihnen ist alles in Ordnung. Sie haben nur eine leichte Lähmung, keinen Tumor. Hören Sie! Keinen Tumor. Da war ein Missverständnis. Bergen!»

Die Kühe brüllten wieder wütend, irritiert durch de Aap, der noch immer das Leittier schob.

«Eine Lähmung», rief Grijpstra. «Sie wird von allein ...»

Ein zweiter Schuss fiel, diesmal auf de Gier gezielt, der hinter seinem Grabstein hervorgekommen und ohne Deckung war, als er zum nächsten sprang. Er ließ sich fallen, als der Schuss krachte; die Kugel pfiff vorbei in Richtung Kühe.

«Dummkopf!», brüllte Grijpstra. De Gier schaute sich um und winkte mit einer Pflanze mit kleinen rosa Blüten. Er hatte sie an einer Stelle gepflückt, an der der Stein zerfallen war, sodass die Natur sich wieder behaupten konnte. Er war nahe genug, um mit Grijpstra mit normaler Lautstärke sprechen zu können.

«Weißt du, was das ist?»

«Bleib in Deckung.»

«Tausendgüldenkraut, Grijpstra, Erythraea centaurium, eine der wenigen Pflanzen, von denen ich den lateinischen Namen weiß. Es ist ziemlich selten, glaube ich, aber das Kraut wächst bei der Straßenbahnhaltestelle; ich bin damit mal zum städtischen Botanischen Garten gegangen. Erstaunlich, nicht wahr? Hier wächst es überall.»

«De Gier», sagte Grijpstra flehend, «er muss in der Nähe sein. Es ist schwer festzustellen, woher der Schuss kam. Diese Steine werfen den Schall zurück, glaube ich, aber er muss dort drüben sein.»

«Wo?»

«Dort bei dem verdammten Schwanz.»

«Schwanz?»

Grijpstra zeigte auf einen reich verzierten Phallus, auf dessen zerbröckelnder Spitze ein Büschel welkes Gras wuchs. Er war fast zwei Meter hoch und thronte auf einer großen Granitplatte.

De Gier bewegte sich und verleitete damit Bergen zu noch einem Schuss. Sie hörten den dumpfen Einschlag der Kugel auf der Erde; ein Schilfrohr mit einer Blütenrispe an der Spitze bog sich und knickte ab, als die Rispe den Boden berührte.

«Wie viele Patronen hat er noch?», fragte de Gier.

«Eine für de Aap, drei für uns ... noch zwei.»

«Kann ich mich wieder bewegen – die beiden müssen wir ihm auch noch entlocken –, oder willst du den ganzen Tag hier sitzen?»

Grijpstra nahm einen Stein und warf ihn zwischen Löwenmäuler, die eine vielgestaltige Ruine mehrerer eingestürzter Grabgewölbe verschönten. Wieder krachte der Revolver.

«Bergen! Hören Sie auf, sich zum Narren zu machen. Wir

werden Sie nicht anzeigen. Kommen Sie nur heraus. Sie sind in Sicherheit. Wir wollen ihnen helfen.»

«Lasst mich in Ruhe!» Bergen schrie es mit hoher Stimme, hysterisch vor Furcht und Wut.

«Nein, Sie sind unvernünftig.»

Mehrere Kühe brüllten gleichzeitig. Grijpstra bewegte sich und glitt aus; er fiel mit dem Gesicht auf den nackten Boden und setzte sich hin und spuckte den Sand aus. Er sah, wie de Gier sorgfältig zielte, wobei er den rechten Arm mit dem linken stützte. Der Pistolenknall war scharf, unmittelbar darauf kam die stärkere Antwort des Revolvers.

«Ich hab ihn erwischt», rief de Gier, «am Arm. Und er hat keine Patronen mehr. Komm, Grijpstra.»

Sie rannten los, aber Grijpstra stolperte. De Gier blieb stehen, um ihm zu helfen. Sie kamen gerade noch rechtzeitig bei Bergen an, um zu sehen, wie er den Revolver an die Schläfe drückte. Sie riefen beide, aber der Schuss übertönte ihre Worte. Bergens Kopf wurde zur Seite gerissen, als hätte ihn ein Schmiedehammer getroffen, sein Körper taumelte gegen den Phallus und glitt langsam daran herunter, bis er auf den Trümmern der Grabstätte lag. Ein kleiner Haufen Patronen lag ordentlich in einer Vertiefung des Grabsteins.

De Gier nahm sein Taschentuch und hantierte an Bergens Revolver herum, bis die Trommel seitlich herauskam. Die Kammern waren leer bis auf eine. Er rastete die Trommel wieder ein und ließ die Hand fallen.

«Er hatte gerade noch Zeit genug, um eine Patrone nachzuladen.»

«Ja», sagte Grijpstra. «Wäre ich nicht gestolpert, wären wir rechtzeitig bei ihm gewesen. So ein Mist.» Er zeigte auf das Blut, das aus dem Kopf der Leiche sickerte. Es tröpfelte vom Stein herab und vermischte sich mit einem anderen kleinen

Rinnsal, das aus dem Arm des Mannes strömte. De Gier schaute weg. Grijpstra steckte die Pistole wieder in das Halfter am Gürtel und reckte sich. Sein Rücken schmerzte. Es war sehr heiß; er dachte an die kühle Kneipe am Deich und an das kalte Bier, das aus dem glänzenden Hahn in ein blitzsauberes Glas plätschern würde.

Als er sich umdrehte, sah er, wie der Commissaris den Weg heraufgeeilt kam, und er winkte und rief. Der Commissaris stützte sich auf einen Stock mit Metallknauf; er hinkte beim Laufen.

«Sie brauchen nicht zu rennen, Mijnheer, es ist alles vorbei.»

De Aap war über den Graben zurückgesprungen und watschelte auf seinen kurzen Beinen zwischen den umgefallenen Grabsteinen auf sie zu. Er traf gleichzeitig mit dem Commissaris bei der Leiche ein.

«Wir haben ihn zum Feuern verleitet, Mijnheer, und sind zu ihm gestürmt, als wir sicher waren, dass sein Revolver leer war. De Gier hatte ihm eine Kugel in den rechten Arm verpasst, sodass wir doppelt sicher waren. Aber er hatte zusätzliche Munition und hat mit links geschossen.»

Der Commissaris kniete nieder und untersuchte Bergens Kopf. «Schade», sagte er ruhig. «Der Kopf muss innen schlimm kaputt sein.»

«Er ist mausetot, glaube ich, Mijnheer.»

«Oh, ja, das ist klar. Tot. Aber da ist noch etwas, Adjudant, dieser Fall geht weiter. Na, macht nichts. Mir wird schon etwas einfallen, aber es ist schade um diesen Kopf.»

Einundzwanzig

Der Commissaris saß in der Nähe von de Giers offener Balkontür und schaute zufrieden auf seinen Krug. De Gier hatte ihm das Gesicht zugewandt. Er kam zum Ende seines Flötensolos, einem Trinklied aus dem sechzehnten Jahrhundert mit vielen Trillern und schnellen Läufen und gelegentlichen kurzen Intervallen von fast mathematischer Präzision. Grijpstra, den borstigen Schnurrbart weiß vom Bierschaum, streichelte Täbris' Bauch und lächelte über den schläfrigen Blick der Katze, der völlige Hingabe ausdrückte. Cardozo lag lang auf dem Fußboden, den Kopf auf einem Kissen, das an einem Bücherstapel lehnte.

De Gier ließ die Flöte sinken. Der Commissaris neigte den Kopf und applaudierte kurz. «Sehr gut. Hole ihm noch ein Bier, Grijpstra. Schade, dass du dein Schlagzeug nicht mitbringen konntest, ich habe euch schon lange nicht mehr zusammen musizieren gehört.»

Grijpstra ging schwerfällig in die kleine Küche und kam mit einer Flasche wieder. De Gier schenkte das Bier ein und vergoss dabei ein wenig. «Ich kann jetzt nicht mehr spielen, Mijnheer, sonst habe ich morgen die Nachbarn auf dem Hals.»

Grijpstra hatte noch eine Flasche geholt, aber der Commissaris schüttelte den Kopf. «So gern ich möchte, Adjudant, aber es ist spät geworden, meine Frau wird auf mich warten. Cardozo, wie fühlst du dich?»

Cardozo öffnete die Augen. Er schien zu überlegen. Der Commissaris lächelte. «Schlafe ruhig weiter. Ich glaube nicht, dass einer von uns noch Auto fahren sollte.»

Es war nach Mitternacht. Die Laternen im Park hinter de Giers Apartmenthaus brannten schon eine Weile, aber die trübweißen Scheiben zwischen Weiden und Pappeln konnten mit dem Mond nicht konkurrieren. In den Wohnungen ringsum war man zur Ruhe gegangen; es war still bis auf ein gelegentliches Grummeln vom Boulevard auf der anderen Seite des Gebäudes und dem wirren Piepsen eines Schwarms von Staren, die den richtigen Baum für die Nacht noch nicht gefunden hatten.

«Wir nehmen ein Taxi. Du kannst den Citroën morgen zum Präsidium fahren, Brigadier», sagte der Commissaris bestimmt. «Einer meiner Kollegen ist in der vorigen Woche wegen Trunkenheit am Steuer festgenommen worden. Das hat mich daran erinnert, wie verletzlich wir sind.»

«Einen Weinbrand, Mijnheer?»

De Gier war mühsam auf die Beine gekommen und tastete hinter seinen Büchern. Seine Hand kam mit einer Kristallkaraffe hervor. Grijpstra beobachtete ihn unter schweren Lidern.

«Ein Schlückchen wäre sehr gut.»

«Ein schlimmer Fall», sagte der Commissaris wenig später. «Aber damit ist es jetzt aus und vorbei. Mir hat er gar nicht gefallen. Es war zu viel Kleinlichkeit dabei.»

Grijpstra rührte sich. In seiner Stimme lag leichter Tadel. «Wir hatten de Aap darin, Mijnheer.»

Der Commissaris hob einen Finger. «Richtig. Das war ein Lichtstrahl, und er ist sich bis zuletzt treu geblieben, wisst ihr …» Er warf einen Blick auf den Balkon. Cardozo hatte leise zu schnarchen angefangen, aber sein Kissen rutschte weg, er wachte auf und schob es wieder zurecht.

Der Commissaris nippte nachdenklich an seinem Weinbrand. «Wisst ihr, ich dachte, er würde nachgeben, und ich wollte nicht, dass er das tat. De Aap trieb auf ein perfektes Happy End zu.»

Der Commissaris kicherte. «Aber er ist ihm schlauerweise ausgewichen. Gut für ihn. Happy Ends sind immer so traurig. Das dachte ich schon, als ich noch ein kleiner Junge war und meine Mutter mir Märchen vorlas. Ich weinte, wenn die Prinzen die Prinzessinnen heirateten und sich in schönen Palästen niederließen. Was taten sie überhaupt danach? Bei Fußballspielen zuschauen oder Karikaturen betrachten? Karten spielen? Aber das wurde in den Märchen nicht mitgeteilt, das hat man selbstverständlich nicht gewagt. Nehmt einmal an, de Aap würde Gabrielle heiraten und in das prächtige Haus in der Frans van Mierisstraat ziehen mit dem Zimmer oben, das wie das Zelt eines Scheichs ist. Stellt euch das einmal vor.»

Er stellte das Weinbrandglas ab, nahm sein Taschentuch und schnäuzte sich kräftig. «Unser Aap, der die Nächte auf Gabrielles Couch verbringt, während die junge Dame ihm allmählich die Seele aussaugt, der seine Tage wieder mit dem Möbelhandel verschwendet, sicher im Büro Bergens untergebracht ist, sich im Chefsessel herumschwingt und sich um die Dinge kümmert.»

«Die Firma Carnet wird vermutlich ihren Bankrott erklären müssen», sagte Grijpstra tonlos, als lese er aus einem Bericht vor.

«O ja. Es sei denn, unter dem Personal ist jemand, der übernehmen kann, aber das ist ziemlich zweifelhaft. Oder Gabrielle – nein. Ich glaube nicht, dass sie es schaffen kann. Aber de Aap könnte es mit Leichtigkeit. Und außerdem wäre er reich. Ich glaube, er würde nicht mehr als ein paar Jahre brauchen, um die Firma wieder auf die Beine zu bringen, und die Bank würde ihn bestimmt unterstützen. Erinnert ihr euch, was Bergen gesagt hat? Die Bank mochte de Aap.»

«Aus welchem Grund hat de Aap es nach Ihrer Meinung abgelehnt, Chef des Unternehmens zu werden, Mijnheer?» De Giers Stimme klang ebenfalls niedergeschlagen.

«Um das *Gegenteil* zu tun, Junge», sagte der Commissaris. «Das *Gegenteil*. Gewiss ist dir das aufgefallen.» Der Commissaris zwinkerte und nahm die Brille ab. «Es *muss* dir aufgefallen sein. Du willst einen alten Mann auf den Arm nehmen. Oder möchtest du, dass ich bestätige, worauf du selbst schon gekommen bist?»

«Bestätigen Sie es bitte, Mijnheer.»

«Was würde der Durchschnittsmensch tun, wenn ihn etwas ängstigt? Er würde weglaufen, nicht wahr? Er würde versuchen, dem zu entkommen, was ihm Schmerzen oder Angst bereitet. Und falls er es zu fassen bekommen könnte, würde er versuchen, es umzubringen oder in seinem Unterbewusstsein zu begraben, damit er dem nicht mehr in die Nähe kommen kann und es außerstande ist, *ihn* zu erwischen. Aber de Aap schuf neu, was ihn ängstigte, und er hielt seine Feinde an leicht zugänglichen Orten, an der Wand seiner Wohnung und im Schrank. Er hat seine Furcht so etabliert, dass sie ihn angreifen konnte. Du hast den Rattenschwanz gesehen, der aus dem Bild heraushing, de Gier. Du musst ihn gesehen haben, denn du hast selbst Angst vor Ratten. Würdest du das Bild einer Ratte hier aufhängen? Und würdest du es noch grausiger machen, indem du zulässt, dass der höllenhafte Unhold seinen Schwanz in dein trautes Heim hängen lässt?»

De Giers Gesicht war unbewegt. Mit seinen großen Augen starrte er den Commissaris an.

«Nein. Antworte nicht, das ist nicht nötig. Wir sprechen über de Aap. Er tut immer gern das Gegenteil von dem, was von ihm erwartet wird, und vielleicht entgeht er auf diese

Art und Weise der für ihn aufgestellten Falle. Er hat weder Elaines noch Gabrielles Angebot angenommen, obwohl er für die Damen zehn Jahre lang gearbeitet hat und ihr Chefverkäufer und enger Freund gewesen ist, sogar ihr Liebhaber. Sie haben ihm den ganzen Laden mit allem Drum und Dran angeboten und sich selbst noch obendrein. Und Gabrielles Angebot war sogar noch besser als das ihrer Mutter, denn sie ist eine attraktive junge Frau.»

Cardozo war aufgewacht, hatte sich hingesetzt und mit dem Rücken an das Bücherregal gelehnt.

«Ein höchst angemessenes Angebot. Die intimen Freuden, die Gabrielle spenden kann, plus einer Firma, die, bei guter Leitung, über das Gehalt des Direktors hinaus einen jährlichen Gewinn von einer halben Million abwerfen dürfte.»

Der Commissaris hüstelte, als hätte er zu viel gesagt. Sein Blick wanderte wieder zum Balkon. De Gier hatte die Blumen ersetzt, die der Sturm entweder zerfetzt oder ganz herausgerissen hatte. Begonien breiteten sich über das Gusseisengeländer aus, ihre obersten Blätter schimmerten im Mondschein wie kleine, saftige und lebende Münzen.

«Noch einen Weinbrand, Mijnheer?»

«Nur einen Schluck, ein kleines Schlückchen, ich muss mich wirklich auf den Weg machen.»

Die Kristallkaraffe tauchte wieder auf. Der Commissaris roch den Duft der schweren Flüssigkeit, die sich in sein Glas ergoss.

«Dein Wohl, Brigadier. Ja, ich habe mich gefreut, dass ich de Aap kennen gelernt habe. Wir werden ihm nie mehr begegnen. Er wurde in den Fall hineingezogen durch die Begierden einer einsamen Frau, einer Frau, die er vielleicht nicht sehr mochte, als er sie erst richtig kannte. Mir gefiel Elaine Carnet auch nicht. Zum Glück war das auch nicht nötig, sie war tot, als wir anfingen. Bergen war schlimmer dran. Ich hätte ihn gern haben sollen, weil er unsere Hilfe brauchte, aber ich konnte mich zu der Mühe nicht aufraffen. Ein Narr, Brigadier, der schlimmsten Art.» Er schaute in sein Glas. «Vielleicht weil er an der Oberfläche lebte und tat, was er für anständig hielt; er folgte dem Strom, ohne sich jemals beunruhigt zu fragen, wohin er ihn tragen würde. Na ...»

«Ist Mijnheer Pullini wieder nach Italien gereist, Mijnheer?»

Der Commissaris wurde wieder munterer. «Oh, ja, ich habe ihn heute Morgen zum Flughafen gebracht, nachdem wir im Hotel *Pulitzer* gefrühstückt hatten, es war ein sehr erfreuliches Frühstück. Du hast ihn nicht kennen gelernt, Brigadier, nicht wahr?»

«Nein, Mijnheer.»

«Schade. Irgendwie ist er ein gefährlicher Mensch, aber man kommt gut mit ihm aus. Wir haben in seinem Heimatort zusammen eine herrliche Zeit verbracht. Papa Pullini hat Francesco gestern Abend im Gefängnis besucht. Francesco fühlt sich nicht gerade behaglich, aber er ist einigermaßen zufrieden. Niemand in Italien soll jemals herausfinden, was ihm hier passiert ist. Er befindet sich angeblich auf einer längeren Geschäftsreise und wird zum Jahresende zurückkehren.»

«Wird er nur einige Monate bekommen, Mijnheer?»

Der Commissaris nickte. «Ja, den Staatsanwalt haben unsere Beschuldigungen nicht sehr beeindruckt, glücklicherweise. Die Beschuldigungen sind selbstverständlich hieb- und stichfest, sie sind gut belegt. Mijnheer de Brees Aussage, Gabrielles Aussage, Francescos Geständnis, Cardozos Bericht über die Zigarillos. Die Verteidigung hat keine Chance, aber dennoch, ein paar Monate, würde ich sagen; wir werden

Francesco zum Flughafen begleiten können, bevor das Jahr vorbei ist. Übrigens irgendwie ein schöner Fall, ein Beispiel für provozierten Totschlag wie aus dem Lehrbuch. Man wird ihn vermutlich den ‹Fall des italienischen Möbelhändlers› nennen und ihn bei Prüfungen verwenden.»

«Und Dr. Havink, Mijnheer?»

«Dr. Havink? Ich dachte, du würdest mich nach Mijnheer de Bree fragen. Ich meine, de Brees Verbrechen ist schlimmer als Dr. Havinks. Mir fällt es sehr schwer, Mitleid mit einem Menschen zu empfinden, der versucht, ein Tier zu vergiften. Aber er tat es aus Liebe zu einem anderen Tier, zu unserem guten Freund Tobias. Sehr interessant. Ich hoffe, das Gericht wird den Fall eingehend untersuchen, und ich werde als Zuhörer im Saal sitzen. Ja, das dürfte sehr interessant werden. Ich hoffe, er kriegt die ältere Richterin, sie hat einen glänzenden Verstand.»

«Ich würde gern mehr über Dr. Havink erfahren, Mijnheer», sagte de Gier bedächtig. «Ich habe Ihre Berichte gelesen, aber Sie haben nicht allzu viele Worte verschwendet und die Festnahme selbst vorgenommen.»

Der Commissaris leerte den Rest seines Weinbrands und schmatzte. De Gier griff nach der Karaffe. «Nein, Brigadier, das ist sehr nett von dir, aber mehr nicht für mich. Nun, was soll ich da sagen? Ein habgieriger Mensch. Es ist erstaunlich, dass Fachärzte mit hohem Einkommen so habgierig und auch so dumm sein können. Sie erkennen ihre eigene Motivierung nicht, trotz aller Intelligenz, über die sie zweifellos verfügen. Er sagte, er wende seine kleinen Tricks an, weil er die Einrichtung seiner Praxis bezahlen müsse, diese computerartigen elektronischen Apparate, die er für seine Gehirnuntersuchungen benötige. Er versicherte, diese Ausrüstung diene der Menschheit. Unsinn. Die Stadt braucht Dr. Havinks Kinkerlitzchen nicht, unsere Krankenhäuser haben bereits zu viele Apparate, und die lähmenden Steuern sind zum Teil auf unsere paranoide Furcht vor dem Tod zurückzuführen. Wozu brauchen wir Privatkliniken, wenn dadurch bereits vorhandene Ausrüstungen noch einmal verdoppelt werden?»

«Ja, Mijnheer, aber wie haben Sie ihn überführt?»

Der Commissaris machte eine Handbewegung zu den Begonien hin. «Ah, der gute Onkel Doktor war so leicht reinzulegen. Bergens Schädel war nicht mehr dafür zu gebrauchen, weil er zu sehr zerstört war, deshalb habe ich meinen eigenen benutzt. Ich habe einen Neurologen als Freund und ihn gebeten, eine Röntgenaufnahme von meinem Kopf zu machen. Es war kinderleicht, Brigadier, kinderleicht. Mein Kopf wies keine Verkalkungen auf. Oh, gewiss, einige schon, aber nichts anomales. Keine, hinter denen sich ein hässlicher kleiner Tumor verstecken könnte. Dann bin ich zu Dr. Havink gegangen, der mich noch nie gesehen hatte, und habe mich als Patient eintragen lassen, der an unerträglichen und chronischen Kopfschmerzen leidet. Er räusperte sich lange und sagte, er müsse eine Aufnahme von meinem Kopf machen. Nun gut. Er machte eine und zeigte sie mir. Eindeutig genug, ein weißer Fleck. Und dann die ganze Salbaderei über einen Tumor. Selbstverständlich, möglicherweise sei es nichts, und falls doch, sei es vielleicht harmlos, aber dennoch, man könne nie wissen. Es sei besser, sich zu vergewissern. Gewiss. Ob ich mich also weiteren Untersuchungen unterziehen würde? Ja, ja, ja. Bitte. Das Ergebnis der Untersuchungen war negativ, und ich wurde wieder weggeschickt. Kein Wort von Bezahlung, denn ich hatte gesagt, ich sei bei der Stadt beschäftigt und hatte ihm meine Versicherungsnummer gegeben. Keine Schwierigkeiten.»

«Und dann haben Sie ihn nach der Röntgenaufnahme mit dem weißen Fleck gefragt?»

«Ja. Und ich habe sie von seinem Schreibtisch geklaut und bin damit weggerannt. Er hat mir nachgerufen, aber da war ich schon zur Tür hinaus. Der mir befreundete Neurologe hat die beiden Aufnahmen verglichen, und selbstverständlich waren sie ganz unterschiedlich.»

«Fälschung und Betrug.»

«Ja, Brigadier. Und am nächsten Tag bin ich wieder zu ihm gegangen und habe ihn festgenommen. Du hast meine Anzeige gelesen, ich werfe ihm so ziemlich alles Mögliche vor. Er und einige seiner Kollegen manipulieren die Unwissenden, indem sie mit deren Ängsten spielen. Ein altes Spiel des Arztberufs, wir leben damit, seit der erste Medizinmann in Trance fiel. Damals verlangten sie zwei Schweine und eine Ziege. Heute schröpfen sie die Versicherungen, die dazu grinsen und ihre Prämien erhöhen. Ein sehr altes Spiel, Brigadier. Cardozo! Komm hoch mit deinem Hintern.»

De Gier rief über Telefon ein Taxi, das innerhalb weniger Minuten eintraf, und begleitete seine Gäste zum Fahrstuhl.

Grijpstra war auf dem Balkon, als de Gier zurückkam.

«Geschlossen», sagte de Gier, als er begann, die Reste der kleinen Feier wegzuräumen.

«Was? Deine Bar?»

«Niemals. Nein, die Akte Carnet.»

«Dann nehme ich einen Weinbrand. Ich habe gesehen, wo du die Karaffe versteckt hast, da ist noch eine Menge drin.»

«Bitte sehr, bitte gleich. Aber vorher kannst du mir mit dem Abwasch helfen, während ich hier staubsauge. Cardozo hat sich auf seinen Käse und die Cracker gesetzt, und du musst das Würstchen in den Teppich getreten haben.»

«Weißt du», sagte Grijpstra eine halbe Stunde später, als die Karaffe wieder aufgetaucht war, «dieser Fall wird uns noch eine Menge Arbeit machen. Papierkrieg. Gerichtsverhandlungen. Das verdammte Ding hat es geschafft, in drei Teile zu zerfallen, und Bergens Selbstmord erfordert eine weitere Ermittlung. Wir werden herumrennen wie die Ameisen.»

De Gier schaute Grijpstra durch sein Glas an. «Ja. Und vermutlich wird man unsere Schädel röntgen. Ich glaube, der Commissaris ist fest entschlossen, die Ärzte anzugreifen, das wird ein Spaß werden. Ich frage mich, wie viele Röntgenaufnahmen mein Schädel aushalten kann.»

Grijpstra hatte die Jacke ausgezogen und lockerte die Krawatte. «Vielleicht wird es ein Spaß. Der Commissaris war anscheinend sehr mit sich zufrieden, aber ich hoffe, die Sache mit Havink ist nicht so abgelaufen, wie er sie erzählt hat. Er hat den Arzt provoziert, sodass der Richter den Fall einstellen wird.»

De Gier setzte sich aufrecht hin. «He. Du hast doch nicht etwa vor, hier zu übernachten, oder?»

«Selbstverständlich. Ich bin betrunken. Ich werde in deinem schönen Bett schlafen, und du kannst den alten Schlafsack hervorholen. Sportler sollten sowieso nicht im Bett schlafen.»

De Gier goss den Rest des Weinbrands in sein Glas. «Gut, bleib, wenn du willst, allerdings musst du dann morgen das Frühstück zubereiten. Ein seltsamer Abend. Ich werde nicht betrunken, sondern bin so nüchtern wie zu Beginn. Und der Commissaris ist nicht dumm. Ich glaube, ich weiß genau, was er getan hat. Er hat einen dritten Neurologen eine Röntgenaufnahme machen lassen, nachdem er bei Dr. Havink gewesen ist. Die erste Aufnahme wird er vor Gericht nicht erwähnen. Er wird sagen, er habe wirklich an Kopfschmerzen gelitten und sei zu Dr. Havink wegen einer Diagnose und – falls möglich – Behandlung gegangen. Aber irgendwie sei er wegen der Methoden Dr. Havinks misstrauisch geworden und habe die Untersuchungsbefunde überprüfen lassen. Die erste Aufnahme habe nur dazu gedient, ihm Gewissheit zu verschaffen, dass seinem Kopf zunächst einmal nichts fehle. Er ist schlau, unser Ameisenchef.»

Sie setzten ihr Gespräch sporadisch fort, während sie duschten und Kaffee tranken. De Gier hatte seinen Schlafsack so ausgebreitet, dass er Grijpstras Gesicht durch die offene Tür sehen konnte.

«Meinst du nicht auch, dass der Commissaris in Bezug auf diesen Bergen ziemlich kaltschnäuzig war?»

Grijpstra redete auf Täbris ein, die auf das Bett gesprungen war, sodass de Gier noch einmal fragen musste.

«Nein. Er mochte Bergen nicht, warum sollte er auch? Ich mochte ihn auch nicht. Aber der schlampige Kerl ist korrekt behandelt worden. Scheiße, wir sind auf dem Friedhof ein ganz schönes Risiko eingegangen, als wir die Schüsse auf uns lenkten, vor allem du mit deinem Tausendgüldenkraut.»

«Ich habe davon etwas mitgebracht», sagte de Gier. «Es ist in einem Topf auf dem Balkon. Ich frage mich, ob es angehen wird; Kräuter sind manchmal schwer zu verpflanzen, vor allem seltene.»

«Bah. Du bist Kriminalbeamter, kein Botaniker. Mit dir wird es immer schlimmer. Aber Bergen kann sich nicht beklagen. Nachdem er tot war, hat der Commissaris alles Interesse an ihm verloren, aber für eine Leiche können wir nicht viel tun, schon gar nicht im Falle eines Selbstmords. Seine eigene Dummheit können wir nicht rächen.»

«Der Commissaris mochte Bergen nicht», wiederholte de Gier.

«Stimmt.»

«Es gibt also Menschen, die er nicht leiden kann.»

Täbris hatte Grijpstra eine samtweiche Pfote in die Hand gelegt, mit der anderen kraulte der Adjudant der Katze das Kinn.

«Gewiss, Brigadier. Der Commissaris kann Narren nicht ausstehen, bestimmte Typen von Narren. Vor allem Narren, die sich nicht bemühen. Es hat eine Zeit gegeben, als er mich nicht mochte und mir das Leben so schwer machte, dass ich versucht war, um die Versetzung zu bitten, aber das ist schon eine Weile her.»

«Du hast nicht um Versetzung gebeten. Was ist geschehen?»

«Ich habe mich wieder bemüht.»

Grijpstra knipste das Licht im Zimmer aus. Einige Stunden später fuhren sie erschreckt aus dem Schlaf auf.

«Was war das?», fragte Grijpstra verschlafen.

«Täbris. Sie ist wieder mal am Marmeladenglas gewesen. Es ist zerbrochen, der ganze Dreck wird jetzt auf dem Fußboden in der Küche liegen. Es ist besser, wenn du morgen aufpasst, wohin du trittst, sonst hast du zehn blutende Zehen.»

«Warum tut sie das?»

Aber de Gier war schon wieder in Schlaf gesunken, weit außerhalb der Grenzen seines Schlafsacks, der sich auf dem Boden des Wohnzimmers wie eine riesige Banane krümmte.

«Warum?», fragte Grijpstra die Zimmerdecke. «Warum, warum, warum? Das wird nie ein Ende haben, und selbst wenn du die Antworten findest, werden sie unweigerlich zu neuen Fragen führen.»

Er seufzte. Täbris kam aus der Küche und sprang über den Schlafsack und auf das Bett. Grijpstra streckte die Hand aus, die Katze legte ihre Pfote hinein. Sie klebte. «Bäh», sagte Grijpstra.

Sjöwall / Wahlöö

«Man konnte zwar schon 1963 die zunehmende Versumpfung der schwedischen Sozialdemokratie voraussehen, aber andere Dinge waren völlig unvorhersehbar: die Entwicklung der Polizei in Richtung auf eine paramilitärische Organisation, ihr verstärkter Schußwaffengebrauch, ihre groß angelegten und zentral gesteuerten Operationen und Manöver... Auch den Verbrechertyp mußten wir ändern, da die Gesellschaft und damit die Kriminalität sich geändert hatten: Sie waren brutaler und schneller geworden.»
Maj Sjöwall

Maj Sjöwall / Per Wahlöö
Die Tote im Götakanal
(rororo 22951)
Nackte tragen keine Papiere. Niemand kannte die Tote, niemand vermißte sie. Schweden hatte seine Sensation...

Der Mann, der sich in Luft auflöste
(rororo 22952)

Der Mann auf dem Balkon
(rororo 22953)
Die Stockholmer Polizei jagt ein Phantom: einen Sexualverbrecher, von dem sie nur weiß, daß er ein Mann ist...

Endstation für neun
(rororo 22954)

Alarm in Sköldgatan
(rororo 22955)
Eine Explosion, ein Brand – und dann entdeckt die Polizei einen Zeitzünder...

Und die Großen läßt man laufen
(rororo 22956)

Das Ekel aus Säffle
(rororo 22957)
Ein Polizistenschinder bekommt die Quittung...

Verschlossen und verriegelt
(rororo 22958)

Der Polizistenmörder
(rororo 22959)

Die Terroristen
(rororo 22960)

Maj Sjöwall / Tomas Ross
Eine Frau wie Greta Garbo
(rororo 43018)

«**Sjöwall/Wahlöös** Romane gehören zu den stärksten Werken des Genres seit Raymond Chandler.»
Zürcher Tagesanzeiger

Weitere Informationen in der **Rowohlt Revue**, kostenlos im Buchhandel, und im **Internet:** www.rororo.de

Virginia Doyle

Virginia Doyle ist das Pseudonym einer mehrfach ausgezeichneten Krimiautorin. Im Rowohlt Taschenbuch Verlag sind folgende Titel lieferbar:

Die schwarze Nonne
(43321)
Wir schreiben das Jahr 1876: Jacques Pistoux, französischer Meisterkoch und Amateurdetektiv, löst seinen ersten Fall auf dem Gut des Lords von Kent, bei dem er eine Stelle als Leibkoch angenommen hat.

Kreuzfahrt ohne Wiederkehr
(43352)
Nach seinem Abenteuer bei dem Lord von Kent beschließt Jacques Pistoux, dem britischen Inselleben den Rücken zu kehren und mit einer amerikanischen Reisegesellschaft eine Kreuzfahrt auf dem Mittelmeer zu wagen. Doch auch hier zieht der Meisterkoch das Verbrechen an wie der Honig die Fliegen.

Das Blut des Sizilianers
(43356)
Nach seinem Kreuzfahrtabenteuer hat es Jacques Pistoux nach Sizilien verschlagen, wo er ganz unfreiwillig zum ersten Undercover-Agenten der italienischen Justiz wird, die ihn als Küchenjungen auf dem Landsitz eines Mafia-Paten einsetzt ...

Tod im Einspänner
(43368)
Im Jahr 1879 verlassen der junge Meisterkoch und seine adelige Geliebte Charlotte Sophie Sizilien und erreichen nach einer abenteuerlichen Odyssee Wien.

Die Burg der Geier *Ein historischer Kriminalroman*
(22809)
Jacques Pistoux befindet sich auf dem Weg nach Frankreich. In Heidelberg engagiert ihn ein adeliger Landsmann ...
Und wieder begibt sich der junge Meisterkoch in ein schmackhaftes Abenteuer.
«Ein wahrhaft appetitliches Lesevergnügen.» *Norbert Klugmann*

Das Totenschiff von Altona
(23153)
Der neue Fall von Jacques Pistoux: Viel Spannung und historisches Hamburg-Flair!

Weitere Informationen in der **Rowohlt Revue**, kostenlos im Buchhandel, und im **Internet:** www.rororo.de

rororo

P. D. James

Adam Dalgliesh ist Lyriker von Passion, vor allem aber ist er einer der besten Polizisten von Scotland Yard. Und er ist die Erfindung von **P. D. James.** «Im Reich der Krimis regieren die Damen», schrieb die Sunday Times und spielte auf Agatha Christie und Dorothy L. Sayers an, «ihre Königin aber ist P. D. James.» In Wirklichkeit heißt sie Phyllis White, ist 1920 in Oxford geboren, und hat selbst lange Jahre in der Kriminalabteilung des britischen Innenministeriums gearbeitet.

Ein reizender Job für eine Frau
Kriminalroman
(23077)
Der Sohn eines berühmten Wissenschaftlers in Cambridge hat sich angeblich umgebracht. Aber die ehrfürchtig bewunderte Idylle der Gelehrsamkeit trügt.

Der schwarze Turm
Kriminalroman
(23025)
Ein Kommissar entkommt mit knapper Not dem Tod und muß im Pflegeheim schon wieder unnatürliche Todesfälle aufdecken.

Eine Seele von Mörder
Kriminalroman
(23075)
Als in einer vornehmen Nervenklinik die bestgehaßte Frau ermordet wird, scheint der Fall klar – aber die Lösung stellt alle Prognosen über den Schuldigen auf den Kopf.

Tod eines Sachverständigen
Kriminalroman
(23076)
Wie mit einem Seziermesser untersucht P. D. James die Lebensverhältnisse eines verhaßten Kriminologen und zieht den Leser in ein kunstvolles Netz von Spannung und psychologischer Raffinesse.

Ein Gesamtverzeichnis aller lieferbaren Titel von **P.D.James** finden Sie in der **Rowohlt Revue.** Vierteljährlich neu. Kostenlos in Ihrer Buchhandlung.
Rowohlt im Internet:
www.rororo.de

rororo Unterhaltung